陆机研究

杨秀英 著

中国社会科学出版社

图书在版编目（CIP）数据

陆机研究/杨秀英著. —北京：中国社会科学出版社，
2016.2
ISBN 978 – 7 – 5161 – 6498 – 3

Ⅰ.①陆…　Ⅱ.①杨…　Ⅲ.①陆机(261~303)—人物研究
Ⅳ.①K825.6

中国版本图书馆 CIP 数据核字(2015)第 152650 号

出 版 人　赵剑英
责任编辑　郭沂纹　安　芳
责任校对　郝阳洋
责任印制　李寡寡

出　　版	中国社会科学出版社
社　　址	北京鼓楼西大街甲 158 号
邮　　编	100720
网　　址	http://www.csspw.cn
发 行 部	010 – 84083685
门 市 部	010 – 84029450
经　　销	新华书店及其他书店
印　　刷	北京金瀑印刷有限责任公司
装　　订	廊坊市广阳区广增装订厂
版　　次	2016 年 2 月第 1 版
印　　次	2016 年 2 月第 1 次印刷
开　　本	710×1000　1/16
印　　张	12.75
插　　页	2
字　　数	218 千字
定　　价	46.00 元

目　　录

绪　　论

　　陆机是西晋时期的重要作家，也是我国文学批评史上杰出的文学理论家。历代对其人品和作品的评价可谓众说纷纭，莫衷一是，褒之者推崇备至，誉为天才；贬之者极力诋毁，不屑一顾。因陆机为"二十四友"之一，后世对其人品多有指责，南朝刘勰在《文心雕龙》中说"陆机倾仄于贾、郭"为"文士之疵"。北齐颜之推在《颜氏家训》中指责他"犯顺履险"。而唐太宗对陆机的悲剧性一生寄予了更多的同情和惋惜，给予了较客观的评价。

　　关于陆机的文学成就，在其名显当世的同时，褒扬声中就有讥刺之音。但一般来看，自晋至隋，大多持赞扬的态度；自宋代以来，批评的意见似乎多于褒扬。如《晋书·陆机传》载："机天才秀逸，辞藻宏丽，张华尝谓之曰：'人之作文，患于不才；至子为文，乃患太多也。'"① 葛洪曾说："机文犹玄圃之积玉，无非夜光焉，五河之吐流，泉源如一焉，其弘丽妍赡，英锐漂逸，亦一代之绝乎！"② 陆机的弟弟陆云在《与兄平原书》中说："君苗见兄文，辄欲烧其笔砚。"而欧阳建对陆机却颇有微词，认为他的文章不及张华和"两潘"，并说："二陆文词源流，不出俗检。"③ 南朝的批评家刘勰对陆机虽有指责，却认为瑕不掩瑜。钟嵘《诗品》则把陆机列入上品，称为"太康之英"。东晋以来，则有扬潘抑陆的倾向。到了隋代，王通对陆机却赞扬有加，称陆机"文乎文乎，皆思过半矣"④。唐太宗则高度评价陆机"百代文宗，一人而已"⑤。到了宋代，

---

① （唐）房玄龄等：《晋书》，中华书局 1974 年标点本，第 1480 页。

② 同上书，第 1481 页。以下未注编者的皆指唐修《晋书》。

③ 《太平御览》卷五九九引《抱朴子》佚文载。

④ 《中说·事君篇》。

⑤ （唐）房玄龄等：《晋书》，中华书局 1974 年标点本，第 1487 页。

贬抑陆机的言论逐渐增多，严羽《沧浪诗话》即云："晋人舍陶渊明、阮嗣宗外，惟左太冲高出一时，陆士衡独在诸公之下。"清代则进一步发挥了这种观点。直到现代的一些文学史著作中，对陆机的评价都不算很高。对陆机及其创作褒贬不一的评论，值得深入研究。

20 世纪关于陆机研究的论文 200 篇左右，21 世纪以来，研究陆机的论文近 300 篇，其中探讨《文赋》的论文占了相当大的比重，早在 20 世纪 80 年代以前，学术界对陆机的关注就集中在《文赋》上。自 1980 年至今，随着学术思想的空前活跃，以及对文学本质及其规律的深入探讨，陆机研究也有了突破性进展。

第一节　陆机作品的整理与研究概况

20 世纪陆机诗歌收集整理的专著始自 50 年代，1958 年，郝立权《陆士衡诗注》四卷出版（人民文学出版社），此书在《文选》李善注之外另加补注，是陆机诗唯一的全注本。1982 年，中华书局出版了金涛声点校的《陆机集》。全书分为十卷，书后有《陆机集补遗》三卷，附录有陆机的专著《晋纪》《洛阳记》《要览》、陆机传记资料及陆机集序跋，是较为完备的集子。2007 年，刘运好校注的《陆士衡文集校注》由凤凰出版社出版。

长期以来，由于人们对陆机诗歌评价不高，影响到对陆机及其文学作品的深入研究，60 年代之前，有关陆机的生平研究主要集中在修年谱上。编制年谱是深入研究一个文学家的基础。第一个为陆机修订年谱的是李泽仁，他著有《陆士衡史》，附《陆士衡年谱》（《南友书塾季报》第五期，1926 年 3 月版）。此后陆机年谱已不下四种，即何融《潘陆年谱》（《知用丛刊》第二集），朱东润《陆机年表》（《文哲季刊》第一卷第一号，1930 年 4 月版），以及姜亮夫《陆平原年谱》（上海古典文学出版社 1957年版）。前三种谱较为简略。姜亮夫谱较完备地考订了陆机的生平事迹，为研究者提供了方便。然而，也难免有考证疏略之处。例如，姜亮夫谱认为陆机两为著作郎，沈玉成就曾著文辨正。①

陆机研究的疑点在其生平仕宦经历上也存在分歧，其籍贯作"吴郡"

---

① 沈玉成：《〈张华年谱〉、〈陆平原年谱〉中的几个问题》，《文学遗产》1992 年第 3 期。

还是"吴郡华亭"，各家《晋书》及史料记载颇有出入。后出有关陆机的评传类介绍多作"吴郡华亭"（今上海市松江县）。有的学者提出，三国和晋代并无华亭县之名。① 笔者据多种文献记载情况考察，赞同"吴郡华亭"说。关于陆机的入洛时间、归吴勤学、仕晋经历等记载，史传中也有矛盾疏漏之处，只有对照"二陆"文集和众家晋史，才能考其本源。例如姜亮夫《年谱》、陆侃如《中古文学系年》（人民文学出版社1985年版）及大部分评传等都据《晋书》，定陆机为太康末与弟云俱入洛。但这一说法同"二陆"的赠答诗等作品有抵牾之处。1930年，朱东润《陆机年表》就提出了这一问题，可惜没有引起足够的重视。80年代以来，学者们相继著文响应朱说，如陈庄《陆机生平三考》（《四川大学学报》1983年第4期），傅刚《陆机初次赴洛时间考辨》（《上海师范大学学报》1986年第2期），蒋方《陆机、陆云仕晋宦迹考》（《湖北大学学报》1995年第3期）。蒋方通过详尽的史料分析，对《晋书》中的记载质疑，在陆机生平考证方面，此文意义重大。通过研究陆机本人作品中透露出来的信息，顾农《陆机生平著作考辨三题》对陆机入洛前后的三件事进行了考辨（《清华大学学报》2005年第4期）。

对陆机思想及其人格评价多集中在他曾为"二十四友"之一这个热门话题上。《晋书》本传说他"好游权门，与贾谧亲善，以进趣获讥"。因此，后人对他褒贬不一。例如，范文澜《中国通史简编》（人民出版社1949年版）肯定了陆机诗歌的成就，但将陆机与潘岳同称为"所作诗篇，文辞华美，把卑污性格掩饰得不露形迹"。徐公持先生《陆机论》（《传统文化与现代化》1998年第1期）对陆机人格的评价较为公允，他认为陆机尽管身列"二十四友"，竞进欲望可与潘岳相比拟，但在知耻上稍强于潘，陆机同刘琨的为国捐躯相比，未免人格缺乏光彩。笔者认为，论及陆机的思想及其人格，应尽量对陆机及其相关人物进行全面观照，结合他所处的时代社会环境及生平、创作来考察，才能还其本来面目。

陆机创作研究中，诗歌是研究的重点，内容既包括文本考证，又包括艺术分析。但这一领域引起关注的程度远逊于《文赋》，最近30年才有学者涉足其中。文本考证方面有《为顾彦先赠妇二首》的篇名问题。因为各家刻本题名各异，导致题名中"顾、全、令"问题纠缠不清。姜亮

---

① 曹道衡：《陆机籍贯问题》，《艺文志》第3辑，山西人民出版社1985年版。

夫《年谱》推论"全彦先"为全琮后人，曹道衡《试论陆机陆云的〈为顾彦先赠妇〉》（《河北师院学报》1989年第1期）认为题目中的主名系拟托。沈玉成《〈张华年谱〉、〈陆平原年谱〉中的几个问题》（《文学遗产》）及李之亮《〈文选〉陆机诗笺识》（《殷都学刊》1994年第4期）都讨论了这一问题。另外，关于二陆"赠答诗"的作年，郝立权、沈玉成都有详细的考证。陆机《赴洛》二首和《赴洛道中作》二首的系年问题，陈庄《陆机生平三考》、蒋方《陆机、陆云仕晋宦迹考》均从诗歌思想内容出发，纠正了系年上的偏差，这些研究成果都是很有价值的。关于陆机作品的单篇赏析，80年代以来出现了王英志《陆机"诗缘情而绮靡"说诗例一则——简析〈招隐诗〉》（《名作欣赏》1985年第3期）、金涛声《情真辞切，华美动人——说陆机〈赴洛道中作〉》（《语文园地》1985年第5期）等。陆机所作《演连珠》50首也引起研究者的关注，沈海燕的《连珠体试论》（《文学遗产》1985年第4期）对陆机《演连珠》取得的成就做了总结。陈启智《陆机〈演连珠〉的语言美》（《渤海学刊》1985年第2期）、詹杭伦《陆机〈演连珠〉中美学观点试探》（《四川师大学报》1986年第5期）都注意到了其中蕴含的艺术美和作者的思想情感。关于陆机不同时期的作品，顾农《陆机还乡及其相关作品》做过详细考证（《文学遗产》2011年第5期）。

随着陆机研究的深入开展，作类型探讨及全面总结的论文也纷纷涌现，例如：毛庆《怎样评价陆机的拟古诗》（《中州学刊》1987年第1期），刘昆庸《论陆机〈拟古诗〉》（《福建师大学报》1998年第4期），胡大雷《陆机心态与行旅诗的独特性》（《河北大学学报》1995年第3期），傅刚《论陆机诗歌创作的艺术特色》（《上海师大学报》1989年第2期），曹道衡《陆机的思想及其诗歌》（《中国社会科学院研究生院学报》1996年第1期），徐公持《陆机论》（《传统文化与现代化》1998年第1期）等。孙明君《陆机诗歌中的士族意识》指出："陆机诗歌对中国诗史的最大贡献就在于他第一次深刻地表现了士族意识。陆机诗歌中的士族意识主要表现在家族情结、乡曲之思、功名意识等方面。"（《北京大学学报》2005年第6期）观点颇为深刻犀利。

在陆机诗歌研究中，拟古诗是重中之重。毛庆认为，陆机的拟古诗是在追求表现手法上的创新。刘昆庸则通过与古诗的比较，提出"对警句的追求和通感手法的运用，更表现出陆机对文学美的自觉，但一些拟诗对意象和语言的符号化处理，导致了诗歌感性特征的消失，而沦为单纯的模仿和抄袭"。檀晶在《袭古而弥新——陆机"拟古诗"新探》一文中指出，陆机的拟古诗，是对自己提出的"袭古而弥新"理论之具体实践，对六朝乃至后代诗坛产生了一定影响（《鲁东大学学报》2008年第6期）。马建华还考察了陆机拟古诗的创作时间（《名作欣赏》2008年第6期）。关于陆机的挽歌诗、乐府诗及拟乐府诗，前人已有探讨，如傅刚《试论〈文选〉所收陆机〈挽歌〉三首》（《文学遗产》1996年第1期）、卢苇菁《魏晋文人与挽歌》（《复旦学报》1988年第5期）、刘昆庸《论陆机〈拟古诗〉》[《福建师大学报》（哲学社会科学版）1998年第4期]、刘则鸣《从陆机〈拟乐府〉看其"呈才"的诗学观》（《中国韵文学刊》2000年第1期）等。但系统性、全面性稍嫌不足。

对于陆机研究的整体性观照，只有个别学者进行了反思和展望，提出应进行全面、深入、系统的整体研究。例如，刘志伟《陆机研究的反思与展望》（《西北师大学报》2006年第4期）。2007年8月，李晓风的《陆机论》由中州古籍出版社出版，主要介绍了陆机生活的时代，陆机的生平与人格，在洛的交游，陆机的思想、创作、《文赋》等内容。

第二节　《文赋》研究概况

早年的《文赋》研究，多侧重于文本解读。关于注解之作自《德言月刊》第一期发表了唐大圆的《文赋注》之后，接连有20余篇（部）研究《文赋》的论文（著）出现：许文雨注《陆机文赋》（见《文论讲疏》，正中书局1937年版），李全佳注《陆机〈文赋〉义证》（上、下）（《中山学报》1944年第2卷第2—3期），程千帆注《文赋》（见《文论要诠》，开明书店1948年版）。新中国成立后，关于《文赋》的译注仍是研究的热点，如陶希圣《作文的文法——陆士衡文赋解说》（台北市全民出版社1957年版），周振甫《陆机〈文赋〉试译》（《新闻业务》1961年第3期）；刘禹昌《陆机〈文赋〉译注》（《长春》1962年第1—2期）。王纯庵《〈文赋〉初探》（《辽宁第一师院学报》1978年第2期），蓝天《〈文赋〉译注》（《河北大学学报》1979年第2期），顾启、姜光斗《〈文赋〉今译》（《宁波师专学报》1979年第2期），梁溪生《〈文赋〉今译》（《江苏师院学报》1980年第1期）。

　　20 世纪 80 年代以来，出现了《文赋》的普及性译注本，如张怀瑾的《〈文赋〉译注》（北京出版社 1983 年版），周伟民的《〈文赋〉注释》（中州古籍出版社 1985 年版）。张少康的《文赋集释》（上海古籍出版社 1984 年版）注释较为全面，全书内容有校勘、集注、释义三部分，校勘部分以宋淳熙贵池尤袤刻本《文选》为底本，参校以《唐陆柬之书陆机文赋》、日本遍照金刚《文镜秘府论》及各本《文选》。集注部分重在收集历代各家注释，释义部分则对每一段主旨作扼要分析。书后附有"历代各家对《文赋》的总评"及 1980 年以前"《文赋》研究论文目录"，是《文赋》注译解读的重要参考书。

　　关于《文赋》的写作年代，是《文赋》研究中探讨较多的论题，集中起来有以下三种主要的说法。

　　（1）作于 20 岁说。主要依据杜甫《醉歌行》诗云："陆机二十作《文赋》，汝更少年能缀文。"持此说法的学者有姜亮夫等。姜亮夫《陆平原年谱》说《文赋》"精思博辨，自非入洛后世务纷絮，情思不愉时所能为"，而"机少小能文，最为世称，甫诗谨严，必非虚构"。所以他将《文赋》系于太康元年（280），时陆机 20 岁。万曼《读〈文赋〉札记》（《光明日报》1962 年 9 月 2 日）及张文勋《关于〈文赋〉的几个问题》（《思想战线》1978 年第 5 期）均从不同角度作出推论，赞同二十岁说。

　　（2）作于 29 岁之后说。据《文选》李注征引臧荣绪《晋书》："机少袭领父兵，为牙门将军。年二十而吴灭，退临旧里，与弟云勤学，积十一年。机誉流京华，声溢四表，被征为太子洗马，与弟云俱入洛。……机妙解情理，心识文体，故作《文赋》。"夏承焘《关于陆机〈文赋〉的三个问题》（《文艺报》1962 年第 7 期）一文提出，臧荣绪《晋书》及唐修《晋书》均言《文赋》作于入洛之后，即太康十年（289）陆机二十九岁时。认为杜甫所言非史家记载，不足为据。

　　（3）作于 40 岁前后说。主此说者颇多，而以逯钦立首倡。逯钦立《〈文赋〉撰出年代考》（《学原》1948 年第 2 卷第 1 期）据陆云《与兄平原书》第八书断定《文赋》作于永宁二年（302）六月前不久，陆侃如考作于永康元年（300）。毛庆《〈文赋〉创作年代考辨》（《武汉大学学报》1980 年第 5 期）在此基础上，据陆机作品用语情况加以订补，认为《文赋》当作于永宁二年或太安二年（303）。周勋初《〈文赋〉写作年代新探》（《魏晋南北朝文学论丛》江苏古籍出版社 1999 年版）从玄学思想对陆机的影响判断，《文赋》当写成于永康元年（300）或稍后不久。但有的学者认为，陆机后期仕历动荡不安，《文赋》作于四十之后的说法没有充足的根据。所以，张少康在《陆机》（《中国古代文论家评传》中州古籍出版社 1988 年版）一文中，尽管倾向于《文赋》作于入洛前夕，却苦于缺少确凿的证据，故提出"存疑"的说法。笔者通过陆机入洛时间的考证及其诗文中反映的线索，认为《文赋》当作于陆机四十岁左右。

探讨《文赋》中的文学思想问题，自 20 世纪 30 年代即已开始，80 年代之后研究视角转向多元化阶段。较早进行全面理论研究的论文有诸有琼《陆机〈文赋〉论"创作的准备"》及论"运思"、论"辨体"的三篇文章。1973 年，台大张亨教授写了《陆机论文学的创作过程》（《中外文学》）一文，用诠释学的方法，全面深入地探讨了陆机《文赋》关于文学创作的文本内蕴及其理论价值。论及创作学的还有蔡钟翔《〈文赋〉是怎样探索创作规律的》（《文史知识》1983 年第 7 期），王新华《陆机文赋所触及的写作问题》（《中国语文》），论美学如张少康《应、和、悲、雅、艳——陆机〈文赋〉美学思想琐议》（《文艺理论研究》1984 年第 1 期）。其他还有论灵感、文体学及文艺心理学等论题，更趋细致。

关于陆机《文赋》中提出的"诗缘情而绮靡"说，也是历来争议较大的问题。李善注"绮靡"为"精妙之言"，谢榛则言"绮靡重六朝之弊"，沈德潜认为陆机"先失诗人之旨"，纪昀、朱彝尊等也有微词。对于"绮靡"一词的解释，影响着对《文赋》本义的理解。陈柱《讲陆士衡〈文赋〉自记》主张分而言之："绮言其文采，靡言其声音。"（《学术世界》1935 年 9 月第 1 卷第 4 期）。有人主张统言之："犹言侈丽、浮艳。"（《魏晋南北朝文学史参考资料》，中华书局 1963 年版）周汝昌《陆机〈文赋〉"缘情绮靡"说的意义》（《文史哲》1963 年第 2 期）一文指出，陆机"缘情"之"情"似是泛指感情的"性能"或"状态"，即古人所谓"性"或"心"。绝不是"风情""闲情""色情"的情。文中对"绮靡"一词的用例进行考察，认为《文选·文赋》李善注所云"精妙之言"才是正确的见解。"绮靡"连文，实是同义复词，本义为细好。80 年代以来，学者们对"绮靡"之意的解释基本上没有超出这一范围。笔者认为，此说切合陆机的文学思想和创作实践，令人信服。牟世金先生也撰文呼应此说。指出所谓"缘情绮靡"，不过是要求用美好的艺术形式来抒发感情（《〈文赋〉的主要贡献何在》，《文史哲》1980 年第 1 期）。

与"缘情绮靡"说相关的另一论题是对"诗缘情"与"诗言志"的讨论。

朱自清先生将"缘情"与"言志"看作不同的范畴。其《诗言志辨》称,"诗缘情而绮靡"这个新语是言志以外的一个新标目。他认为"言志"就是"载道",与"缘情"大不相同。李泽厚、刘纲纪《中国美学史》也响应这种观点。裴斐《诗缘情辨》(四川文艺出版社 1986 年版)一书提出言志论与缘情论并非对立,而是相通的。"大率而言,言志论是政治家和经史家的诗论,缘情论是诗家的诗论。"詹福瑞《"诗缘情"辨义》(《河北大学学报》1998 年第 2 期)在此基础上,详加考辨,提出:"'诗缘情'是与'诗言志'有着重要区别的文学观念。'诗言志'是志中含情,'诗缘情'则是情中有志。'诗言志'强调世情、群体之情。'诗缘情'则强调物感之情、一己之情。'诗缘情'的提出,与魏晋重个体的思潮及文学创作重抒情的倾向有密切关系。到了南朝时期,文学观念基本上完成了由'诗言志'到'诗缘情'的转变。"

另外,关于《文赋》是否归属形式主义的讨论自 1959 年就开始了。景印(李嘉言)《关于〈文赋〉一些问题的商榷》(《光明日报》1959 年 9 月 13 日)提出陆机是六朝形式主义文学的开先人之后,陆机是否为形式主义理论的创始者,就成了讨论的热点。郭绍虞、吴调公、陆侃如等纷纷撰文参与讨论。直至 80 年代,许多学者著文明确指出,对陆机《文赋》所谓"形式主义"的指责有失偏颇。牟世金指出:"《文赋》注意到从如何表达内容出发来论创作,抵制了过分追求辞采藻饰的形式主义倾向。"(《〈文赋〉的主要贡献何在》,《文史哲》1980 年第 1 期)张少康、毛庆、徐中玉等纷纷撰文,肯定陆机对六朝文艺形式发展所起的积极作用。

《文赋》"形式主义"问题的辩论受 20 世纪五六十年代特殊政治气候的影响,一度出现偏颇,80 年代以来,通过对魏晋时期文学发展的客观实际情况及《文赋》内容的具体分析,逐渐做到了正本清源。其他如对刘勰评《文赋》"巧而碎乱"问题的认识,也逐步客观化和准确化。学者们在最近 20 年的理论挖掘过程中,还注意到《文赋》在文论史上承前启后的地位,结合《典论·论文》及《文心雕龙》来考察《文赋》的思想内容及艺术成就,具备了更加开阔的理论视野,这都为《文赋》研究的深入开展打下了坚实的基础。陆机的辞赋,在西晋文坛负有盛名,陆机的抒情小赋也颇多成功之作，本文结合《文赋》中的创作理论进行全面考察。

有关陆机研究的成果，从单篇论文的数量和质量来看，大陆以外的地区明显逊色，只有20篇左右。但有关陆机研究的专著，以台湾地区和日本出现较早。1967年台湾政大中研所康荣吉撰写了博士论文《陆机及其诗》，（1969年由嘉新水泥公司文化基金会出版）。1972年，辅仁大学中研所丁嫔娜撰写了硕士论文《陆机研究》。1973年，日本学者兴膳宏的《潘岳陆机》一书由台北三人行出版社出版。1976年，日本学者藤秋正还自印了《陆机诗索引》。

前辈学者及时贤的辛勤耕耘，已使陆机研究这一领域取得了长足的进展。但大陆至今关于陆机研究专著尚不多见，这与陆机在文学史上的地位是很不相称的。同时也应看到，陆机研究仍有开拓的余地。例如，陆机曾一度被视为形式主义者而遭到贬低。近年来，新理论、新方法的运用也存在着忽视文本、以论代史的弊端。研究陆机的文学创作是深入研究其文学理论的重要途径，所以，本书力求全面考察陆机的文学作品，系统地综合以往的研究成果，力求在此基础上有所创新。在对陆机进行家世生平考辨及思想分析之后，即以专题的形式分类论述，通过陆机创作实践分析其文论思想，从史论结合的角度对陆机其人及其作品进行全面研究。

第 一 章

陆机的家世与生平

第一节　显赫的家世

钱穆先生曾云："魏晋南北朝时代的一切学术文化，必以当时门第背景作中心而始有其解答。当时学术文化，可谓莫不寄存于门第中，由于门第之维护而得传习不中断，亦因门第之培育，而得有生长有发展。"这确为史家灼见。[①] 陈寅恪先生亦有高论："魏晋南北朝之学术、宗教皆与家族地域两点不可分离。"[②] 因此，研究魏晋文学必须详知其家世，综合其家风和家学特征来考察。陆机出身于江东大族吴郡四姓之一的陆氏。江东世族崛起较早。在经济较为发达的吴郡与会稽郡，顾、陆、朱、张与虞、魏、孔、贺，东汉时已是被公认的地方豪族大姓与文化家族，如会稽虞氏自零陵太守虞光至孙翻五世传《易》；会稽贺氏世传礼学；会稽魏朗是有名的党人名士，被列为"八俊"之一。[③] 吴郡陆氏"世江东大族"，吴郡陆氏的上代可追溯到西汉时期，唐代林宝《元和姓纂》卷十"陆"姓条："齐宣王田氏之后，宣王封少子通于平原陆乡，因氏焉。汉太中大夫陆贾子孙过江，居吴郡吴县，陆贾裔孙吴丞相逊，生丞相抗。抗生晏、景、机、云、耽，逊弟吴选曹尚书（按逊弟名瑁，此脱）生英，英生晔、玩，玩元孙惠晓、惠彻，自玩至惠晓父子历晋宋五代侍中。"[④] 此言吴郡陆氏

---

① 钱穆：《略论魏晋南北朝学术文化与当时门第之关系》，载《中国学术思想史论丛》（二），台湾东大图书公司 1977 年版。

② 陈寅恪：《隋唐制度渊源略论稿》，中华书局 1963 年版，第 17 页。

③ 《三国志·吴书·虞翻传》裴注引《虞翻别传》所载《上〈易注〉奏》，《晋书·贺循传》《三国志·吴书、贺齐传》裴注引虞预《晋书》，《后汉书·党锢列传·序》。

④ 林宝：《元和姓纂》卷十，中华书局 1994 年版，第 1407 页。

出自西汉陆贾，然《新唐书》卷七十三《宰相世系表》云："陆氏出自妫姓，田完裔孙齐宣王少子通，字季达，封于平原般县陆乡，即陆终故地，因以氏焉，通谥曰元侯，生恭侯发，为齐上大夫。发二子万、皋。皋生邕，邕生汉太中大夫贾。万生烈，烈字伯元，吴令，豫章都尉，既卒，吴人思之，迎其丧葬于胥屏亭，子孙遂为吴郡人。"此言吴郡陆氏出自陆万一支，而非陆贾之后。陆氏入吴郡最早者可推陆烈，据《新唐书·宰相世系表》，烈长于陆贾一辈，据此推断，约在西汉初年，陆氏始定居于吴地。

至东汉时期，吴郡陆氏已成为世家大族。《后汉书》中为吴郡陆氏家族立传者已有两人，一为陆续，一为陆康。

陆续，字智初，会稽吴人。世为族姓。陆续生活在光武、明帝年间，据此推知东汉初年陆氏已是江东世族。汉献帝时，陆氏仅寄居庐江一带的就有"宗族百余人"① 可以想见，东汉末年，陆氏已是人口众多的大家族。

陆康，陆续孙。"康少仕郡，以义烈称，刺史臧旻举为茂才，除高成令。"陆康为政颇有美誉，"以恩信为治，寇盗亦息……所在称之"他任庐江太守时，以武功屡受嘉许，加忠义将军。"……时袁术屯兵寿春，部曲饥饿，遣使求委输兵甲，康以其叛逆，闭门不通，内修战备，将以御之。术大怒，遣其将孙策，围城数重。康固守，吏士有先受休假者。皆逾伏还赴，暮夜缘城而入。受敌二年，城陷。"② 陆氏忠义善武的气概可谓渊源有自。孙吴时期，陆逊陆抗父子继掌要职，功勋显赫，将吴郡陆氏英勇善战之风发挥到极致。陆机、陆云兄弟继父辈余风，"分领抗兵"，吴亡入洛后，又被成都王司马颖委以军事重任，吴郡陆氏的武功可谓累世显名。

陆氏不仅武功卓著，家学亦是一脉相承。这从陆康上疏汉灵帝亦可窥其一斑。"汉灵帝欲铸铜人，而国用不足……而水旱伤稼，百姓贫苦。"陆康上疏，言辞恳切，引经据典，非学识广博不能道之。其上疏谏曰：

　　臣闻先王治世，贵在爱民，省徭轻赋，以宁天下，除烦就约以崇

---

① 《后汉书》卷三十一《陆康传》。

② 同上。

简易，故万姓从化，灵物应德。末世衰主，穷奢极侈，造作无端，兴制非一，劳割自下，以从苟欲，故黎民吁嗟，阴阳感动。陛下圣德承天，当隆盛化，而卒被诏书，亩敛田钱，铸作铜人，伏读惆怅，悼心失图。夫十一而税，周谓之彻。彻者通也，言其法度可通万世而行也。故鲁宣税亩，而灾自生；哀公增赋，而孔子非之。岂有聚夺民物，以营无用之铜人；捐舍圣戒，自蹈亡王之法哉！传曰："君举必书，书而不法，后世何述焉？"陛下宜留神省，改敝从善，以塞兆民怨恨之望。①

　　一篇短短疏文，援引《周易》《春秋公羊传》《左传》《孟子》等数种典籍，可见陆康对上古典籍及典章制度烂熟于心。立论引经据典，是汉儒的一贯作风，对"彻"的理解，从字义引申解释，与东汉许慎《说文解字》体例相同。全文力倡简约，可能与陆康受古文经学的影响有关，唐晏《两汉三国学案》便将陆康收入了《明经文学列传》，可见他在当时的影响不容忽视。

　　陆绩，陆康之子。以经学著称。《三国志·陆绩传》称他"容貌雄壮，博学多识，星历算数无不该览"。陆绩六岁有"怀橘遗母"之誉。虽有武功，而不尚武，年少时即有修文德以定天下之志。"幼敦诗、书，长玩礼、易"，"虽有军事，著述不废，作《浑天图》，注《易》释《玄》，皆传于世"。陆绩是一位经学大师。章炳麟《陆机赞》称"机之族始于陆绩，说《易》明《玄》，为经术大师。绩女郁生十三丧夫，誓死不践二庭，其国风家仪可知也"。可惜陆绩英年早逝，仅32岁就因病去世了。

　　陆逊，字伯言，吴郡吴人也。"本名议，世江东大族。逊少孤，随从祖庐江太守康在官。……逊年长于康子绩数岁，为之纲纪门户。"俨然陆氏宗长，显示其组织领导才能。陆逊父祖皆有令名，《三国志》注引《陆氏世颂》曰："逊祖纡，字叔盘，敏淑有思学，守城门校尉。父骏，字季才，淳懿信厚，为邦族所怀，官至九江都尉。"世家大族文治武略的熏陶，使陆逊成长为文武双全的超世之才，深受孙权器重，"权以兄策女配逊，数访世务"。陆逊攻城略地，战无不克，表现出杰出的军事才能。而

―――――――――

① 《后汉书》卷三十一《陆康传》。

"性忠梗，出言无私，立朝肃如也。帝尝以诸子委逊教诲"。① 陆逊体恤士民，仁德大度，颇有长者之风，亦有风度雅量。嘉禾五年（236），陆逊与诸葛瑾攻打襄阳，部下韩扁被俘，诸葛瑾十分惊惧，书报陆逊，"逊未答，方催人种葑豆，与诸将弈棋射戏如常"，其雅量和风度不减后来的谢安。陆逊受命抵御刘备时，曾自称"书生"，而其主张先礼后刑，"遵仁义以彰德音"等，与陆绩的思想一脉相承。官至丞相，陆逊犹严格要求子弟不竞虚名，"子弟苟有才，不忧不用，不宜私出以要荣利；若其不佳，终为取祸"。陆氏一门多才，文武奕叶，将相连华，盖与此谨严之家教密不可分也。

陆抗，陆逊之子。继承乃父风范。运筹帷幄之中，决胜千里之外，而"貌无矜色，谦冲如常，故得将士欢心"。其以德信与邻国交好，更传为美谈。陈寿《三国志》称赞陆逊为"社稷之臣"，而"抗贞亮筹干，咸有父风，奕世载美，具体而微，可谓克构者哉！"陆抗不仅武功卓著，其上疏陈词，引经据典，慷慨激昂，尤显家学深厚。陆抗之子陆景"拜偏将军、中夏督，澡身好学，著书数十篇也"，可见陆景也是文武兼擅。②

孙吴之时，陆绩、陆凯、陆逊、陆抗等声名卓著，特别是陆逊、陆抗父子长期把持军政大权，家族势力得到长足的发展，一门有二相、五侯、将军、司马、中书、御史、都督不下二十人。陆凯乃丞相陆逊族子，也是一位忠恳刚正的社稷之臣。《世说新语·规箴篇》载："皓问丞相陆凯曰：'卿一宗在朝有几人？'陆答曰：'二相、五侯、将军十余人。'皓曰：'盛哉！'陆曰：'君贤臣忠，国之盛也。父慈子孝，家之盛也。今政荒民敝，覆亡是惧，臣何敢言盛！'"《世说新语笺疏》注引《吴录》曰："凯……忠鲠有大节，笃志好学……虽有军事，手不释卷。累迁左丞相，时后主暴虐，凯正直强谏，以其宗族强盛，不敢加诛也。"在江东大族"吴四姓"之中，陆氏人才最盛，入《后汉书》及《吴志》列传者也最多。③ 其中

---

① （唐）许嵩：《建康实录》，上海古籍出版社1987年版。
② 参见《三国志》卷五十八《陆逊传》。
③ 在吴四姓中，《后汉书》只收陆氏人物传两卷，即卷三十一《陆康传》，卷八十一《独行陆续传》。《三国志·吴书》收顾氏人物一卷，即卷五十二《顾雍传》；收陆氏人物四卷，即卷五七《陆绩传》，卷五十七《陆瑁传》，卷五十八《陆逊传》附《陆抗传》，卷六十一《陆凯传》；收朱氏人物三卷，即卷五十《孙休朱夫人传》，卷五十六《朱桓传》，卷五十七《朱据传》；收张氏一卷，即卷五十七《张温传》。

不乏皇亲国戚。大姓宗族一旦得到公众的推崇和承认，他们的声名便连同其经济、政治、军事和家族的实力，形成一股强大的社会力量，在社会上产生更大影响。三国时东吴吴郡八族四姓就享誉一时。陆机乐府《吴趋行》云：

> 大皇自富春，矫手顿世罗。邦彦应运兴，粲若春林葩。属城咸有士，吴邑为最多。八族未足侈，四姓实名家。文德熙淳懿，武比侔山河。礼让何济济，流化自滂沱。淑美难穷纪，商推为此歌。

身为四姓之一，陆机的诗中难免夸耀的成分，但是四姓在吴郡之盛，却是不争的事实。《世说新语·赏誉篇》："吴四姓旧目云：'张文，朱武，陆忠，顾厚。'"此条刘孝标注引《吴录士林》："吴郡有顾、陆、朱、张为四姓，三国之间，四姓盛焉。"门第的地位与威望一旦形成，门第观念便随之树立，门第优越感成为整个封建社会的普遍现象。吴郡陆氏自汉代形成世家大族后，逐步积淀起丰厚的文化底蕴。世族的典型特征除了门第之外，最重要的是文化优势，即使有些世族靠军功起家，其后代也必以文化立足。陆氏家族的特征是文武兼擅，不仅在孙吴时期权倾朝野，其家族势力至南朝依然不衰，直到唐代犹有陆氏家族诗人十余人。

陆机、陆云是西晋太康时期最负时誉的文学家，二陆入洛之后，尽管仍为自己显赫的家族而自豪，却不得不面对北方士族的歧视，成为事实上的寒素之士，这种亡国后政治上遭受排挤的现象，成为陆氏家族中人心头隐痛。东晋南渡之后，陆氏家族中的陆玩等人对北方士族依然抱疏远敌视态度。

第二节　生平考辨

陆机（261—303 年），字士衡，出身于"文武奕叶，将相连华"的世家大族，是东吴名将陆抗之子。陆机的籍贯，据臧荣绪《晋书》、王隐《晋书》、房玄龄等《晋书》皆作"吴郡"（今江苏省苏州市）。《中国大百科全书·中国文学卷》李思永、韦凤娟撰"陆机"及王运熙、杨明《魏晋南北朝文学批评史》（上海古籍出版社 1996 年版）等相关介绍均从之。另有主张"吴郡华亭"（今上海市松江县）者，如金涛声《陆机集·

前言》（中华书局 1982 年版）、蒋祖怡、韩泉欣《陆机评传》①，黄葵《陆机集·前言》（中华书局 1988 年版），章培恒、骆玉明主编《中国文学史》（复旦大学出版社 1996 年版）。关于此问题，曹道衡先生曾撰文提出"三国和晋代并无华亭县之名"的说法。② 吴中置华亭县虽在唐天宝十年（751），治所在今上海市松江县，据文献记载，此前确有华亭之地。如《世说新语·尤悔》："陆平原河桥败，为卢志所谗被诛，临刑叹曰：'欲闻华亭鹤唳，可复得乎！'"房玄龄等作《晋书》中亦采此语。《世说新语》刘孝标注引《八王故事》曰："华亭，吴由拳县郊外墅也，有清泉茂林。吴平后，陆机兄弟共游于此十余年。"由拳县为秦置，三国吴黄龙三年（231）改名禾兴县，治今浙江嘉兴市，今松江县位于其东北。华亭别称华亭谷。吴士鉴、刘承干《斠注》："《元和郡县图志》二十五曰：华亭谷在华亭县西三十五里，陆逊、陆抗宅在其侧，逊封华亭侯。陆机云华亭鹤唳，此地是也。"据笔者考察，"吴郡华亭"向为后世称道，与陆机之身世遭遇一起发为吟叹，"吴郡"一说似未尽详。陆机之籍贯于"华亭"，文献可考者众多。《宛陵先生集》有《过华亭》及《陆机宅》云："华亭，谷水东有昆山，即其宅。机诗云：'仿佛谷阳水，婉娈昆山阴。'"昆山，华亭谷东一里有昆山，陆机祖葬而生机云，人以昆山出玉，以拟其美焉。"《嘉庆重修一统志》之"陆机宅"一条释为："在江宁县南，《舆地纪胜》按：'金陵，览古上元县南，秦淮侧有二陆读书台旧址，犹存本朝乾隆二十七年高宗纯皇帝南巡御制《题陆机宅诗》'。"又："陆机宅，在娄县平原村，即古华亭谷。《旧志》：'机宅在昆山下，又别宅在谷阳门内，今普照寺又有黄耳冢，在华亭县南二里，事载《述异记》'。"又载："陆机，云间人，吴亡，同弟云入洛。王公闻二人才略，皆迎致之。"宋徐民瞻《晋二俊文集序》云："二俊，云间人也。"《世说新语·排调》也载有陆云自称："云间陆士龙。"后人常以云间代指华亭，如南宋绍熙四年（1193）杨潜修、朱端常等纂的《云间志》，就是记载华亭县事的县志。《新雕注胡曾咏史诗》咏陆机诗题名为《华亭》，诗云："陆机西没洛阳城，吴国春风草又青。惆怅月中千岁鹤，夜来犹为唳华亭。"注云："华亭，乃是陆机本庄宅池亭也。"

---

① 蒋祖怡、韩泉欣：《中国历代著名文学家评传》，山东教育出版社 1983 年版。
② 曹道衡：《陆机籍贯问题》，《艺文志》第 3 辑，山西人民出版社 1985 年版。

　　陆机作为世勋苗胄，父祖宗族皆系重臣名将，孙、陆联姻又巩固了陆氏家族的势力。陆机的祖母是孙策之女，陆机的弟弟陆景的妻子则是孙皓的胞妹，皇亲国戚的家境使陆机不但自幼享有物质上的丰裕，更受到良好的文化教育，成长为文武兼擅的英才。《晋书》本传中说他"少有异才，文章冠世，伏膺儒术，非礼不动"。陆机不仅以文章知名，而且受父祖宗族的熏陶和影响，对建功立业、光宗耀祖怀有极大的热情。然而，他的青少年时代，却面临着日益走向衰败的孙皓暴政。据《晋书》本传记载，陆机在陆抗卒后，"领父兵为牙门将。年二十而吴灭，退居旧里，闭门勤学，积有十年"。王隐《晋书》称陆机"少袭父为牙门将"。臧荣绪《晋书》称："机少袭领父兵，为牙门将军，年二十而吴灭，退临旧里，与弟云闭门勤学，积十一年。"关于陆机的入洛时间，唐修《晋书·陆机传》云"至太康末年，与弟云俱入洛"；《陆云传》则称"吴灭，入洛"，所说颇有出入。唐修《晋书》"以臧荣绪本为主，而兼考诸家成之"（赵翼《廿二史劄记》卷七）。而臧氏等书，据现存佚文比较，在陆机、陆云吴灭后闭门勤学及仕宦于晋等的事迹记载上也有模糊之处。但许多学者都采纳了唐修《晋书》的说法，如姜亮夫《陆平原年谱》、金涛声《陆机集·前言》、蒋祖怡、韩泉欣《陆机评传》、陆侃如《中古文学系年》、黄葵《陆云集·前言》、葛晓音《八代诗史》等。只有结合"二陆"文集和众家晋史参照，才能得出较为详尽的判断。关于这一点，前人已有过探索，早在1930年，朱东润《陆机年表》已经推论，陆机在吴亡后并不是随即退居旧里，闭门读书，依据是"二陆"的赠答诗及《与弟清河云诗》和《答兄平原书》。考证陆机的生平行迹，不仅有助于认识他的文学思想发展脉络，而且由"太康之英"陆机的文学活动，可以进而认识西晋一代的文学概貌。关于陆机的入洛时间，也是众家关注的焦点，前辈时贤于此论述颇多，归纳起来，有三种说法：

　　（1）太康末（289）说。在《晋书》之前，《三国志·吴书·陆逊传》中裴松之注引《机云别传》即有"晋太康末，俱入洛"之说。此种说法由唐修《晋书》提出后，为多数学者接受，前已论及。

　　（2）太康六年（285）说。这是日本学者高桥和已先生提出的观点。①

<hr>

　　① ［日］高桥和已：《陆机的生平及其文学》，载于日本《京都大学学报》1959年第11—12期。

其证据是《南史·宋宗室及诸王传》中彭城王义康与文人袁淑的问答，其中说：

> 义康素无学，待文义者甚薄。袁淑尝诣义康，义康问其年，答曰："邓仲华拜衮之岁。"义康曰："身不识也。"淑又曰："陆机入洛之年。"义康曰："身不读书，君无为作才语相向。"

邓仲华即汉光武时大将军邓禹。据《后汉书·邓寇列传》载，他"拜衮"应任大司徒之位是在光武帝即位三年，时年 24 岁。那么陆机入洛之年也当是 24 岁，即太康五年（284）。为什么高桥先生又说是太康六年呢？他认为周浚于这年移镇扬州，陆机极可能在这年带上辞去周浚幕僚的弟弟一道赴洛。

（3）元康二年（292）说。此说据陆机作品中提供的线索为证。《陆机集》有《答贾谧诗》，序云："余昔为太子洗马，鲁公贾长渊以散骑常侍侍东宫积年。余出补吴王郎中令，元康六年入为尚书郎。"在元康六年（296），陆机曾回归故里一次，其《思归赋·序》云：

> 余牵役京室，去家四载，以元康六年冬取急归。而羌虏作乱，王师外征，职典中兵，与闻军政。惧兵革未息，宿愿有违，怀归之思，愤而成篇。

元康六年（296）"去家四载"，则陆机当于元康二年（292）入洛仕宦。陆机《谢平原内史表》自称"入朝九载，历官有六，身登三阁，官成两宫"，叙述了他入晋仕宦的经历。陆侃如《中古文学系年》系陆机作《谢平原内史表》于永宁元年（301），据此上推九年，则为元康二年（292）。

又有旁证见陆机《叹逝赋序》：

> 昔每闻长老追计平生同时亲故，或凋落已尽，或仅有存者。余年方四十，而懿亲戚属亡多存寡，昵交密友亦不半在，或曾共游一途，同宴一室，十年之内索然已尽，以是思哀，哀可知矣。

陆机 40 岁时为永康元年（300），《叹逝赋》是陆机已有仕宦遭际及亲故之悲时的作品，由此时上推"十年之内"，则为元康前后，与元康二年说基本相合。文中"年方四十"及"十年之内"容或小有出入，此时请赋之作颇有身世之感，当为陆机返回故乡时的"缘情"之作。此时陆机离乡已近十年，睹室思人，故感慨万千。

80 年代以来，持"元康二年说"者渐多①，我们认为，陆机于元康二年入洛仕晋是较为可信的，在此之前的活动，据陆机《赠弟士龙诗十首》序云：

> 余弱年凤孤，与弟士龙衔衅丧庭，续会逼王命，墨经从戌，时并蒙发，悼心告别。渐历八载，家邦颠覆，凡厥同生，凋落殆半。收迹之日，感物兴哀，而龙又先在西，时迫当祖载二昆，不容逍遥，衔痛东徂，遗情西慕，故作诗以寄其哀苦焉。

郝立权先生注此诗为"当在吴亡后一二年间"所作。《吴志·陆抗传》载："凤凰三年秋，抗卒，子晏嗣，晏及弟景、玄、机、云，分领抗兵。"当时陆机年仅十四岁，故云"弱年"，即早年。吴亡于天纪四年（280），距陆抗卒年仅六年，序中称"渐历八载"，则此诗当作于太康三年（282）。太康元年（280）晋师伐吴，陆机兄晏、景战死，陆机则战败被俘到北方，朱东润曾据陆云《答兄平原诗》推论陆机在吴灭时被俘去洛阳。② 蒋方于此详举史料③，在朱东润、陈庄、傅刚考论的基础上，通过清理比照众家晋史材料、二陆诗文自序及其他文献线索，认为吴灭后，陆机被俘往洛阳，陆云则在太康初应辟至建业为扬州刺史从事。太康三年，陆机由洛阳南归，退吴勤学，至元康二年（292）方应征辟入洛。闭门读书时间如《晋书》所言"积有十年"。这种说法可谓论据确凿，论证充分，由此也可看出，陆云仕晋始于太康初，二陆兄弟很难有长期同在吴地的机会，所谓陆机兄弟在吴亡后即"闭门勤学"，"素游于此（华亭）十有余年"的说法是不足信的。这一点从陆机、陆云文学思想和创作风格上的明显分歧

---

① 陈庄：《陆机生平三考》，《四川大学学报》1983 年第 4 期；蒋方：《陆机、陆云仕晋宦迹考》，《湖北大学学报》1995 年第 3 期。

② 见《陆机年表》，载《文哲季刊》第一卷第一号。

③ 蒋方：《陆机·陆云仕晋宦迹考》，《湖北大学学报》1995 年第 3 期。

也可见一斑。

自吴亡以后到元康二年（292）入洛以前，史书中对陆机十余年生活的记载仅以"闭门勤学"一语概之，要了解陆机这一时期的活动及思想成长过程，只能求助于现存有关陆机的其他材料。

《晋书·左思传》载："初，陆机入洛，欲为此赋（按：指《三都赋》），闻思作之，抚掌而笑，与弟云书曰：'此间有伧父，欲作《三都赋》，须其成，当以覆酒瓮耳。'及思赋出，机绝叹伏，以为不能加也，遂辍笔焉。"《文选集注》卷八引王隐《晋书》曰："当思（左思）之时，吴国为晋所平，思乃赋此《三都》，以极眩曜。其蜀事访于张载，吴事访于陆机，后乃成之。"关于《三都赋》的作年，历来多有争议。姜亮夫先生定为惠帝元康元年（291），傅璇琮先生定此赋成于平吴前①，即太康元年（280）前，也有定于282年之前者。《三都赋》乃左思"构思十年"而成，确定其写作年代对考证陆机入洛期间的活动也颇有借鉴价值。主张《三都赋》撰成于282年之前者，常将陆机讥左思撰《三都赋》事视作"小说家言"，但据陆云写给陆机的信来看，此事当有根据，陆云《与兄平原书》云："兄作大赋，必好意精时，故愿兄作数大文。"（第十八书）"又古今兄文所未得与校者，亦惟兄所道数都赋耳。……云谓兄作《二京》，必传无疑，久劝兄为耳。又思《三都》，世人已作是语，触类长之，能事可见。"（第十九书）

据《晋书》记载，左思妹左棻于泰始八年（272）入宫。272年左思随妹移家洛阳，这时左思刚写完《齐都赋》不久，进而又萌生了撰写鸿篇巨作《三都赋》的念头。②为撰写此巨赋，283年前后左思曾访蜀事于张载。据前述陆机入洛时间考辨，已知陆机在吴灭时（280）被俘往洛阳，吴灭至太康三年（280—282）在洛阳，左思可能在访蜀事于张载的同时，亦访吴事于陆机。据《资治通鉴》卷81载，太康元年（280）夏四月晋开帝大会文武，引见归命侯孙皓及薛莹、吾彦等吴之降人，《吴录》也记载有晋武帝向薛莹问吴之名臣事。③陆机此时被俘至洛阳，以名

① 傅璇琮：《左思〈三都赋〉写作年代质疑》，《中华文史论丛》1979年第2期。
② 徐传武：《左思左棻研究》，中国文联出版社1999年版。
③ 《三国志》卷六十四，见（晋）陈寿撰，（宋）裴松之注《三国志》，中华书局1982年标点本，第1449页。

臣之后，曾被晋武帝召见，证以陆龟蒙诗《奉和袭美吴中书事寄汉南裴尚书》中"三泖凉波鱼蟹动"句下自注云："远祖士衡对晋武帝以三泖冬温夏凉。"（《全唐诗》）于此可以推知在吴称"东南之宝"的陆机入洛之初即引人瞩目，晋武帝向他探问三泖，左思当也于此时向陆机访以吴事，据王隐《晋书》所云左思赋《三都》并访于陆机之时当"吴国为晋所平"，与以上陆机吴亡后被俘往洛阳的时间暗合。

《三都赋》构思十年乃成，左思自283年前后访问征实，至296年前不久才写就。据唐修《晋书·左思传》载，《三都赋》写成之后，"司空张华见而叹曰：'班、张之流也。使读之者尽而有余，久而更新。'于是豪贵之家竞相传写，洛阳为之纸贵。"据《晋书·惠帝纪》载，张华于元康六年（296）春正月拜司空，由此也可推知《三都赋》即作于这一时期。而陆机此时已被应征入洛，看到他曾经不屑一顾的左思《三都赋》成，"绝叹伏"，打消了原来"舍我其谁"的念头而辍笔不写了。

陆机应征入洛之前即"誉流京华，声溢四表"（臧荣绪《晋书》），入洛后又得张华的延誉举荐，故其自我期许高于常人，又有强烈的家族意识，显身扬名的强烈愿望使他选择了奔竞于仕途之中，不可能平心静气甘于寂寞创作大赋，而左思"不好交游，惟以闲居为事"（《晋书·左思传》）。所以是时代最终选择了左思来完成这一伟业。《三都赋》写成之后，左思仍不辍修改，将大半生的心血倾注于此。《左思别传》云："其《三都赋》改定，至终乃止。"以陆机之才，倘与左思同样殚精竭虑致力于大赋，当不逊色。《三都赋》著成之后，陆云仍劝其兄作大赋一较短长。然而时过境迁，陆机此时已置身于宦海浮沉中无暇顾及。

陆机入洛初仕之职，臧荣绪《晋书》云："被征为太子洗马，与弟云俱入洛。"陆机著名的《赴洛二首》其二，据李善注云："集云此篇赴太子洗马时作。"据《晋书·陆云传》载，太康中，晋武帝曾下诏征陆喜等十五人入洛，以陆喜为散骑常侍。之后又复诏内外群官举清能，拔寒素，陆机当为应第二次征诏赴洛。臧荣绪《晋书》又有"太熙末，太傅杨骏辟机为祭酒"，王隐《晋书》从之。姜亮夫先生已指出此说有误，因为太熙之号，为时仅四月，而骏为太傅，在惠帝即位改元永熙之后。臧荣绪《晋书》又云："杨骏诛，征机为太子洗马。"① 陆机显然是接到征辟才入

---

① 陆机：《皇太子宴玄圃宣猷堂有令赋诗》，《文选》卷二十注。

洛的，而从杨骏被诛后陆机并未受到牵连来看，他是在元康年间才应"太子洗马"之诏入洛的，这与前述陆机元康二年入洛也是一致的。

陆机入洛之后，先后任太子洗马、吴王郎中令、迁尚书中兵郎、转殿中郎，又为著作郎，至301年为中书郎。《文选》卷三十七陆机《谢平原内史表》云："入朝九载，历官有六，身登三阁，官成两宫"即指此，李善于此注引臧荣绪《晋书》曰："太熙末，太傅杨骏辟机为祭酒。骏诛，征为太子洗马。吴王出镇淮南，以机为郎中令，迁尚书中兵郎，转殿中郎，又为著作郎。"与陆机自述合。303年，陆机被成都王颖假为后将军，河北大都督，讨长沙王乂，兵败被谗而死。

陆机自元康二年（292）入洛仕晋，从入仕到遇害，其间共11年。在此期间，陆机曾投身贾谧门下，名预"二十四友"之列，由此导致后世对其人品多有非议，如刘勰《文心雕龙·程器篇》称"陆机倾仄于贾、郭"为"文士之疵"。北齐颜之推在《颜氏家训》中指责他"犯顺履险"。对此，《晋书·陆机传》也不无惋惜地说："然好游权门，与贾谧亲善，以进取获讥。"《晋书》中多次提到贾谧"二十四友"，以《晋书·贾谧传》言之最详：

> 开阁延宾，海内辐凑。贵游豪戚及浮竞之徒，莫不尽礼事之，或著文章称美谧，以方贾谊。渤海石崇、欧阳建，荥阳潘岳，吴国陆机、陆云，兰陵缪微，京兆杜斌、挚虞，琅琊诸葛诠（铨），弘农王粹，襄城杜育，南阳邹捷，齐国左思，清河崔基，沛国刘瓖，汝南和郁、周恢，安平牵秀，颍川陈眕，太原郭彰，高阳许猛，彭城刘讷，中山刘舆、刘琨皆傅会于谧，号曰二十四友，其余不得预焉。

贾谧为了博取"好士"之名，召集大批文人学士聚拢门下。但属于"二十四友"的文人，并不能说他们思想倾向、人格、创作风格等方面都一无是处，更不能以此作为"谄事"贾谧的证据。关于"二十四友"形成的时间，史无明文，但据贾谧自元康初年即"以外戚之宠，年少居位，潘岳、杜斌等皆托附焉"来看，它的形成是一个逐渐集合的过程。结合"二十四友"中大多数人的仕途经历来考查，应在元康七年（297）或稍后。此时贾氏控制了朝政，贾谧"权过人主"，因为门阀士族把握朝政，形成"上品无寒门，下品无势族"的局面，文士们只有依附权臣豪贵，才能获得庇护和入仕的机会，所以贾谧"开阁延宾"于上，文士们"海内辐凑"于下，形成了"二十四友"。"二十四友"作为一个官僚集团，本身并无具体的政治目的和文学主张，从其形成到贾谧被杀，前后仅两年左右的时间。在这一时期，根据可以明确系年的作品来看，陆机的作品有《答贾谧》《讲汉书》《赠潘正叔》《思归赋》《赠陆士龙》《周处碑》《荐贺循郭讷表》《答张士然》及《晋纪》《惠帝起居注》《惠帝百官名》等。

据陆机《答贾谧》（《文选》二十四"谧"作"长渊"）诗序所云，元康六年（296），陆机为尚书郎，贾谧赠诗一篇，故答之。贾谧赠陆机诗即潘岳《为贾谧作赠陆机》，诗中自天地万物初创之始言及历代兴衰分合，至三国鼎立，晋朝统一之后。叙写陆机的声名、宦迹，以"廊庙惟清，俊乂是延"方贾谧之"开阁延宾"。诗中言二人情谊云："昔余与子，缱绻东朝。虽礼以宾，情同友僚。嬉娱丝竹，抚鞞舞韶。修日朗月，携手逍遥。"虽极尽夸饰之言，但由"虽礼以宾"来看，宾主之分还是截然分明的。且潘岳诗中直陈"南吴伊何，僭号称王"……"伪孙衔璧，奉土归疆"，未免失于刻薄。陆机答诗则以"吴实龙飞，刘亦岳立"对之，可谓不卑不亢。陆机对贾谧的态度于诗中也可见一斑，如"昔我逮兹，时惟下僚。及子栖迟，同林异条。年殊志比，服舛义稠。……敢云匪惧？仰肃明威"。可以说是敬畏三分，但亦有微含讥刺及自负才望之语，如以"惟汉有木，曾不逾境。惟南有金，万邦作咏"对谧诗之"在南称柑，度北则橙"，李善注曰："言木度北而变质，邦不可以逾境。金百炼而不销，故万邦作咏。贾戒之以木，而陆自勖以金也。"《谷梁传》曰："妇人既嫁，不逾境。"此处言"惟汉有木，曾不逾境"，亦有影射贾谧之意，贾谧原是贾充的外孙，贾充死后无子，诏以韩谧继嗣，改姓贾。贾后专权后，贾谧遂成为炙手可热的权贵。陆机尽管迫于权势依附贾谧，然"实无深契也"。（姜亮夫《陆平原年谱》）随后赵王伦辅政，引陆机为相国参军，豫诛贾谧功，赐爵关中侯。《晋书》中多次言及贾氏败后贾谧"党与数十人皆伏诛"，而《贾谧传》罗列的"二十四友"的绝大部分文士都安然无恙，陆机还因参与诛杀贾谧立功封爵，可见"二十四友"事贾谧只是慑于权势，"皆因于瑾瑜在握，非有缘于葭莩之亲"（姜亮夫《陆平原年谱》）。

"二十四友"的形成除了贾谧"不只想做政治领袖，而且也想做文学的领袖"①，以博取声名之外，其直接原因恐怕还与贾谧的仕职有关。《北堂书钞》卷五十七引王隐《晋书》记贾谧"元康末为秘书监"，秘书监掌国史，议《晋书》限断即晋朝开国从哪一年起算的问题，就是贾谧主持的，《晋书·贾谧传》中有详细记载：

> （谧）历位散骑常侍，后军将军。广城君薨，去职，丧未终，起为秘书监，掌国史。先是，朝廷议立《晋书》限断，中书监荀勖谓宜以魏正始年起，著作郎王瓚欲引嘉平以下朝臣尽入晋史，于时依违未有所决。惠帝立，更使议之。谧上议，请从泰始为断。于是事下三府，司徒王戎、司空张华、领军将军王衍、侍中乐广、黄门侍郎嵇绍、国子博士谢衡皆从谧议。骑都尉济北侯荀畯、侍中荀藩、黄门侍郎华混以为宜用正始开元，博士荀熙、刁协谓宜嘉平起年。谧重执奏戎、华之议，事遂施行。

"事下三府"之"三府"指太尉、司徒、司空。当时太尉是高密王司马泰，卒于元康九年（299），司徒王戎于元康七年（297）上任，司空张华元康六年（296）拜职，则此次议《晋书》限断不可能在元康七年之前。陆机也参与了这次讨论，其《吊魏武帝文》有"元康八年，机始以台郎出补著作郎"，著作郎又掌起居注、国史。讨论时间应在元康八年（298）或稍后。姜亮夫先生《陆平原年谱》于惠帝元康三年（293）下系："（机）转著作郎，与于议《晋书》限断"，系年有误。从各种材料综合来看，这次议论应系于元康八年或九年，即"二十四友"形成时期。《晋书·贾谧传》言："或著文章称美谧，以方贾谊。"既为"称美"，当是以贾谊为博士时表现出的雄才丽藻比拟，只有在贾谧领秘监掌国史之后与贾谊的仕职才有可比性。王隐《晋书》云：潘岳"辅散骑侍郎……谧《晋书限断》亦岳之辞也"。干宝《晋纪》云："秘书监贾谧请束皙为著作郎，难陆机《晋书限断》。"此时陆云、刘琨、左思亦俱为贾谧招纳，委以文笔之职。《惠帝纪》又有使贾谧重议"晋书限断"之载。总之，贾谧"开阁延宾"的直接原因应是编纂晋书的需要，以编国史为由招集才学之士，既有仕职上的便利，又得以抬高自己的才学声誉，这与当时文人

---

① 王瑶：《潘陆与西晋文士》，《中古文学史论》，北京大学出版社1998年版。

热衷邀取才学声名的风气是一致的。而文士们或慑于权势，或趋附权贵，遂一拍即合，形成"二十四友"集团。但据现存史料来看，"二十四友"之称的提出，也有一定的偶然性，有人主张，可能是在某次宴集上，偶然提出这样的名号①。那么，"二十四友"中人参与讨论晋史编纂的限断及为贾谧讲解《汉书》，都是其职分所在，不能以此加以苛责。

至于《晋书》所称陆机"好游权门""以进取获讥"，应该也是有据的，但这要结合其出身南人，又有强烈的功名进取心，想在政治上有所作为又无缘跻身其中的个人处境来分析。陆机入洛之后，得到庶族出身的张华的赏识与举荐，但并非所有的中原士族对江南士人都持友好态度，陆机诣高门士族王济、刘道真，就碰了一鼻子灰，更有卢志当面羞辱，如果得不到权门的保护与举荐，陆机的雄心壮志如何能实现？所以陆机以其才学列身"二十四友"之一，成为贾谧的门下客。贾谧被诛之后，赵王伦引为相国参军，尽管赵王伦贪冒庸下，陆机仍追随其后，卷入"八王之乱"之中。后赵王伦篡位不成，陆机受到牵连，《晋书·陆机传》载：

> 齐王冏以机职在中书，九锡文及禅文，疑机与焉，遂收机等九人付廷尉，赖成都王颖及吴王晏救理之，得减死，徙边，遇赦而免。

至此陆机对官场倾轧已有切肤之痛，其《谢平原内史表》诚惶诚恐，自称"蕞尔之生，尚不足吝，区区本怀，实有可悲。畏逼天威，即罪惟谨，钳口结舌，不敢上诉所天"，实为"出自敌国"的吴人陆机的肺腑之言。此时因大乱将至，江南名士顾荣、戴若思等皆劝陆机还吴，而陆机自恃才望，而"志匡世难"，依然故我。以为成都王颖能康隆晋室，遂投身于门下，参大将军军事，又卷入诸王混战之中。303年被成都王颖假为后将军，河北大都督，讨长沙王乂。因陆机身为南人，被委以重任，北方人王粹、牵秀等皆有怨心，结果将士异心，出师不利，被谗而死。据《机云别传》引《三国志·吴书·陆逊传》裴松之注云："及机之诛，三族无遗，孙惠与朱诞书曰：'马援择君，凡人所闻，不意三陆相携暴朝，杀身伤名，可为悼叹。'"唐太宗为《晋书·陆机传》所作评论比较公正，他说陆机"自以智足安时，才堪佐命，庶保名位，无忝前基。不知世属未

---

①　张国星：《关于〈晋书·贾谧传〉中的"二十四友"》，《文史》第二十七辑。

通，运钟方否，进不能阐昏匡乱，退不能屏迹全身，而奋力危邦，竭心庸主，忠抱实而不谅，谤缘虚而见疑，生在己而难长，死因人而易促。上蔡之犬，不诫于前；华亭之鹤，方悔于后。卒令覆宗绝祀，良可悲夫！"唐太宗并没有就个别事件立论，而是综观陆机一生的行为，指出他的悲剧性下场，祸因在于自恃其才智，而不能审时度势，却为司马颖这样的"庸主"去尽忠竭力，终于招致杀身之祸。

陆机虽为世胄苗裔江东才秀，但自少年时代即遭家国不幸，父陆抗早卒，陆机十四岁即领父兵为牙门将，年二十而吴亡，遂遭颠沛流离之苦，国破家亡之余，陆机并非不问世事，吴灭后作有《辨亡论》，分析吴国兴衰之由，彰显父祖之德。遂闭门勤学，以俟他日重振家风。

有晋统一，征召贤才，陆机以"亡国之余"的身份入仕洛阳，而"志气高爽，不推中国人士"，虽有张华的赏识，仍难以冲破由来已久的门阀之限与南北心理隔阂，竟进于宦海浮沉，趋走于权贵之门，虽历任太子洗马、吴王郎中令、尚书郎、殿中郎、著作郎、中书郎等职，但毕生如履薄冰，仍难逃才高致祸的悲惨命运。由于时代和个性的原因，陆机一生都在追求政治上的建功扬名，最后却不得善终。高咏"生亦何惜，功名所叹"的陆机在文学创作中辛苦耕耘，探讨创作的规律，甚至临终仍念念不忘①。但陆机一生不能释怀的却是"立功"，无奈生不逢时，遂至杀身伤名。然而，家国不幸诗家幸，陆机在文学创作各个领域的成就，从另一个方面实现了他的人生价值。

---

① 《太平御览》卷六〇二引葛洪《抱朴子》佚文云："陆平原作子书未成，吾门生有在陆军中，常在左右，说陆君临亡曰：'穷通，时也。遭遇，命也。古人贵立言，以为不朽，吾所作子书未成，以此为恨耳。"

第 二 章

陆机的思想性格述论

第一节　出众的才华与耿介的性格

被誉为"太康之英"的陆机，作为我国文学史上的一位重要作家和文学理论家，以文才名重当世。臧荣绪《晋书》云："（机）誉流京华，声溢四表……天才绮练，当时独绝，新声妙句，系踪张、蔡。"①《机云别传》亦称："机天才绮练，文藻之美，独冠于时。"《世说新语·文学》注引《文章传》曰：

> 机善属文，司空张华见其文章，篇篇称善，犹讥其作文大治，谓曰："人之作文，患于不才；至子为文，乃患太多也。"

据《晋书》本传载，陆机所作诗、赋、文章，共有三百多篇，惜大多散佚。据《抱朴子》佚文载，至东晋初年，陆机、陆云的集子有"百许卷"之多，至梁代时，《陆机集》只有四十七卷，恐已有佚散。到隋代时已只剩十四卷②，现在所见的《陆机集》是宋人辑佚的，仅十卷，且多舛误残篇。从陆机现存的作品来看，亦可窥其思想性格之一斑。

陆机出身于东吴四姓之一的世族大家庭。陆氏家族"文武奕叶，将相连华"③，陆机自幼受到良好的家学文化熏陶，《晋书》本传中说他"少有异才，文章冠世"，但吴国的国运自陆机少年时代起便急转直下，

---

① （梁）萧统编，（唐）李善注：《文选》，上海古籍出版社 1986 年版，第 761 页。
② （唐）魏征：《隋书》，中华书局 1973 年标点本，第 1063 页。
③ （唐）房玄龄等：《晋书》，中华书局 1974 年标点本，第 1487 页。

至其"年二十而吴灭",他的两个哥哥也死于战争。国破家亡的惨痛现实撞击着诗人敏感的心灵,他乡居十年,闭门勤学,不仅"独步江东",且"著名诸夏"。既以才能为世所重,其步入仕途便成为必然的选择。应征入洛之后,陆机自恃才高,对中原士族并不推重,《晋书·张华传》载:

> 初,陆机兄弟志气高爽,自以吴之名家,初入洛,不推中国人士,见华一面如旧,钦华德范,如师资之礼焉。

陆机兄弟入洛后,得到当时文坛领袖张华的赏识,称:"伐吴之役,利获二俊。"① 经张华的引荐,陆机兄弟主动结识当朝显贵和文士。然而,当时士族门第森严,南北士族对抗情绪明显,尽管陆机自负于门第才望,但身为南人,游宦京洛,还是屡遭洛中士人的怠慢奚落。与北方士人的交锋,显示了他的机敏与才华,也流露出其耿介孤傲的性格。例如《世说新语·言语》载:

> 陆机诣王武子,武子前置数斛羊酪,指以示陆曰:"卿江东何以敌此?"陆云:"有千里莼羹,但未下盐豉耳!"

王武子,即王济,系当时的高门士族,既是开国功臣之后,又是皇亲国戚。自谓文武兼备,恃才傲物,面对亡国之余的"二俊",王济的不屑溢于言表。表面上是借北方食物发难,("卿江东何以敌此?")实指北方人杰地灵,非南方可比拟。这种目空一切妄自尊大的傲慢语气,是对陆机的正面挑衅。陆机毫不示弱,对以"千里莼羹,未下盐豉",意谓江南之物产人才远胜于此。二人表面言物,实为借物喻志的针锋相对。陆机在这次交锋中显示了其胆识与才华。在与北方士人的论辩中,不仅有绵里藏针的较量,更有正面冲突和争斗,如《世说新语·方正》云:

> 卢志于众坐问陆士衡(机):"陆逊、陆抗是君何物?"答曰:"如卿于卢毓、卢珽。"士龙(云)失色。既出户,谓兄曰:"何至如此?彼容不相知也。"士衡正色曰:"我父祖名播海内,宁有不知,

---

① (唐)房玄龄等:《晋书》,中华书局1974年标点本,第1472页。

鬼子敢尔!"议者疑二陆优劣,谢公(安)以此定之。

卢志出身于范阳卢氏,系北方高门望族,自汉至晋,仕宦显达。面对二陆入洛,卢志态度出言不逊,当众肆意侮辱陆机的父祖辈。江南吴郡陆氏,声名赫赫,谁人不知?卢志当众指名道姓加以羞辱,实为中原士族对江南士人的藐视。陆机反唇相讥,直道卢志父祖毓、珽之名加以回击。陆云胆小怕事,恐怕因此招祸,劝兄忍气吞声。但陆机耿介激烈,慷慨任气,对中原士族的非难和盛气凌人怎能无动于衷?出门后仍愤恨不平,称卢志为"鬼子敢尔",恼怒之情跃然纸上。但这次正面交锋的不欢而散,注定了陆机仕宦生涯多磨难。身为南人,因才华出众受到张华的延誉和荐举,声望的提高也招来了忌恨,致使"人多恶之"①。而陆机耿介的性格又触怒了居高临下的中原士族。如此辩论的后果是,卢志对此耿耿于怀,时刻伺机报复,为陆机兄弟后来遭谗遇害埋下了祸根。

中原士族对南方士人的歧视,并非仅仅针对二陆兄弟而发。据文献记载,晋初南北士族的对立心理是普遍现象,《晋书·华谭传》及《晋书·周处传》都载有中原狂士与江南士人的尖锐冲突。中原狂士认为"吴楚之人,亡国之余,有何秀异"②而敢入京应举,但是不少吴人并不甘心忍受屈辱,南士华谭、蔡洪等对此也反唇相讥,对于"誉流京华"又名重当时的陆机来说,这种歧视更是难以忍受,于是不顾一切加以反击。但洛中也有出身庶族的张华唯才是举,"性好人物,诱进不倦"③,赏拔南士。《世说新语·赏誉》记载:

> 张华见褚陶,语陆平原曰:"君兄弟龙跃云津,顾彦先凤鸣朝阳,谓东南之宝已尽,不意复见褚生。"陆曰:"公未睹不鸣不跃者耳!"

陆机的回答,表现出他对南士人才辈出的骄傲和自信,但像张华这样热情延誉南士的当朝显贵毕竟是少数,陆机遭遇更多的是中原士族的冷遇

---

① 《太平御览》卷四百二十三引《十国春秋》。

② (唐)房玄龄等:《晋书》,中华书局 1974 年标点本,第 1452 页。

③ 同上书,第 1074 页。

歧视。《世说新语·简傲》载：

> 陆士衡初入洛，咨张公所宜诣，刘道真是其一。陆既往，刘尚在
> 哀制中。性嗜酒，礼毕初无他言，唯问："东吴有长柄壶卢，卿得种
> 来不？"陆机兄弟殊失望，乃悔往。

陆机入洛之后，为了在仕途上站稳脚跟，不能不去拜访操纵朝廷大权
的显贵人物。在张华的指教下，陆机兄弟拜见了当朝名士刘道真，刘正在
丧制中，却对二陆只谈用以装酒的长柄葫芦，以任诞放达自居，丝毫没有
推延扬誉之意，陆机兄弟遂有受辱悔往之痛。在南北士人对立的形势下，
陆机的才华并未为大多数当朝权贵看重，反而因其身为南人而遭歧视排
挤，他只有将一腔悲愤倾泻到诗赋创作中，写作了大量感时叹逝怀乡思亲
之作。

"岂曰无才，世鲜兴贤"一句是对封建制度压抑人才的不平之音。
《猛虎行》是耿介之士全身远害之词，是诗人在宦海浮沉中感叹自己未能
高尚其志的无奈和感伤，诗中感叹："急弦无懦响，亮节难为音。人生诚
未易，曷云开此衿。眷我耿介怀，俯仰愧古今。"《离骚》中有"彼尧舜
之耿介兮。"王逸注："耿，光也。介，大也。"刘履曰："耿介，坚正独
立之貌。"陆机于《遂志赋》中曾言："任穷达以逝止，亦进仕而退耕。
庶斯言之不渝，抱耿介以成名。"以儒家的人生观作为立身处世的原则。
尽管《遂志赋》为其模拟之作，从中亦可见出其志向所在。

陆机耿介的性格在其立身行事中也有所表现。《晋书》卷九二《文
苑·左思传》云：

> 初，陆机入洛，欲为此赋（按：指《三都赋》），闻思作之，抚
> 掌而笑，与弟云书曰："此间有伧父，欲作《三都赋》，须其成，当
> 以覆酒瓮耳。"及思赋出，机绝叹伏，以为不能加也，遂辍笔焉。

陆机起初自负其才，对左思不屑一顾，以为作《三都赋》这种鸿篇
巨制非己莫属，而左思赋成之后，却叹服有加，并未因南北偏见而加以苛
责，显示了他豪爽耿介、从善如流的性格。

陆机耿介的性格亦有其家族渊源。其父祖皆为忠耿之臣，祖父陆逊

"性忠梗，出言无私，立朝肃如也①"。其父陆抗及陆氏家族中人陆喜、陆凯等，皆正直强谏之臣，陆机耿介爽直的性格也是陆氏家风的特征之一。《世说新语·赏誉》注引《文士传》曰："云性弘静，怡怡然为士友所宗。机清厉有风格，为乡党所惮。"《世说新语·赏誉》又载：

> 蔡司徒在洛，见陆机兄弟住参佐廨中，三间瓦屋，士龙住东头，士衡住西头。士龙为人，文弱可爱。士衡长七尺余，声作钟声，言多慷慨。

从中可以想见陆机其人的风貌。无奈当时的政治现实极端黑暗险恶，权力的争夺异常激烈，士人的仕进以门第和资望为标准，形成"上品无寒门，下品无士族"的局面，陆机尽管出身于江南大族，入洛后成为"亡国之余"，实际上已沦为次等士族，怀抱利器而无所施，欲踏入仕途，就不得不依附权贵。干宝《晋纪·总论》中评论西晋官场风气说："进仕者以苟得为贵，而鄙居正；当官者以望空为高，而笑勤恪……悠悠风尘，皆奔竞之士，列官千百，无让贤之举。"西晋一朝士人最大的特点是转向关心自身的得失，因为"政失其本"，导致士人节操的低落。陆机置身其中，自然难免受到沾染，但这一切都是有违本怀的，所以他终生如履薄冰。其《谢平原内史表》诚惶诚恐："臣本吴人，出自敌国，世无先臣宣力之效，才非丘园耿介之秀。"自我谦抑若此，是领略仕途险恶后的沉痛之言，远非初入洛时的锋芒毕露。但这种谨小慎微、如临深渊的言行本身，并非恃才傲物的陆机真实性情之流露，所以他在诗篇中有那么多的感慨。叶矫然云："士衡独步江东，《入洛》《承明》等作，怨思苦语，声泪迸落。其乐府于逐臣弃友，福祸倚伏，休咎相乘之故，反复三叹。详哉言之，宜其忧谗畏讥，奉身引退，不图有覆巢之痛也。秋风莼羹，华亭鹤唳，可同日语哉？韩非《说难》而不免于难，叔夜《养生》而竟戕其生，自古文人，智不逮言，吾于平原，有余恫焉。"②

陆机的才华不仅誉满当世，至南朝批评家钟嵘，犹赞叹不已。《诗品》曰："陆机为太康之英。"又云："其源出于陈思，才高辞赡，举体华

---

① （唐）许嵩：《建康实录》，中华书局 1986 年版，第 53 页。
② 《龙性堂诗话》，见郭绍虞编选《清诗话续编》，上海古籍出版社 1983 年版，第 957 页。

美，气少于公干，文劣于仲宣。……张公叹其大才，信矣。"① 刘勰尽管指责陆机创作之"繁"，对其才华还是颇为推重的。《文心雕龙》称："陆机才欲窥深，辞务索广，故思能入巧，而不制繁。"北朝时，梁武帝称誉北地"三才"之一温子升为"曹植、陆机复生于北土"，将陆机与曹植并列，作为典范，可见陆机所受推崇。唐代大诗人李白也将陆机与曹植相提并论，给予高度评价："子建之牢笼群彦，士衡之籍甚当时，并文苑之羽仪，诗人之龟鉴。"李白还在诗中发为咏叹："子胥既弃吴江上，屈原终投湘水滨。陆机雄才岂自保，李斯税驾苦不早。华亭鹤唳谁可闻，上蔡苍鹰何足道。君不见吴中张翰称达生，秋风忽忆江东行。且乐生前一杯酒，何须身后千载名。"②

陆机向以文才著称，明末清初吴梅村曾以陆机及大才子苏轼自比，谓："陆机辞赋早年独步江东，苏轼文章一日喧传天下。"可见陆机也被后世目为才子。陆机不但在文学创作上为人称颂，在史学、艺术方面也多有建树：史作有《晋纪》四卷（实即《三祖记》，见《隋书·经籍志》，今亡）。又有《吴书》若干卷，见陆云《与兄平原书》，今亦不存。据《隋书·经籍志》著录，又有《洛阳记》一卷，《要览》三卷，今均亡佚。陆机还是西晋初期的书法家，他写的章草《平复帖》流传至今，是书法中的珍品。《法书要录》卷一载王僧虔《书论》说："陆机书，吴士书也，无以较其多少。"《宣和书谱》亦称："机能章草，以才长见掩耳。"陆机又有《吴章》二卷，见《隋书·经籍志·字书类》，今亦亡佚。陆机还有画论，见唐张彦远《历代名画记》引："丹青之兴，比《雅》《颂》之述作，美大业之馨香。宣物莫大于言，存形莫善于画。"

陆机艺术修养颇高，从现存诗赋作品来看，他对音乐也很精通，《文赋》中就多次以音乐论文。《草堂诗笺》卷三十七《过津诗》注引陆机失题诗佚句"甕余残酒，膝有横琴"，颇有竹林名士遗风。可以想见，陆机是精通乐器的，否则便不会对音乐有那么细致入微的描绘。书法、绘画以及音乐诸方面的才华使陆机具备了较高的艺术修养和审美鉴赏力，这对他的文学创作自然会起到一定的促进作用。

陆机出众的才华和不幸的遭遇成为后人反复咏叹的对象，究其原因，

---

① 钟嵘著，陈延杰注：《诗品注》，人民文学出版社1998年版，第24页。

② 《行路难》，见《唐文粹》。

实因诗人生不逢时，居不逢地，又因生性耿介，且执着功名，遂于宦海浮沉中，身不由己地卷入斗争的漩涡，终在"八王之乱"中丧生。

第二节　儒家思想

《晋书》本传说陆机"服膺儒术，非礼不动"，终其一生，儒家思想实为陆机的主导思想。儒家积极入世的思想对陆机的影响是深入骨髓的，陆氏家世儒学，陆机从小受到系统的儒家思想的影响，这首先表现在其浓厚的家族意识上。

陆机的家族意识根源于其江南大族的显赫家世，吴亡之后，陆氏的势力随之削弱，但陆机的家族优越感和恃才傲物之气并未减弱，所以，入洛后为维护父祖名讳，面对卢志的挑衅，陆机不惜以牙还牙，结怨于卢志。在其文学创作中，对父祖先辈功业的歌颂成为重要的组成部分。《文赋》中论创作的题材称"咏世德之骏烈，诵先人之清芬"。陆机所作《祖德赋》《述先赋》都是歌咏先人的作品。陆机的文章中也充满了对父祖功业的赞颂，如他作《辨亡论》的动机之一，就是述其祖父功业。《晋书》云："（陆机）以孙氏在吴，而祖父世为将相，有大勋于江表，深慨孙皓举而弃之，乃论权所以得，皓所以亡，又欲述其祖父功业，遂作《辨亡论》二篇。"他在文中多次称赞父祖的功德，认为"陆公（陆抗）没而潜谋兆，吴衅深而六师骇"，"人亡云亡，邦国殄瘁"，把吴国的兴亡系于陆氏一门，给予高度评价。

陆机怀土思亲的作品中也充满了浓厚的家族意识。其乐府《吴趋行》通过对吴地历史的追述和歌咏，表现了他浓重的乡邦观念。诗中称："八族未足侈，四姓实名家。文德熙淳懿，武功侔山河。""四姓"即顾、陆、朱、张四姓，是东吴的四个大家族。陆机出身于"四姓"之一，对此他深以为豪。对吴地人杰地灵，士风淳厚大加赞扬："山泽多藏育，士风清且嘉。泰伯导仁风，仲雍扬其波。"对故土亲人的思念发而为文的还有《怀土赋》《思归赋》《思亲赋》等，其《怀土赋序》云："余去家渐久，怀土弥笃。方思之殷，何物不感？曲街委巷，罔不兴咏；水泉草木，咸足悲焉。"这种怀土思亲之情在陆机仕宦失意时表现得尤为深切。其入洛求仕，即为立身扬名，以重振门第，匡平世难。然而仕途多艰，功业难成。儒家"知其不可为而为之"的思想令陆机执着进取于乱世，不得志于心的慷慨之音成为其作品的主旋律，这类感慨往往是与迁逝之痛一起发为咏叹的，如：

> 人生固已短，出处鲜为谐。慷慨惟昔人，兴此千载怀。（《折杨柳》）
> 慷慨惟平生，俯仰独悲伤。（《门有车马客行》）
> 慷慨遗安愈，永叹废寝食。（《赴洛二首》）
> 俯仰悲外薄，慷慨含辛楚。（《于承明作于士龙》）
> 长吟太山侧，慷慨激楚声。（《太山吟》）

壮志难酬的悲慨令陆机颇有生不逢时之憾，他在诗篇中慨叹古人建功立业的壮举，寄寓了自己的理想，如《月重轮行》云：

> 功名不鄙之，善哉。古人扬声，敷闻九服，身名流何穆，既自才难，既嘉运亦易怨。俛仰行老，存没将何所观。志士慷慨独长叹，独长叹。

《吴王郎中时从梁陈作》则直接抒发了对古人功业的仰慕：

> 凤驾寻清轨，远游越梁陈。感物多远念，慷慨怀古人。

这种郁积心头的感慨在其赠答诗中也有流露：

> 苟无凌风翮，徘徊守故林。慷慨谁为感，愿言怀所钦。（《赠冯文罴》）
> 慷慨逝言感，徘徊居情育。安得携手俱，契阔成䙵服。（《赠弟士龙》）

诗人在经历了险遭杀身之祸的切肤之痛后，感慨更趋于深切，其《谢平原内史表》云：

> 畏逼天威，即罪惟谨，钳口结舌，不敢上诉所天。莫大之衅，日经圣听，肝血之诚，终不一闻。所以临难慷慨，而不能不恨恨者，唯

此而已。

其《吊魏武帝文》序中称："元康八年，机始以台郎出补著作，游乎秘阁，而见魏武帝遗令，慨然叹息伤怀者久之。"文中对魏武帝"以回天倒日之力而不能振形骸之内，济世夷难之智而受困魏阙之下，已而格乎上下者藏于区区之木，光于四表者翳乎蕞尔之土，雄心摧于弱情，壮图终于哀志，长算屈于短日，远迹顿于促路"寄寓了深深的同情与惋惜，尽管陆机达观地以为"日蚀由乎交分，山崩起于杇壤，亦云数而已矣"，结尾仍是掩不住的悲慨："览遗籍以慷慨，献兹文而凄伤。"强烈的迁逝之悲与郁郁不得志的感慨使诗人试图在"天道"中寻求解脱，其《长歌行》云：

> 慷慨亦焉诉，天道良自然。但恨功名薄，竹帛无所宣。

陆机受汉儒天道运命思想影响很深，对"天道夷且简，人道险而难"的慨叹皆缘于诗人现实中的坎坷遭遇，无法实现建功扬名的愿望。陆机热望功名的首要动机是通过获取功名来改变自身处境，提高家族的社会地位；其次是追求士人所崇尚的三不朽。同汉魏名士相比，陆机的功名观念主要集中在自身和家族地位的提高上，缺乏更深刻的关注社会的内涵。在西晋这样浊乱的政治现实中，对陆机的功名追求毋庸讳言，也无须苛责。他在汉魏诗人感时叹逝、抒发建功立业怀抱的基础上重复着前人的感叹，可以说是慷慨满怀。唐太宗御笔赞称陆机、陆云"文藻宏丽，独步当时，言论慷慨，冠乎中古"，给予高度评价。

功业难成、世道乱离的现实使一部分士人走上了以隐逸自保的道路，陆机诗赋作品中也充满了对隐逸生活的欣羡，但他最终没有选择隐逸，是因为对富贵功名的不能割舍，"富贵苟难图，税驾从所欲"是其心态的写照。其《幽人赋》《应嘉赋》《列仙赋》《凌霄赋》也充满了隐逸、游仙情趣。陆机的隐逸思想同魏晋时期"身在江海之上，心存魏阙之下"的思想是一致的。其《豪士赋》刺齐王冏"矜功自伐，受爵不让"，劝其"超然自引，高揖而退"，以便"巍巍之盛，仰邈前贤，洋洋之风，俯观来籍，而大欲不止于身，至乐无愆乎旧，节弥效而德弥广，身逾逸而名逾劭"，反映了陆机以退邀名的思想。

陆机入洛之后，辗转于权贵之间，不断改事新主，尤其是列身"二十四友"，招致后世诸多非议。但其立身行事的行为背后，有着深厚的思想根源。首先是西晋士人立身原则、价值观念对陆机思想的冲击。"服膺儒术，非礼不动"的陆机出自忠义之门，家世儒学，但陆氏家族内部也有重道德与重事功之分，陆机值国破家亡之际，建功立业，重振门户的愿望成为其主导思想。入洛之后又受到西晋士人立身原则的影响，德行节操的衰微助长了陆机重功名轻士节的价值观念。在功名心驱使下，陆机奋不顾身效力诸王的原因，还受其乘时得势以建功立名思想的影响。其《豪士赋序》云：

> 是故苟时启于天，理尽于人，庸夫可以济圣贤之功，斗筲可以定烈士之业。故曰："才不半古，功已倍之。"盖得之于时世也。

陆机入洛后沦为寒门孤士，欲建功扬名，必须借助于时势，即权贵的力量，所以他"好游权门，以进取获讥"，至于陆机不断改事新主的原因，与他关于君臣遇合问题的思考也有关系，陆机《策问秀才纪瞻等六首》中记丹阳纪瞻举秀才，尚书郎陆机策试之，其中一策即为："夫成功之君勤于求才，立名之士急于招世，理无世不对，而事千载恒背。古之兴王何道而如彼？后之衰世何阙而如此？"此类君臣遇合的问题，为士人密切关注的热点，《晋书·华谭传》谓"此吴晋之滞论"。而孙吴名士华谭对这一问题的解释，更反映了吴士对儒家成说的突破。他以为："承统之王，或是中才，或复凡人……虽有求才之名而无求才之实。"这样客观理性地分析君王之才，认为君王才能有高下之分，结果必然导致忠君观念的动摇，儒家道德观念中君臣之节、去就大义等都产生了松动。陆机自然也受此影响。他依附成都王颖就自以为是投身明主，《晋书》本传载：

> 时成都王颖推功不居，劳谦下士。机既感全济之恩，又见朝迁屡有变难，谓颖必能康隆晋室，遂委身焉。

尽管陆机投非明主，但他仍自比于管仲乐毅，颇有济世之志。直至被诬遇害前，陆机出言仍尽显儒生本色："自吴朝倾覆，吾兄弟宗族蒙国重恩，入侍帷幄，出剖符竹。成都命吾以重任，辞不获已。今日受诛，岂非命也!"一番肺腑之言,道出了陆机竭心尽力仕晋的动机,即在于报效知遇之恩。对尽忠晋朝,并无悔意。他不但自身效忠于晋朝,还向西晋举荐人才,纪瞻、贺循、戴渊等都是陆机一手引荐的贤士。这一切,显然深受儒家思想影响。

第三节　老庄与玄学思想

陆机家世儒学,祖辈对《周易》研读颇精,其从曾祖父陆绩"说《易》明《玄》,为经术大师"。陆机祖父陆逊年幼丧父,随从祖庐江太守陆康在官。陆逊年长于陆康之子陆绩数岁,自幼与陆绩一同长大,"为之纲纪门户"①,陆机家学中易学的影响不容忽视,陆康上疏陈词,援《周易》颇多,显示了其深厚的学养。陆机的易学根底也很深,吴亡之后所作《辩亡论》,其中也大量地引用《周易》来说理:

> 《易》曰:"汤武革命顺乎天",或曰:"乱不极则治不形",言帝王之因天时也。古人有言曰:"天时不如地利",《易》曰:"王侯设险以守其国",言为国之恃险也。又曰:"地利不如人和","在德不在险",言守险之在人也。

其中"或曰",据《晋书》校勘记云:"李校:'或曰',《文选》作'玄曰',(李善)注引《太玄经》。"由此可见,陆机受其从曾祖父陆绩"演《易》述《玄》"的影响,对《周易》《太玄》都很熟悉。这为他入洛后接受老庄玄学的思想打下了基础。

陆机早年"服膺儒术",而入洛后受中原玄风影响,其思想和作品中有明显的玄学色彩。关于二陆接受北方学术思想影响的传说,即陆氏遇王弼魂魄谈玄之事。见于《晋书·陆云传》及《异苑》等文献记载。这种传闻从一个侧面反映了二陆受玄风浸染的信息。由儒而道,亦儒亦玄,是太康、元康时期多数文人的共同特点,陆机作为"太康之英",自然领风气之先。

入洛后,陆机受到张华的称赏和引荐,"钦华德范,如师资焉",可

---

① (晋)陈寿撰,(宋)裴松之注:《三国志》,中华书局1982年标点本,第1343页。

谓推崇有加。而张华是当时的文坛领袖，其诗赋作品充满玄意，如其友朋赠答诗，"奚用遗形骸，忘筌在得鱼"（何劭《赠张华诗》）；"属耳听莺鸣，流目玩倏鱼"（张华《答何劭诗三首》其一）；"恬淡养玄虚，沈精研圣猷"（张华《赠挚仲洽诗》）。张华的玄学思想在赋中也有流露，他早年就是以《鹪鹩赋》受到阮籍的赞赏，被称为"王佐才也"，从而一举成名。《鹪鹩赋》即本《庄子·逍遥游》"鹪鹩巢于深林，不过一枝"敷衍而成，寄处世思想于老庄之学，为当时文人企求全身远祸的心理提供了理论根据。张华经常与文友讨论为文之得失，对西晋文学创作和文学批评的发展起到一定的推动作用。陆机与张华交往频繁，且颇为投契，自然受到较深的影响。而当时诗风的趣向也体现了建安文学"渐藻玄思"① 的特点，呈现出玄言化色彩。"三张"的一些诗就染有较浓的玄言色彩。"二陆"文名令"三张"相形见绌，素有"二陆入洛，三张减价"之说，"二陆"之文才所以受到张华等权贵的推重，自然是符合了北方士人的审美标准。现存陆机赠答诗中也有谈玄的内容，如《赠潘尼》云：

> 水会于海，云翔于天。道之所混，孰后孰先，及子虽殊，同升太玄。舍彼玄冕，袭此云冠。遗情市朝，永志丘园。静犹幽谷，动若挥兰。

此诗盖作于潘尼退隐田园之时。陆机此诗前六句谈道论玄，沿用《庄子·太宗师》"孟孙氏不知所以生，不知所以死，不知孰先，不知孰后"之义。郝立权注曰："阮籍《通老论》：'道者自然。'贾谊《鹏鸟赋》：'云蒸雨降兮，纠错相纷。'盖云云水混同，本无先后，而士各有志，显晦或殊，于道则同。"颇得此诗真义。陆机与潘尼交情颇深，现存陆机赠答诗中就有两首是致潘尼的。而据《晋书·潘岳传附尼传》载，潘尼性情恬淡，志在丘园。与陆机执着于进取相比，可以说是大相径庭，但这并没有影响到二人的友情，正如陆机诗中所云："及子虽殊，同升太玄。"潘尼本人颇通玄理，其《送大将军掾卢晏诗》云："赠物虽陋薄，识意在忘言。"金谷园主人石崇及其周围的诗人，赠答诗中也洋溢着玄理，如孙拯《赠陆士龙诗》等。陆机置身其间，且以文才高步当时，对

---

① 陈引弛编校：《刘师培中古文学论集》，中国社会科学出版社 1997 年版。

此肯定也有独到之处。

从另一方面来说，如果陆机谨守儒学传家的门风，必然难以与擅长清谈的士人形成共同话语，势必影响仕途的发展。从二陆入洛后的言行来看，他们也颇具谈玄论辩的才思。如陆机对卢志的冒犯反唇相讥①，对潘岳的讥刺毫不退让。裴启《语林》佚文载："士衡在座，安仁来，陆便起去。潘曰：'清风至，尘飞扬。'陆应声答曰：'众鸟集，凤凰翔。'"② 尽管为嘲戏之谈，也显示出陆机敏捷的思辨与口才。《世说新语·排调篇》载张华引荐陆云与荀隐相识时，因二人均是大才，嘱之"可勿为常谈"，当张华目睹陆云言辩才思不减荀隐时，不禁"抚掌大笑"。

陆机兄弟谈辩之才的形成，也是时代风气使然，刘永济先生在谈到"魏晋之际论著文之盛况"时指出：

> 逮魏之初霸，武好法术，文慕通达。天下之士，闻风改观。人竞自致于青云，学不因循于前轨。于是才智美赡者，不复专以染翰为能。尤必资夫口舌之妙，言语文章，始并重矣，建安之初，萌蘖已见。正始而后，风会遂成，钟、傅、王、何，为其称首；荀、裴、嵇、阮，相得益彰。或据刑名为骨干，或托庄、老为营魄。据刑名者，以校练为家。托老、庄者，用玄远取胜。虽宗致无殊，而偏到为异矣。大抵此标新义，彼出攻难，既著篇章，更申酬对。苟片言赏会，则举世称奇，战国游谈，无其盛也。其间虽亦杂有儒家之言，然议礼制者，博名疑似，则近于刑名；谈易象者，阐发幽微，则邻于庄、老。苟核其实，固二家之所浸润矣。

这段话也提到了清谈的发展和内容。受言语文章并重、内容上倾向于庄老之学的谈辩之风的影响，陆机对玄理的研究颇深。玄学对其文学创作有着深微的影响，陆机的《文赋》《豪士赋》、抒情小赋及《演连珠》等作品都有玄学思想的痕迹。《文赋》序中所云"意不称物，文不逮意"，虽可上溯至先秦易学，但亦是受魏晋玄学中"言意之辨"思潮的影响。《文赋》中探讨文学创作过程中的心理活动，熟练运用"中区""玄览"

---

① 余嘉锡：《世说新语笺疏》，上海古籍出版社1993年版，第298页。
② 晁载之：《续谈助》卷四。

"虎变""龙见""司契""天机"等玄学著作中的专门术语,表明他在写作《文赋》时已经深受玄风的浸染。① 而有人通过寻绎老子道理与陆机文理的关系,认为"玄览"并非仅为"借词",而是深契老子本意②。

《豪士赋》中对功名的态度也深受道家思想的影响,《豪士赋序》云:"又况乎饕大名以冒道家之忌,运短才而易圣哲所难者哉!身危由于势过,而不知去势以求安,祸积起于宠盛,而不知辞宠以招福。"李善注引《老子》曰:"富贵而骄,自遗其咎。"又引《庄子》曰:"功成者隳,名成者亏,孰能去功与名,而还与众人?"陆机所论深受老庄思想影响,而其中"我之自我,智士犹婴其累,物之自物,昆虫皆有此情。"李善注引《文子》曰:"譬吾处于天下,亦为一物也。然则我亦物也,而物亦物也,物之与我也,有何以相物也。"《文子》是道家学派的著作,而陆机在此基础上又增加了玄学思辨色彩。

玄风的盛行与黑暗的现实,使隐逸与游仙成为文人吟咏的对象,借此来寻求精神上的超脱与自由,陆机便作有表现隐逸、游仙情趣的赋:《幽人赋》《应嘉赋》《列仙赋》《凌霄赋》。这些抒情小赋承阮籍《大人先生传》中"大人先生"的超脱精神,用粗线条笔法勾勒形象,既有"超尘冥以绝绪"的"幽人","因自然以为基"的"列仙",又有"寄冲气于大象,解心累于世罗"的"傲世公子",充满老庄道家思想。

陆机《演连珠》五十首中也充满浓厚的老庄玄学意味。傅玄《叙连珠》曰:"所谓连珠者,兴于汉章之世,班固、贾逵、傅毅三子受诏作之。"其文体辞丽而言约,不指说事情,必假喻以达其旨,而览者微悟,合于古诗讽兴之义。欲使历历如贯珠,易看而可悦,故谓之连珠,陆机借"连珠"体表达对宇宙和社会政治的思考时,道家玄学思想表现得非常鲜明。如第一首:

> 臣闻日薄星回,穹天所以纪物,山盈川冲,后土所以播气。五行错而致用,四时违而成岁。是以百官恪居,以赴八音之离,明君执

---

① 周勋初:《〈文赋〉写作年代新探》,见《魏晋南北朝文学论丛》,江苏古籍出版社 1999 年版。

② 周汝昌:《〈文赋〉即"文心"论》,《北京大学学报》(哲学社会科学版) 2000 年第 2 期。

契，以要克谐之会。

李善注引《庄子》曰："四时殊气，天不私，故岁成；五官殊职，君不私，故国治也。"《老子》曰："圣人执左契而不责于人，有德司契，无德司彻。"此处以天地所以施生喻贤主之立官，百官各处其职，治其事以待主，主无不安矣。化用《庄子》原意的还有第八首：

　　臣闻鉴之积也无厚，而照有重渊之深；目之察也有畔，而视周天壤之际。何则？应事以精不以形，造物以神不以器。是以万邦凯乐，非悦钟鼓之娱；天下归仁，非感玉帛之惠。

刘孝标注曰："镜质薄而能照，目形小而能视，以其精明也。故圣人以至精感人，至神应物，为乐不假钟鼓之音，为礼不待玉帛之惠，此所感之至也。"李善注引《庄子》曰："千金之珠，在九重之渊。"又曰："壶子曰：'吾示之以天壤。'司马彪曰：'壤，地也。'"以《庄子》原意为喻，由自然现象引发对社会政治的思考。化用《庄子》原意的还有：

　　臣闻智周通塞，不为时穷；才经夷险，不为世屈。是以凌飙之羽，不求反风；曜夜之目，不思倒日。（第十一首）
　　臣闻听极于音，不慕钧天之乐，身足于荫，无假垂天之云。是以蒲密之黎，遗时雍之世，丰沛之士，忘桓拨之君。（第三十二首）

陆机在第三十八首中云：

　　臣闻放身而居，体逸则安，肆口而食，属厌则充。是以王鲔登俎，不假吞波之鱼，兰膏停室，不思衔烛之龙。

刘孝标注曰："此欲令各当其所，而无企羡之心，抑亦在鹏鷃之义也。"这种思想暗合于郭象玄学中的"足性逍遥"说。向秀、郭象《庄子·逍遥游》注曰："苟足于其性，则虽大鹏无以自贵于小鸟，小鸟无羡于天地，而荣愿有余矣。故大小虽殊，逍遥一也。"《齐物论》注曰："蟪蛄不羡大椿而欣然自得，斥鷃不贵天池而荣愿以足。"玄学家强调卑小之物的"自足其性"，寓示着现实中的人们要"安命乐性"，陆机的玄学思想显然是与晋代玄学思想的发展保持同步的，其第五十首也提出了足性说：

> 臣闻足于性者，天损不能入；贞于期者，时累不能淫。是以迅风陵雨，不谬晨禽之察；劲阴杀节，不凋寒木之心。

陆机《演连珠》中化用《周易》原意者也颇多。其第三首云：

> 臣闻髦俊之才，世所希乏；丘园之秀，因时则扬。是以大人基命，不擢才于后土；明主聿兴，不降佐于昊苍。

刘孝标注曰："此章言贤人虽希，而无世不有。故亡殷三仁辞职，隆周十乱入朝。故明主之兴，非天地特为生贤才，在引而用之为贵尔。"李善注引《周易》释之，以王肃、郑玄注《周易》参照。引用《周易》的还有：

> 臣闻积实虽微，必动于物，崇虚虽广，不能移心。是以都人冶容，不悦西施之影；乘马班如，不辍太山之阴。（第九首）
> 臣闻应物有方，居难则易，藏器在身，所乏者时。是以充堂之芳，非幽兰所难，绕梁之音，实萦弦所思。（第十首）

有的一首中，兼引《庄子》及《周易》，如第三十九首：

> 臣闻冲波安流，则龙舟不能以漂，震风洞发，则夏屋有时而倾。何则？牵乎动则静凝，系乎静则动贞。是以淫风大行，贞女蒙冶容之悔，淳化殷流，盗跖挟曾史之情。

陆机《演连珠》中还化用道家学派著作《文子》原意，譬喻说理。如：

> 臣闻弦有常音，故曲终则改，镜无畜影，故触形则照。是以虚己

应物，必究千变之容，挟情适事，不观万殊之妙。（第三十五首）

李善注引《文子》曰："事犹琴瑟，每终改调。"其第四十四首也是从《文子》化出：

> 臣闻理之所守，势所常夺；道之所闭，权所必开。是以生重于利，故据图无挥剑之痛；义重于身，故临川有投迹之哀。

李善注引《文子》曰："左手据天下之图，而右手刿其喉，愚者不为，身贵于天下也。死君之难者视死若归，义重于身故也。天下，大利也，比身则小；身，所重也，比重则轻。临川自投，谓北人无择也。已见桓温《荐谯元彦表》。"陆机在《演连珠》中熟练地化用《老子》《庄子》《周易》《文子》等著作之义，并参以阴阳五行思想，以此作为论证的出发点，表明他对老庄、易学的精通，对西晋玄学思想的把握都是领先于时代的。尤为可贵的是，陆机还指出了玄学的流弊。其第十八首云：

> 臣闻览影偶质，不能解独；指迹慕远，无救于迟。是以循虚器者，非应物之具；玩空言者，非致治之机。

刘孝标注云："此言为事非虚，立功须实。故三章设而汉隆，玄言流而晋灭，此其验也。"陆机此言可谓发东晋"清谈误国"之先声。

总之，陆机的玄学思想不仅受王弼的影响，得以突飞猛进，而且在北方士人清谈氛围的浸染下，陆氏易学与魏晋玄学的发展是同步的。从玄学思想来看，陆机也是时代的先驱者。

第三章

陆机的拟古诗

第一节　魏晋南北朝时期的拟作之风

　　魏晋南北朝时期，文坛上的模拟之风颇盛。此种风气之渊源，可以追溯到对《诗经》《楚辞》的模拟，后世模仿《诗经》的不仅有类似的四言诗，而且还有《补亡诗》等。因为当时的"补"或"拟"和"作"的界限是不清的。《楚辞》中也收录了后人的拟作。从王逸、朱熹所编的《楚辞》总集后所附的作品中，即可看出历代都有拟作。赋的写作受其影响，亦陈陈相因，模拟之风甚盛。陆机《遂志赋序》曰："昔崔篆作诗，以明道述志，而冯衍又作《显志赋》、班固作《幽通赋》，皆相依仿焉。张衡《思玄》，蔡邕《玄表》，张叔《哀系》，此前世之可得言者也。"《汉书·扬雄传》也有扬雄仿《离骚》作《广骚》，仿《惜诵》《怀沙》等作《畔牢愁》的记载。又云："先是时，蜀有司马相如，作赋甚弘丽温雅，雄心壮之，每作赋，常拟之以为式。"扬雄因欣赏司马相如之赋，心向往之，遂作为自己写作的榜样，"每作赋，常拟之以为式"，就是古人以模拟前人作品学习属文方法的真实写照，后世沿袭遂成风气。根据周勋初先生的研究发现，两汉文风就重模拟了。汉代模拟学风形成的原因很多，而受经学上墨守家法的风气的影响最大。自西汉时期算起，不论大小作家，都或多或少地受模拟风气影响，而当时的一些名作也多是有所承袭模仿。汉代的模拟大师首推扬雄，班固在《扬雄传赞》中曾作过具体论述：

　　……实好古而乐道，其意欲求文章成名于后世，以为经莫大于《易》，故作《太玄》；传莫大于《论语》，作《法言》；史篇莫善于

《仓颉》，作《训纂》；箴莫善于《虞箴》，作《州箴》；赋莫深于
《离骚》，反而广之；辞莫丽于相如，作四赋：皆斟酌其本，相与放
依而驰骋云。

扬雄的模拟之作可谓蔚为大观，且多依傍名家，因为他对创作有自己
的独特理解，东汉初年的桓谭在《新论》中有如下的记载：

　　扬子云工于赋，王君大习兵器。余欲从二子学。子云曰："能读
　　千赋则善赋。"君大曰："能观千剑则晓剑。"谚曰："伏习象神，巧
　　者不过习者之门。"（《意林》卷三引，并见《艺文类聚》卷五十六、
　　《北堂书钞》卷一〇二）

在扬雄看来，大量地阅读他人的作品，是善于作赋的不二法门，这种
熟能生巧转益多师的理论，同后来所谓"熟读唐诗三百首，不会作诗也
会吟"的说法，是一脉相承的。总起来说，扬雄已经有了系统的模拟理
论，主张复古、雕琢，以学问代替才情，以模仿代替创造，开后代模拟之
先河。又如陶渊明《闲情赋》序云："初张衡作《定情赋》，蔡邕作《静
情赋》，检逸辞而宗淡泊，始则荡而思虑，而终归闲正。将以抑流宕之邪
心，谅有助于讽谏。缀文之士，奕代继作，并因触类，广其辞义。余园闲
多暇，复染翰为之，虽文妙不足，庶不谬作者之意乎！"清何焯注云：
"赋情始楚宋玉、汉司马相如、平子、伯喈继之，为定静之辞。而魏则陈
琳、阮瑀作《止欲赋》，王粲作《闲邪赋》，应玚作《正情赋》，曹植作
《静思赋》，晋张华作《永怀赋》，此靖节所谓'奕世继作，并因触类，广
其辞义'者也。"可见张蔡的定静之辞，也是后来文人的一个范本，所以
才会"奕世继作"。

其他如"七"体的卓然独立，也是在枚乘《七发》的基础上，因后
人广加模拟，致使《文选》中分立"七"之一体。《全晋文》四十六傅
玄《七谟序》云："昔枚乘作《七发》，而属文之士若傅毅、刘广世、崔
骃、李龙、桓鳞、崔琦、刘梁、西彬之徒，承其流而作之者纷焉：《七
激》《七兴》《七依》《七款》《七说》《七蠋》《七举》《七设》之篇。于
是通儒大才马季良、张平子亦引其源而广之。马作《七厉》，张造《七
辨》，或以恢大道而导幽滞，或以黜瑰奓而托讽咏，扬辉播烈，垂于后世

者，凡十有余篇。自大魏英贤迭作，有陈王《七启》，王氏《七释》，杨氏《七训》，刘氏《七华》，从父侍中《七诲》，并陵前而邈后，扬清风于儒林，亦数篇焉。"《文心雕龙·杂文篇》亦云："自《七发》以下，作者继踵。""傅毅《七激》，会清要之工；崔骃《七依》，入博雅之巧；张衡《七辨》，结采绵靡；崔瑗《七厉》，植义纯正；陈思《七启》，取美于宏壮，仲宣《七释》，致辨于事理。自桓麟《七说》以下，左思《七讽》以上，枝附影从，十有余家。"可知当时模仿学习的作者之众多了。"连珠"一体的兴起，也是文人转相模拟的结果。《全晋文》四十六傅玄《连珠·序》云："所谓连珠者，兴于汉章帝之世。班固、贾逵、傅毅三子，受诏作之，而蔡邕、张华之徒又广焉。"陆机《演连珠》五十首，庾信《拟连珠》四十四首，都是在此基础上模拟而成。

诗的拟作也很普遍，《文选》中列"杂拟"一类，收录陆机拟古诗十二首、张载拟四愁诗、陶渊明拟古诗、谢灵运拟魏太子邺中集诗八首及鲍照、江淹等的拟古诗共六十余首，可以想见当时的拟作是蔚为大观的。因魏晋南北朝人对拟作持褒扬态度，当时的著名诗人陆机、陶潜、谢灵运、何逊、庾信等都有模拟之作。西晋诗人张亢作诗曰："昔我好坟典，下帷慕董氏。吟咏仿余风，染轴舒素纸。"可谓当时诗人热衷拟古的缩影。

模拟之风盛行于魏晋南北朝文坛，并不是偶然的。这是文学发展的必然选择。自从鲁迅在《魏晋风度及文章与药及酒的关系》一文中提出文学的独立和自觉始自魏晋的说法后，这一观点已被多种文学史和批评史所通用，例如游国恩等主编的《中国文学史》第一册说建安时代"表现了文学的自觉精神"[1]，王运熙、杨明《魏晋南北朝文学批评史》说："鲁迅曾将这一时期概括为'文学的自觉时代'，确是十分精当的。"[2]蔡钟翔等：《中国文学理论史》第一册说"王充之后一个世纪，中国文学进入了'自觉时代'"[3]。李泽厚《美的历程》不仅认为"文学的自觉"是"魏晋的产物"，而且说"非单指文学而已。其他艺术，特别是绘画与书法，同样从魏晋起表现着这个自觉"[4]。类似说法似乎已成定论，张少康先生在

---

①　游国恩等主编：《中国文学史》，人民文学出版社 2002 年版，第 198 页。

②　王运熙、杨明：《魏晋南北朝文学批评史》，上海古籍出版社 1989 年版，第 7 页。

③　蔡钟翔等：《中国文学理论史》，北京出版社 1987 年版，第 147 页。

④　李泽厚：《美的历程》，文物出版社 1981 年版，第 97、100 页。

《论文学的独立和自觉非自魏晋始》一文中①，肯定了魏晋时期"为艺术而艺术"的特点，又从文学观念发展演进的过程、专业文人创作的出现和专业文人队伍的形成、多种文学体裁的发展和成熟及汉代文学理论批评发展的特点等诸多方面详加论证，认为"从东汉末年到魏晋之交，文学思想和文学创作确实发生了很大的变化。经学的衰微和玄学的兴起，使文学摆脱了儒家礼教的束缚，获得了自由发展的更加广阔的天地，从而在文学创作主题上开始由表现社会政治内容发展到刻画个人内心世界，在文学创作思想上出现了从'言志'到'缘情'的变化，在文学创作和文学理论批评上都强调要充分表现作家的创作个性，并大大加强了对文学艺术形式的研究，然而，这些和文学本身的独立和自觉是两回事。魏晋之际文学思想和文学创作的这种变化，主要在于使文学由重视和强调文学作品的思想内容和社会教育作用，向重视和强调文学作品艺术形式方面转化"。对文学作品艺术形式的重视，也促使诗人在搦管之时，注重模拟前人，以求入乎其中，出乎其外，尽快登堂入室。

综观魏晋南北朝时期文坛上的模拟之风，大致有三种情况。

（一）踵武前人，亦步亦趋

这种模拟之风，始于汉代，自楚辞兴起后即一发不可收拾。汉代是赋作空前繁荣的时代，洪迈《容斋五笔》卷七曰："自屈原词赋假为渔父、日者问答之后，后人作者悉相规仿：司马相如《子虚》《上林赋》以子虚、乌有先生、亡是公，扬子云《长扬赋》以翰林主人、子墨客卿，班孟坚《两都赋》以西都宾、东都主人，张平子《两京赋》以凭虚公子、安处先生，左太冲《三都赋》以西蜀公子、东吴王孙、魏国先生，皆改名换字，蹈袭一律，无复超然新意稍出于法度规矩者。"又《容斋随笔》卷七论七体时曰："枚乘作《七发》，创意造端，丽旨腴词，上薄骚，盖文章领袖，故为可喜。其后继之者，如傅毅《七激》、张衡《七辩》、崔骃《七依》、马融《七广》、曹植《七启》、王粲《七释》、张协《七命》之类，规仿太切，了无新意；傅玄又集之以为《七林》，使人读未终篇，往往弃诸几格。"其他如连珠体等也有一套约定俗成的规范，后之作者无

---

① 张少康：《论文学的独立和自觉非自魏晋始》，《北京大学学报》（哲学社会科学版）1996 年第 2 期，第 75—81 页。

不陈陈相因，难以突破。

这种从形式上亦步亦趋的模拟，是学习属文的一种主要的方法，正如书法上的临帖学书，最初是从描红学起，求得字形上酷似前人，进而用心揣摩、模仿，以求得其神似。所以前人的著名篇章，总会引起后人竞相模仿。这种以前人作品为范式，练习写作的过程也是必不可少的。只有形式上模仿得惟妙惟肖了，才谈得上"离形得似"，达到神似，以至于自出机杼，超出前人。关于这一点，刘师培先生颇有研究，他在谈到神似与形似的关系时说："近人论文，谓模拟一代或一家之文，不主形似，但求神似。此实虚无缥缈，似是而非之论。盖形体不全，神将奚附？必须形似乃能翏然不辨，此固非工候未至者所能赞一词也。夫杼柚篇章，岂为易事？章法句法既宜讲求，转折贯串犹须注意。逮至色泽匀称，声律调谐，然后乃能略得形似。形似既具，精神自生。"①

可见，踵武前人也殊非易事，追求模拟得形似也是写作成功的保证。所以，在相当长的一段时期内，此类拟作层出不穷。但随着时代的发展，模拟之风进入一个新的阶段，不再停留在形式上的亦步亦趋，而更重视抒发一己之情怀。这种变化是从汉末魏初开始的。这一时期文士们的创作与世积乱离的现实息息相关，正如《文心雕龙·时序》篇所云："观其时文，雅好慷慨，良由世积乱离，风衰俗怨，并志深而笔长，故梗概而多气也。"所以，这一时期的拟作呈现出不同于以往的特点。

（二）借他人之酒杯，浇自己胸中块垒

在汉魏六朝时代，乐府诗是占有特殊地位并对后代影响较大的一种诗体。因其强烈的现实性可以"观民俗，知厚薄"，也激起上层社会及文人墨客的欢迎和重视，成为文士们欣赏和模拟的对象。拟乐府作品数量浩繁，也独具特色和价值。这类作品东汉时即已产生，至建安时代发展壮大，建安诗人是诗歌史上大力写作拟乐府的首创者，从现存作品来看，曹操的作品几乎全部是拟乐府，曹丕的占一半左右，曹植的占一半以上②，陈琳、阮瑀、王粲等也都有所制作。所以胡适《白话文学史》论及建安时期的主要事业，"在于制作乐府歌辞，从仿作乐府得着文学的训练"。

---

① 陈引驰编校：《刘师培中古文学论集》，中国社会科学出版社1997年版。
② 据丘述尧先生《略论陶渊明的挽歌》一文统计。

（第五章）西晋太康年间，拟作乐府以陆机、傅玄、张华等人为多，他们都以汉乐府为模拟对象，到东晋以后，随着南朝乐府民歌的兴起，上层文士又以此为模拟对象。刘宋时期，谢灵运的乐府诗大都用汉乐府旧题，而鲍照的拟作则反映出新旧交替的现象，他所仿作的乐府诗，有的标题为《代出自蓟门行》《代春日行》，《代东门行》等，是经过改造的汉魏旧题，有的是模仿南方民歌。此后，汤惠休、谢朓、沈约、王融、江淹、吴均、梁武帝父子、柳恽、陈后主、徐陵、江总等无不大量拟作乐府，其中多为南朝新曲。可以说，这种仿作乐府的风气，不只弥漫了建安时期的文坛，其影响所及，直至以后的正始、太康、元嘉、南北朝和隋代。

他们除了拟作乐府中其他各种歌曲外，更拟作乐府中《薤露》《蒿里》这两首乐歌。"惟汉二十世"是曹操拟作的《薤露歌》，"关东有义士"是曹操拟作的《蒿里行》，前者写初平元年（190）董卓胁献帝迁都长安、焚毁洛阳的情景，后者写关东各州郡起兵讨董卓，不成，转而互相攻伐，给人民造成了深重灾难，以至"生民百遗一，念之断人肠"，题材、主题与古辞都有很大不同，形式也由杂言变成了五言，是典型的"以乐府题目自作诗"或"借古乐府写时事"。但拟作与本辞在情感基调上是一致的。所以方东树评云："以所咏丧亡之哀，足当挽歌也。"[1] 曹植也拟作过这两首乐歌，到了晋代，陆机、傅玄、张骏都曾继续拟作挽歌。此后，刘宋的鲍照，北齐的祖珽，隋代的卢思道、卢询祖，唐代的僧贯休、赵明徵、白居易等，拟作挽歌者代不乏人。而以魏晋时代最为流行。这些拟作虽然主题仍与原作相关，但题材功能、创作动机及内容形式都打上了时代的印记，以至于南北朝人在追溯题材本源时，就发现了这种与制作本意相乖离的现象。这类拟作可谓拟中有作，借古题抒发一己之情怀。

魏晋南北朝时期的文人模拟古诗者甚多，作为"五言之冠冕"的古诗，比之传统的四言诗，在抒情状物上的表现力更强了，建安文人继此而作，加上时代的色彩，使五言诗发展到一个新的阶段，成为后人学习的典范。刘宋时期，才子谢灵运向往邺下风流，作了系列的拟诗《拟魏太子邺中集诗八首》，以求重现这一文学群体的个性和神采。在拟魏太子（曹丕）、王粲、陈琳、徐干、刘桢、应场、阮瑀、平原侯植八人之诗之前，还一一撰写了小序，介绍各人的不同特点，言简意赅，非常传神。

---

[1] 《昭昧詹言》卷二。

在众多的模拟作家中，鲍照的模拟作品最有特色，他除了在诗的前端标示"拟"字，如《拟行路难十八首》等之外，还有前加"代"字者，如《代蒿里行》《代陈思王京洛篇》等；又有前加"绍"字者，如《绍古辞七首》等，前加"学"字者，如《学古诗》等。另外，有的诗人拟作前加"为"字，如颜延之《为织女赠牵牛诗》，有的前加"效"字，如范云的《效古诗》等。

当然，拟作中"代"字与"为"字的用法也有不同。作者在设身处地为古人代笔时，既要熟悉其身份和经历，还要模拟其语言、风格、技巧等，可以说力求与古人如出一辙，这种模拟的过程也是学习的过程，而代今人下笔，则无须像模拟古人那般，只要设身处地仿效他人声口就行了。但这种"代"写手法，往往是作者全身心的投入，可谓借他人之酒杯，浇自己胸中块垒。

魏晋南北朝时的文人还有将己作伪称古人之作的风气，他们假托的对象，大都是前代的文坛高手。有的将古人声气模拟得惟妙惟肖，竟达到以假乱真的地步。例如假托苏武、李陵而作的诗文，为数不少。但因后人拟作，时地多有不合，故多有指责。但魏晋南北朝人的拟作，与作伪欺世不同，因为这类题材激起了他们的共鸣，他们只是借此抒怀，抒发自己的漂泊之思和悲苦之情。这种托古拟作之风，甚至在此一时期的学术著作中也颇为盛行。有的拟作水平之高，达到了乱真的程度。魏晋文人如此沉吟玩味前人之作，展示自己的模拟才华，还有一个重要的原因在于露才扬己。

（三）追慕前人，一较短长

模拟风气的盛行，出现了一批成功的拟作，拟作者水平不断提高，驱遣辞藻及布局谋篇逐渐"暗合于曩篇"，于是尝试着与前人比试高低。这种风气的产物有左思的《三都赋》，傅玄和张载的《拟四愁诗》等，追踪汉代班固、张衡名作，以此较量作者的才能。而曹魏时期的命题共作，为文士们提供了露才扬己的舞台。《初学记》十引《魏文帝集》曰："为太子时，北园及东阁讲堂，并赋诗，命王粲、刘桢、阮瑀、应场等同作。"又如《文选》潘岳《寡妇赋》注引魏文帝《寡妇赋序》曰："陈留阮元瑜与余有旧，薄命早亡，每感存其遗孤，未尝不怆然伤心，故作斯赋以叙其妻子悲苦之情，命王粲并作之。"建安诸子群集邺下时命题共作的风气，给我们留下了大量的同题作品，如魏文帝及曹植、应场、王粲、徐干皆有《车渠椀赋》，曹植、刘桢、王粲、陈琳、繁钦皆有《大暑赋》，而曹植、王粲、阮瑀皆有《七哀诗》，曹植、王粲、刘桢、阮瑀、应场皆有《公宴诗》。建安诸子的邺下风流一直为后人仰慕，谢灵运的《拟魏太子邺中集》七首就是对邺下文人的模拟。他模仿曹丕的口吻作序曰："建安末，余时在邺宫，朝游夕宴，究欢愉之极。天下良辰美景，赏心乐事，四者难并，今兄弟友昆二三诸彦，共尽之矣。……岁月如流，零落将尽，撰文怀人，感往增怆。"谢灵运对曹丕的心态和风采模拟得可谓惟妙惟肖。八首诗前面的小序都抓住了时代特点和各人的特色，如拟王粲诗前小序为："家本秦川，贵公子孙，遭乱流寓，自伤情多。"拟刘桢诗前小序曰："卓挛偏人，而文最有气，所得颇经奇。"曹植诗前小序为："公子不及世事，但美遨游，然颇有忧生之嗟。"足见谢灵运对这些文人作品研究颇深，所以能一语中的。同时也反映了建安诸子创作上已有明显的特色，而谢灵运对他们的风格探索颇深，例如"建安七子"之一的刘桢，为文卓然多气，风格上异于众人，后有"刘公干体"之称。建安之后，风格上自成特色的作者不断涌现，因其创作上风格的卓异常人，被视为特殊的体式，如阮步兵体、陶彭泽体、谢灵运体、谢惠连体和吴均体等。他们因风格上的独树一帜而被赏识、效仿。

建安时期，因"曹公父子，笃好斯文"，以致文坛上"彬彬之盛，大备于时"（钟嵘《诗品》）。后世承此流风余韵，有曲水游宴、兰亭禊集之会，都是追慕前人之举。而帝王的雅好文章，更对此推波助澜。裴子野《雕虫论·序》云："宋明帝博好文章，才思朗捷，常读书奏，号称七行俱下。每有祯祥及行幸宴集，辄陈诗展义，且以命朝臣。其戍士武夫，则托请不暇，困于课限，或买以应诏焉。于是天下向风，人自藻饰，雕虫之艺，盛于时矣。"《南史·文学传论》云："自中原沸腾，五马南渡，缀文之士，无乏于时。降及梁朝，其流弥盛。盖由时主儒雅，笃好文章，故才秀之士，焕乎俱集。于是武帝每所临幸，辄命群臣赋诗，其文之善者赐以金帛。是以缙绅之士，咸知自励。"可见这种风气是相沿不衰的。所以我们现在读这时期文人的集子，会发现常有同一类的题目。这样的同题之作，自然容易一决雌雄，这也促使着作者们行文时揣摩和模拟前人的风格，试着与前人一较短长。例如，傅玄和张载的《拟四愁诗》，鲍照的《学刘公干体》，陶渊明的《感士不遇赋》，都是如此。陶渊明《感士不遇赋》自序为感于"昔董仲舒作《士不遇赋》，司马子长又为之"而作，在抒发千古同心的感慨之时，又寄托了自己的怀抱，基于这种模仿要求的拟作，导致同类题目的文字大量出现，文字技术上的逼真，以至达到了"乱真"的程度。

魏晋南北朝时的模拟大家首推江淹。他作的《杂体诗三十首》，就是模拟汉、魏、晋、宋诸家的代表作。他在诗前小序里说："五言之兴，谅非复古，但关西、邺下，既已罕同；河北、江南，颇为异法。故玄黄经纬之辨，金碧沉浮之殊，仆以为亦各共美兼善而已。"江淹认为，文坛上这种繁荣局面出现在五言诗兴起之后，而时代和地域的差别，又使各家的创作特色呈现出不同风貌。他对各家的风格进行了客观全面的考察，所以能得其神似，与字摹句拟之作大不相同。刘师培先生论文章变化与文体迁讹时说："故学一家之文，不必字摹句拟，而当有所变化。文章中之最难者，厥为风韵、神理、气味，善能趋步前人者，必于此三者得其神似，乃尽模拟之能事，若徒拘句法，品斯下矣。凡一代之名家，无不具此三者；而名家之间又复不同。"① 江淹对此可谓认识独到，他的拟作下都附有副标题，仅用两个字就抓住了各家的特色风格，如班婕妤下注曰"咏扇"，陈思王曹植下注曰"赠友"，阮步兵下注曰"咏怀"，陶徵君潜下注曰"田居"。其拟作或是注重其人的名篇，或是重在各人的主要活动，均能把握到各人的不同经历而突出特色。因其拟作不仅面貌毕肖，而且得其神理风韵，可谓深入骨髓，所以达到了乱真的程度。例如，其拟陶徵君潜《田居》一诗，首句以"种苗生东皋，苗在满阡陌"入诗，颇得陶诗风韵，后人编入陶集而浑然不觉。而其拟鲍照之作，结尾以"竖儒守一经，未足识行藏"作为警句，也被人误为鲍照诗。其拟休上人别怨诗中"日暮碧云合，佳人殊未来"一句，唐人多以为出自休上人之手②。可见江淹拟古已达到酷似前人，以假乱真的程度。

江淹拟古之作的成功，也从另一个侧面反映了魏晋南北朝时期五言诗创作的繁荣。一些著名作家已经形成了自己的风格，而名家名作又为后起的学诗者提供了模拟的典范，通过模拟，掌握基本的写作手法，吸取有益的创作经验，以提高创作水平。谢灵运、江淹等人的拟古之作对原作研究透彻，用力颇深，做到了"暗合乎曩篇"，又在总结前人成就的基础上得到提高。这正如书画界的临摹之风，只有广学众体，取各家之长，然后结

---

① 陈引驰编校：《刘师培中古文学论集》，中国社会科学出版社1997年版，第135页。
② 见王楙《野客丛书》卷十二《江淹拟古》条。

合个人特点创作，才会形成独特的风格。而模拟的过程可以说是学习和提高的过程，模拟与创新并没有截然的界限，二者可以协调并进，相互促进。文学艺术的发展离不开前人的文化遗产，只有从中吸取营养，得到借鉴，才能逐步创造自己独特的风格。拟古成为魏晋文人创作的一个传统，在魏晋南北朝文坛上，除了陆机、鲍照、江淹等作家创作了众多的拟古诗之外，其他作家的拟古之作也屡见不鲜。拟古现象的大量存在，从一个侧面表明了文学的发展已进入高度自觉的时代。

第二节　陆机的拟古之作

作为西晋模拟诗风的代表人物之一，现存陆机作品中拟古之作占有不小的比重，主要有拟古诗、拟乐府诗、拟建安诗等。陆机模拟汉乐府之作，有《长歌行》《日出东南隅行》《长安有狭邪行》《董桃行》《上留田行》《猛虎行》《顺东西门行》《泰山吟》《梁甫吟》等；模拟"古诗"之作，有《拟行行重行行》《拟今日良宴会》《拟迢迢牵牛星》《拟涉江采芙蓉》《拟青青河畔草》等；模拟建安作品者有《短歌行》（模拟曹操）、《苦寒行》（模拟曹操）、《燕歌行》（模拟曹丕）、《门有车马客行》（模拟曹植）、《塘上行》（模拟甄后）、《从军行》（模拟王粲）、《饮马长城窟行》（模拟陈琳）等。其模仿性格最明显之例，如《猛虎行》，此题原有乐府古辞。古辞句法，首韵为六言句，以下为五言句。建安以下，曹丕等皆有同题之作，然曹丕所作内容自创，且全篇句法为五言体，表现出创作性格；陆机之作则异于曹丕，内容承袭古辞，且句法亦与古辞全同，表现出模拟性格。数量颇多，今存即有四十余首，超过陆机今存诗歌总数之半。最著名的是拟古诗。萧统《文选》收入了这组拟作，钟嵘《诗品》也两次提及，可见影响之大。此外，陆机还仿冯衍《显志赋》等写有《遂志赋》，仿连珠体作《演连珠》五十首，仿七体作《七征》《七导》。

以今天的标准来衡量陆机的作品，对其拟古之作评价并不高，有人认为陆机只是机械地模拟前人，拟乐府诗是"因袭旧题，敷衍成篇""踵前人步伐，不能流露性情"①，拟古诗也是"意不出于原诗，只略为变换词

---

① 黄子云：《野鸿诗的》，转引自王夫之等撰《清诗话》，上海古籍出版社1978年版，第861页。

句而已"。章培恒、骆玉明《中国文学史》认为：陆机《拟古十二首》，是按照各篇原来的内容用不同的语言重写了一遍，用力全在于修辞。袁行霈主编《中国文学史》评陆机《拟古诗十二首》：内容上皆沿袭原题，格调上变朴素为文雅，显示出诗歌文人化的倾向，其总体水平不及原作，然而陆机有时能够拟得惟妙惟肖，有些地方还另有特色，已属难能可贵，所以钟嵘《诗品序》将陆机拟古也列为"五言之警策"。这种评价颇为中肯，考虑到了诗歌发展的渐变规律，以及拟古诗在当时所起的作用。在南朝诗论中，陆机的拟古诗最受推崇，钟嵘《诗品》给予了高度评价，在《诗品序》中将"士衡拟古"与"陈思赠弟，仲宣七哀，公干思友，阮籍咏怀"等并称，"皆五言之警策者也。所谓篇章之珠泽，文采之邓林"。钟嵘不仅把陆机列入上品，而且在论古诗时重点指出"陆机所拟十二首"为"文温以丽，意悲而远，惊心动魄，可谓几乎一字千金"。尽管是赞美古诗，也颇有称赏陆机拟作之意。《文选》则将这十二首诗全部收入"杂拟"一类，可见陆机拟古名重当时。而随着时代的推移，审美情趣也发生了变化。作为"太康之英"的陆机，其拟古之作也招致后人的严厉批评。陈祚明云："士衡束身奉古，亦步亦趋……拟古乐府，稍见萧森，追步《十九首》，便伤平浅。"① 李重华云："陆士衡《拟古诗》，名重当世，余每病其呆板。"② 贺贻孙云："陆士衡拟古，将古人机轴语意，自起至讫，句句蹈袭，然去古人神思远矣。"③ 以上各家从陆机拟古之作的表现手法及篇章结构批评其利弊得失，颇有道理。而对同一组诗的评价前后反差如此强烈，不能不引起我们的思考，有重新探讨的必要。

《古诗十九首》虽是汉末佚名文人之作，本来也属于乐府的谣谚之类，沈德潜《古诗源》所谓："大率逐臣弃妇，朋友阔绝，死生新故之感。或寓言，或显言，反复低徊，抑扬不尽，使读者悲感无端，油然善入，此国风之遗也。"这段话道出了《古诗十九首》的本质特点，因为它产生于汉末动荡不安的社会背景，是"男女有所怨恨，相从而歌，饥者歌其食，劳者歌其事"的产物④。刘熙载《艺概》称之曰："古诗十九

---

① 《采菽堂古诗选》卷十。
② 《贞一斋诗说》，见《清诗话》，上海古籍出版社 1999 年版，第 935 页。
③ 《诗筏》，见郭绍虞编选《清诗话续编》，上海古籍出版社 1983 年版，第 153 页。
④ 《公羊宣十四年传》注语。

首，与苏、李同一悲慨。"被刘勰誉为"五言之冠冕"的古诗，总体风貌是质朴天然的，如"秀才说家常话"（谢榛《四溟诗话》），而陆机的拟作则具有浓郁的文人化色彩。在钟嵘之前，文人五言诗还没有受到足够的重视，陆机为何以《古诗十九首》为范本呢？这恐怕与当时文学发展的趋势有关，五言诗经过建安文人的努力，接受了《古诗十九首》的影响，诗歌文人化的进程进一步加快，形成"五言腾涌"的局面。① 经过正始时期阮籍等人的进一步弘扬，五言咏怀诗作为我国古典抒情诗的传统形式之一，已经广为世人接受。五言诗尽管还没有成为文坛霸主，但日益为人推崇，走向主流位置。陆云《与兄平原书》中有一段话颇为发人深省："《答少明诗》，亦未为妙，省之如不悲苦，无恻然伤心言。今重复精之。一日见正叔，与兄读古五言诗，此生叹息，欲得之。"这段话至少反映了两个信息：一是以悲为美的时代风气，二是古五言诗受文士推崇。潘尼，字正叔，是陆机的好友。由潘尼对古五言诗的态度，可以想见当时的士风对此是颇为推重的。而《古诗十九首》从内容上"畜神奇于温厚，寓感怆于和平。意愈浅愈深，词愈近愈远，篇不可句摘，句不可字求"②。颇有真挚深切之悲慨，这种风格契合了时代的美学要求，也符合陆机的创作特色。因为陆诗的总体风格具有凄楚的身世之悲，《古诗十九首》独中陆机之怀抱，可谓性情相近。时代和个人的双重因素，使陆机选择了《古诗十九首》。敏感的天才诗人陆机，领风气之先，将古诗作为模拟的范本，显示出他的远见卓识。顺应当时文坛拟作的风气，陆机作为对《古诗十九首》专意进行拟作的第一人，试图通过模拟、学习，最终达到与古人一较长短，以展现才性，获取声誉。

陆机有《拟古诗》14 首，今存 12 首。有的学者认为，其中有一部分所拟的就是徐陵认为是枚乘所写的那些作品。但陆机只说是拟古诗，却没有说是拟枚乘，表明在陆机的时代，人们也不认为这些古诗是枚乘的作品③。陆机《拟古诗》12 首包括《拟行行重行行》《拟迢迢牵牛星》《拟青青河畔草》《拟兰若生朝阳》《拟今日良宴会》《拟涉江采芙蓉》《拟明月何皎皎》《拟青青陵上柏》《拟东城一何高》《拟庭中有奇树》《拟西北

---

① 参见王运熙、周锋《文心雕龙译注》，上海古籍出版社 1998 年版。
② 参见胡应麟《诗薮》，上海古籍出版社 1979 年版。
③ 参见叶嘉莹《汉魏六朝诗讲录》，《迦陵文集》，河北教育出版社 1997 年版。

有高楼》《拟明月皎夜光》。现以古诗与拟诗相对照，分析陆机拟作的特点。先看《行行重行行》及拟作：

原作①

　　行行重行行，与君生别离。相去万余里，各在天一涯。道路阻且长，会面安可知？胡马依北风，越鸟巢南枝。相去日已远，衣带日已缓。浮云蔽白日，游子不顾反。思君令人老，岁月忽已晚。弃捐勿复道，努力加餐饭。

拟作

　　悠悠行迈远，戚戚忧思深。此思亦何思？思君徽与音。音徽日夜离，缅邈若飞沈。王鲔怀河岫，晨风思北林。游子眇天末，还期不可寻。惊飙褰反信，归云难寄音。伫立想万里，沈忧萃我心。揽衣有余带，循形不盈衿。去去遗情累，安处抚清琴。

二者相对照，可以发现明显的差别：

（1）首先是风格上的不同，原作古朴天然，"如道家常话"，而拟作则颇具文人雅趣。体现了朴素与典雅的鲜明对比。"揽衣有余带，循形不盈衿"两句较原作"相去日已远，衣带日已缓"含蓄婉转，缺少了原作的率真与自然。结尾两句"去去遗情累，安处抚清琴"，更是含而不露，写离愁而不直接言愁，以"抚清琴"代之，有文人化色彩，但少了原作的豪放与豁达。"思君令人老，岁月忽已晚。弃捐勿复道，努力加餐饭"刻画了离思渐浓又强作豁达的普通思妇形象。而拟作展示给我们的却是珠围翠绕、离愁无法排遣的文士形象。一俗一雅反映了二者截然不同的美学风貌。

（2）结构上，拟作比原作更为严整。原作还有乐府诗铺陈的特点，如以"行行重行行，与君生别离。相去万余里，各在天一涯"四句写同一层意思，即游子思妇远隔万里，不得相见，稍嫌重复。而拟作则既写远隔，又由叙远而叙思，进一步写离思之深切，层层递进，构思细密。

（3）语言上，拟作比原作更加考究，动辄引经据典，以学问为诗。引用《诗经》及辞赋中的典故，如"悠悠行迈远""王鲔怀河岫，晨风思北

---

① （梁）萧统编，（唐）李善注：《文选》，上海古籍出版社 1980 年版，第 1343 页。

北林"等语句，避免用习见的词语，处处流露着作者构思的苦心。从而使语句更凝练，句式更整齐，不同于原作口语化的语言风格。

再看《今日良宴会》与陆机拟作比较：

原作

今日良宴会，欢乐难具陈。弹筝奋逸响，新声妙入神。令德唱高言，识曲听其真。齐心同所愿，含意俱未申。人生寄一世，奄乎若飙尘。何不策高足，先据要路津？无为守穷贱，轗轲长苦辛。

拟作

闲夜命欢友，置酒迎风馆。齐童梁甫吟，秦娥张女弹。哀音绕栋宇，遗响入云汉。四坐咸同志，羽觞不可算。高谈一何绮，蔚若朝霞烂。人生无几何，为乐常苦晏。譬彼伺晨鸟，扬声当及旦。曷为恒苦忧，守此贫与贱？

这一组除具有与上一组相同的特点外，又有两点突出的变化：

（1）拟作铺陈较重，描写更趋繁复。拟作以开头十句来铺陈原作前四句之意。

（2）拟作情感的表达更含蓄、内敛，不像原作大胆直露。例如末尾四句以"譬彼伺晨鸟，扬声当及旦。曷为恒苦忧，守此贫与贱"收束，不如原作"何不策高足，先据要路津"直率、坦荡。

再比较《西北有高楼》与陆机拟作：

原作

西北有高楼，上与浮云齐。交疏结绮窗，阿阁三重阶。上有弦歌声，音响一何悲！谁能为此曲？无乃杞梁妻。清商随风发，中曲正徘徊。一弹再三叹，慷慨有余哀。不惜歌者苦，但伤知音稀。愿为双鸿鹄，奋翅起高

拟作

高楼一何峻，迢迢峻而安。绮窗出尘冥，飞陛蹑云端。佳人抚琴瑟，纤手清且闲。芳气随风结，哀响馥若兰。玉容谁能顾，倾城在一弹。伫立望日昃，踯躅再三叹。不怨伫立久，但愿歌者欢。思驾归鸿羽，比翼双飞翰。

　　原作与拟作结构一致，具体场景相似，但在表现形式上，拟作更追求推陈出新，原作中弹琴者形象是模糊的，拟作则力求清晰地展示为"佳人"形象。原作描写音乐之哀伤为"清商随风发，中曲正徘徊"，拟作则以"芳气随风结，哀响馥若兰"出之，运用通感手法，以嗅觉上的香气如兰来表现听觉上的出神入化。音乐是诉诸听觉的感官享受，陆机却用嗅觉的感受加以表现，五官感受的互通，强化了音乐的感染力。诗人是全副身心地沉浸到音乐中感受美，并用突破常规的方式表现出来，给人耳目一新的艺术享受，从而获得对艺术形象的完整体认。陆机是最早运用通感手法的诗人，在《拟今日良宴会》一诗中，他以"高谈一何绮，蔚若朝霞烂"表现当日言谈场面的热烈动人，读者借助"朝霞"的视觉形象，对当时宴会言谈的场面感同身受。通感手法的运用，增强了作品的艺术感染力，陆机杰出的艺术表现技巧于此可见一斑。

　　再看《青青河畔草》及其拟作：

原作

　　青青河畔草，郁郁园中柳。盈盈楼上女，皎皎当窗牖。娥娥红粉妆，纤纤出素手。昔为倡家女，今为荡子妇。荡子行不归，空床难独守。

拟作

　　靡靡江离草，熠熠生河侧。皎皎彼姝女，阿那当轩织。粲粲妖容姿，灼灼美颜色。良人游不归，偏栖独只翼。空房来悲风，中夜起叹息。

　　这一组诗中拟作的最大特点是对原作人物形象的改变，原作中"昔为倡家女，今为荡子妇"的女主人公虽非风尘女子，但发出"荡子行不归，空床难独守"的呼声，已不符合儒家"发乎情，止乎礼仪"的诗教观。拟作以良家女取代原作的"倡家女"，情感表现趋于委婉、含蓄。不似原作质朴、率真的风格。陆机拟作有意识地符合儒家的正统观念，使之归于雅正。

　　可以说，陆机《拟古诗》十二首从总体风格上是趋于文人化的。但是拟作在追求语言典雅华美的同时，也失去了原作古朴天然的神韵。如古诗《迢迢牵牛星》以"迢迢牵牛星，皎皎河汉女"起首，以"盈盈一水间，脉脉不得语"收束，可谓天然去雕饰，而余味无穷。拟作则分别代以"昭昭清汉晖，粲粲光天步""引领望大川，双涕如沾露"。句式整齐，讲究用词，气韵、格调则不及原作。但因为陆机拟古诗在艺术构思上殚精竭虑，力求出新，也有不少清新可读的名句，不但传诵一时，也对后世产生了深远的影响，如《拟明月何皎皎》以"照之有余辉，揽之不盈手"写月光之皎洁，这样的警句则超出原作。古代诗人咏月光的名句当属《诗经》。《诗经·陈风·月出》云"月出皎兮"，写月色的洁白光明。《古诗十九首》中"明月皎夜光""明月何皎皎"都是从此化出。曹植《七哀》诗中"明月照高楼，流光正徘徊"，写明月流辉，更进一层。而陆机从感觉出发写看得见、抓不着的月光，更加生动传神。月光在这里还有深一层的喻义，比喻思妇所怀念的游宦远方的丈夫，似月光一般似有还无，不能相见。构思巧妙，富于艺术表现力。至隋代江总《赋得三五明月满》诗曰："三五兔辉成，浮云冷复轻，只轮非战反，团扇少歌声。云前来往色，水上动摇明。况复高楼照，何嗟揽不盈。"犹以陆机咏月之句入诗，可见其对后世的影响深远。

　　陆机的拟作已显示出不同于原作的独特风格，如句数相当、对应关系更为明显的一组《青青陵上柏》及其拟作，据台湾学者林文月的研究发现，陆机《拟青青陵上柏》"饶有太康之风格，而有别于东汉之诗：（1）用字遣词每好繁富，如'高岭萍''随风翰'以代'陵上柏''涧中石'。（2）善用俪句及句眼，如'飞阁缨虹带，层台冒云冠'。不仅对仗工整，其'缨''冒'二字，犹见炼字之功。（3）具有颇浓厚的贵游气息，如'方驾振飞辔，远游入长安'，直承子建《名都篇》豪丽之旨趣。（4）已见用典，如'绝景'。（5）通篇观之，中段渲染长安之富盛景况，甚饶形象光影之具体感官效果，乃是太康诗之特色"①。

　　"太康"（280—289）是西晋武帝司马炎的年号。太康前后是西晋文坛上比较繁荣的时期，"亦文章之中兴也"②。严羽则提出"太康体"之名③，明确指太康时期的诗体，所谓"分明别是一副语言"。太康诗歌一

---

① 林文月：《中古文学论丛》，台湾大安出版社1990年版，第139—140页。
② 钟嵘著，陈延杰注：《诗品注》，人民文学出版社1998年版，第1页。
③ （宋）严羽：《沧浪诗话·诗体》。

般以陆机、潘岳为代表，他们的诗歌比较注重艺术形式的追求，讲究辞藻华美和对偶工整，"缛旨星稠，繁文绮合"（《宋书·谢灵运传》）。从技巧上更趋精美，但也有过于雕琢而削弱文气的弊病。这一时期诗歌的风格，《文心雕龙·明诗》概括为"采缛于正始，力柔于建安，或析文以为妙，或流靡以自妍"。陆机的拟古诗就代表了太康诗歌的特点，如用字考究，遣词富丽，注重用典，讲求对偶及章法结构等，在表现形式上，比原诗有较大的开拓和发展。另外，在思想倾向上，陆机拟作也打上了个人的色彩，《晋书》本传载陆机"服膺儒术，非礼不动"，所以他的拟作也着意追求典雅，使之更符合儒家的正统观念。

概括言之，陆机的拟古诗具有如下特点：

（1）拟作大多追求形似，亦步亦趋。陆机所拟古诗 12 首，内容上大多是承袭古辞，词句大抵也是从原作变换而来，创新之处主要在于表现手法上的变换。所以后世非议多由此而发，如许学夷所云："拟古皆逐句模仿，则情兴窘缚，神韵未扬，故陆士衡《拟行行重行行》等，皆不得其妙，如今人摹古帖是也。"（《诗源辨体》卷三）贺贻孙则云："拟古诗须仿佛古人神思所在，庶几近之。陆士衡拟古，将古人机轴语意，自起至讫，句句蹈袭，然去古人神思远矣。"（《诗筏》）

（2）究辞藻的华美，表现手法上趋于工笔细描，有时也不免给人以涂饰之感。正如厉志《白华山人诗说》所云："陆士衡雍容华赡，词称态远，固足动人，惜其心意之所至，大半分向词面上去也。"但与古诗相比，拟诗多用赋法铺叙，追求描绘的细密和语义的完整。如古诗《青青陵上柏》描写洛阳的繁华景象为："洛中何郁郁，冠带自相索。长衢罗夹巷，王侯多第宅。两宫遥相望，双阙百余尺。"其中除"冠带"一句略具动感之外，其他多平铺直叙，缺乏生动感人的力量。而拟诗则颇有气势："名都一何绮！城阙郁盘桓。飞阁缨虹带，层台冒云冠，高门罗北阙，甲第椒与兰。侠客控绝景，都人骖玉轩。"其中"城阙郁盘桓"一句即将古诗"长衢""夹巷"及"两宫""双阙"错综分布的景象概括出来。以"缨虹带"和"冒云冠"写台阁之壮丽华美，并以"高门罗北阙，甲第椒与兰"两句诗敷衍古诗"王侯多第宅"，从不同侧面描绘出名都的绮丽景象。对"侠客"及"都人"的描写则超出原诗写作范围，是拟诗的创新之处，在静态铺叙后，引入控马骖轩的侠客及都人形象，可谓动静结合，画龙点睛，使整个场景富有生气。

（3）陆机的拟古诗是汉末以来诗歌文人化倾向的进一步发展，从形式上注重俳偶，以至有的诗篇从头至尾，大半为对句。对字句的刻意求工，使拟诗在语言上不仅比原诗华丽，而且出现了大量的骈偶句式，如：

哀音绕栋宇，遗响入云汉。（《拟今日良宴会》）
牵牛西北回，织女东南顾。（《拟迢迢牵牛星》）
飞阁缨虹带，层台冒云冠。（《拟青青陵上柏》）
王鲔怀河岫，晨风思北林。（《拟行行重行行》）

这些字句不仅字义和词性相对应，平仄上也基本相对，已有近体诗律句的形式，在诗体发展演变过程中有着重要的影响。

拟诗中已开始自觉地创造警句。这与陆机《文赋》所主张的"立片言而居要，乃一篇之警策"是一致的。但追求局部的完美，有时也会破坏整体的和谐，不及气象混沌、不可句摘的古诗整体上气韵浑成，以致警句在诗中反而显得有句无篇。而陆机的辞藻之美却是不容抹煞的，例如毛先舒评陆机云："笃尚高华，竟变魏制。"又云："才太高，意太浓，法太整。""高谈一何绮，蔚若朝霞烂"，以色喻声；"芳气随风结，哀响馥若兰"，以气喻声；皆士衡之藻思。①

另外，拟诗已用心于炼字，例如"层台冒云冠"之"冒"字颇具动感，有传神之妙，这是陆机承曹植诗"朱华冒绿池"而来，而潘岳诗"川气冒山岭，惊湍激岩阿"，也是学习曹植用字。太康诗风以潘、陆为代表，二人都曾致力于学习前人，注重诗歌的形式之美。

（4）拟诗在叠字的运用上也颇具特色。"诗用叠字最难"。这一点清人顾炎武在《日知录》中已经提及。《诗经》中已有用叠字状物写景的成功之作，如"昔我往矣，杨柳依依，今我来思，雨雪霏霏"。被认为是千古写景而情景交融的名句。《卫诗》中还有连用六叠字的用例，"河水洋洋，北流活活。施，鳣鲔发发，葭菼揭揭，庶姜孽孽"。可谓"复而不厌，颐而不乱矣"②。古诗《青青河畔草》亦连用六叠字，自然清新，饶有风致。陆机拟作亦以叠字对应，但所用叠字从风格上与古诗的口语化不

---

① 《诗辩坻》，见郭绍虞选编《清诗话续编》，上海古籍出版社 1983 年版，第 40 页。
② 顾炎武：《日知录》。

同，大多为引经据典而来，如以"靡靡"拟"青青"，出自嵇康《琴赋》"靡靡猗猗"一语，李善注："靡靡，顺风貌。"原作"青青河畔草"一语可谓触景而发，信手拈来。而拟作以"靡靡江离草，熠熠生河侧"出之，引用《离骚》《诗经》等经典中的词语，文人化色彩浓厚。类似与原作中叠字相对应的拟作有《拟行行重行行》《拟迢迢牵牛星》《拟青青陵上柏》等。陆机运用叠字不但力求与原作达到协调一致，还在不少拟作中创造性地使用叠字，增强诗歌的艺术表现力，如《拟涉江采芙蓉》中以"采采不盈掬，悠悠怀所欢"拟原诗"采之欲遗谁，所思在远道"。化用《诗经》"终朝采，不盈一掬"及"悠悠我思"诗句，结合刘桢诗"能不怀所欢"，自铸新语。叠字的运用，增强了诗歌的形象性和表现力，又含蓄不尽韵。《拟明月皎夜光》中以"翻翻归雁集，寒蝉鸣"拟原诗"秋蝉鸣树间，玄鸟逝安适"，化用《诗经》《楚辞》中的叠字，使拟作更生动、形象，构思巧妙，文人化色彩更浓。

（5）情感的表达趋于含蓄、婉转。古诗中作者感情的抒发较少拘束，这是汉末连年征战，民不聊生、儒学衰微的现实所决定的。而到了陆机的拟古诗，则有意规范前人，扭转了古诗中不合儒家思想的倾向。以上我们论及《拟青青河畔草》和《拟今日良宴会》时都已提及。现举《拟明月皎夜光》为例重申之。古诗《明月皎夜光》写昔日好友位居显贵之后，不念旧情，与"我"形同陌路，此种世态炎凉直以俚语出之："昔我同门友，高举振六翮，不念携手好，弃我如遗迹。南箕北有斗，牵牛不负轭。良无盘石固，虚名复何益。"颇见怨愤之色。而拟诗则婉转含蓄，温柔敦厚："畴昔同宴友，翰飞戾高冥。服美改声听，居愉遗旧情。织女无机杼，大梁不架楹。"这样就符合了儒家"怨而不怒，哀而不伤"的诗教观。

（6）与拟作华美雍容的风格相一致，在人物形象的塑造上，陆机拟作中的女性形象也有贵族化倾向。《拟古诗》十二首中有六首刻画了美女的形象。例如《拟西北有高楼》中的女性形象为："佳人抚琴瑟，纤手清且闲。芳气随风结，哀响馥若兰。玉容谁得顾，倾城在一弹。"佳人与琴瑟相得益彰，对"纤手""玉容"的正面与侧面描写，给人以深刻印象。而原作只是集中写歌声，人物形象是虚化的："上有弦歌声，音响一何悲！谁能为此曲？无乃杞梁妻。清商随风发，中曲正徘徊。一弹再三叹，慷慨有余哀。"古诗中也有对美人的正面描写，如《东城高且长》（又作

《东城一何高》）中写道："燕赵多佳人，美者颜如玉。被服罗裳衣，当户理清曲。"佳人的形象是天然去雕饰的玉女。而拟作则侧重于华丽之美的渲染，美女形象成为"京洛多妖丽，玉颜侔琼蕤，闲夜抚鸣琴，惠音清且悲"的贵族女子。显然受曹植《美女篇》"美女妖且闲"中美女形象的影响。这种倾向在陆机拟作中俯拾皆是，如："美女何其旷，灼灼在云霄。"（《拟兰若生朝阳》）"皎皎彼姝女，阿那当轩织。粲粲妖容姿，灼灼美颜色。"（《拟青青河畔草》）"华容一何冶，挥手如振素。"（《拟迢迢牵牛星》）以"灼灼""皎皎""粲粲""妖""冶"等词来形容女性的美，铅华毕现，浓墨重彩。与原作古朴、淡雅之美学色调形成鲜明对比。

第三节　陆机创作拟古诗的动机

（一）学习前人创作经验

王瑶先生指出，《古诗十九首》实际上就是乐府诗，不过内容上抒情的成分加重，文体更趋于整饬罢了。[①] 乐府诗来自民间，因其新鲜活泼的形式极具表现力和艺术神采，所以吸引着文人进行模仿和运用，部分"古诗"，很可能是当时没有被采录入乐，单独在社会上流传和一部分失去标题、脱离音乐的乐府诗。这种源于乐府诗的五言诗体大盛于建安时代，后世的文人通过向民间诗体学习和拟作，不仅从民间文学中吸取营养，同时也以作者自身的学养使作品增添文士化色彩，陆机的拟古诗便可作如是观。在这一学习、拟作和提高的过程中，首先便是用心揣摩、模仿，以求得其神似。在拟作风气的影响之下，作者也有与前人一较短长的用意，所以苦心经营，驱遣词藻，显示才华，以求声名。

（二）出于"呈才"的需要

西晋一代，弥漫于整个社会的风气是缺乏崇高精神，求名、求自适之风成为主流。罗宗强论西晋名士说："名士群体中人，虽言必玄远，但真正超然物外的实在也没有。西晋一朝士人，更大的特点便是转向关心自身得失，用石崇的话来说，便是'士当身名俱泰，何至瓮牖哉！'这是当时士人普通信奉的人生准则，也是他们心态的主要趋向。他们求名、求利、

---

① 参见王瑶《中国诗歌发展讲话》，中国青年出版社 1992 年版。

保身、放荡以及追求飘逸情趣等行为，都可以从这一心态中得到圆满的解释。"① 声名对当时士人来说之所以重要，是因为声名是晋升的资本，能带给他们汲汲以求的东西。

如何获取好的声名呢？同建安文士相比，西晋文士追求"三不朽"的风气十分淡薄，因此"建永世之业，流金石之功"的激情已不复澎湃，更多的是与世浮沉。尽管陆机也有"但恨功名薄，竹帛无所宣"的吟咏，但其诗中更多"守一不足矜，歧路良可遵"的徘徊和"天道夷且简，人道险而难"的感叹。在西晋这样一个朝政更迭士风污浊的时代，通过建功立业以立生前身后名的幻想难以在现实的土壤上生长，而获取令誉的方法还有故作放荡之举、挥麈清谈等途径，而随着"文的自觉"时代的发展，利用文学显才扬名也成了文士的梦想。曹丕《典论·论文》提出："是以古之作者，寄身于翰墨，见意于篇籍，不假良史之辞，不托飞驰之势，而声名自传于后。"曹丕视文章为"经国之大业"，使文学的地位上升到了与"立功"相媲美的程度。曹植则称辞赋为"小道"，主张功业不就，方退而著文，亦有"骋我径寸翰，流藻垂华芬"的追求。陆机是一位功名心非常强烈的士人，他的思想倾向与曹植颇为相似。而西晋太康时期明显不同于建安时期，"这是这样的一个时期：没有激情，没有准则，没有大欢喜，也没有大悲哀"②。特殊的时代使文士们把借助文学获取声名当成了终南捷径。例如左思《三都赋》成，求皇甫谧为其作序，就是借助显贵举荐，通过文学求名而一举成功的先例。《文选》李善注引臧荣绪《晋书》云："左思作《三都赋》，士人未重，谧有高名于世，思乃造而示之，谧称善，为其赋序也。"陆机与左思在这一点上可谓不谋而合。《晋书·左思传》载："初，陆机入洛，欲为此赋，闻思作之，抚掌而笑，与弟云书曰：'此间有伧父，欲作《三都赋》，须其成，当以覆酒瓮耳。'及思赋出，机绝叹伏，以为不能加也，遂辍笔焉。"陆机自恃才高，也有借赋扬才的想法，对左思作《三都赋》的先妒后服，也是为其洛阳纸贵的令名所折服吧。而陆云《与兄平原书》中提到："云谓兄作《二京》，必传无疑，久劝兄为耳。又思《三都》，世人已作是语，触类长之，能事可见。"陆云劝其兄作《二京赋》的目的，就是求得传声扬名，作为晋升

---

① 罗宗强：《魏晋南北朝文学思想史》，中华书局 1996 年版，第 80—81 页。
② 同上书，第 75 页。

的阶梯，因为赋铺张扬厉，最能展示作者的博学多才，而出于展现才性的需要，陆机将赋法引入诗中，其诗歌也成为呈才的诗歌，其诗中追求典雅情调、雕琢言语、对偶用典等都是要使《拟古诗》具备才士气息。

我们试从陆机的诗学观念中寻求其呈才的内在根源，陆机的文学思想集中体现在《文赋》一文，其中对诗赋的定义为"诗缘情而绮靡，赋体物而浏亮"，此两句还是对举相连而言的，李善注"绮靡"为"精妙之言"，"浏亮"为"清明之称"，两者合起来，均指语言的精当、明晰。这两句话合在一起的意思即为：诗、赋要"缘情""体物"，要用精当、明晰的语言。陆机将诗赋对举，除了表达形式上的对偶之外，也有所侧重，以区分诗、赋两种文体的特点。他是承认诗偏于"缘情"、赋偏于"体物"的，只是这种区分并非水火不容。其本意在于，抒发感情，描绘事物，精妙明细的语言是诗歌不可缺少的要素。这种诗近于赋的诗学观，使作者将呈才作为写诗的首要目标。而《古诗十九首》则是抒情的文学、抒情的诗歌，陆机的拟古诗与原诗风格上截然不同的原因，即在于此。陆机作诗呈其才思的特点，与他同时代的人早已注意到了，《世说新语》刘孝标注引《文章传》曰："机善属文，司空张华见其文章，篇篇称善，犹讥其作文大治，谓曰：'人之作文，患于不才；至子为文，乃患太多也。'"① 这自与陆机呈才的文学观、诗学观有关，也是当时社会重视文士才性的反映。沈德潜评陆机云："苏李《十九首》，每近于《风》，士衡辈以作赋之体行之，所以未能感人。"② 陆机拟古诗有赋的倾向，是因为他在拟作中增加了铺叙、对偶、典故等赋法。这种手法的运用，淡化了诗歌的抒情色彩。而直陈其事、纤毫毕现的表现手法，也颇受指责，如贺贻孙《诗筏》称："拟古诗须仿佛古人神思所在，庶几近之。陆士衡拟古，将古人机轴语意，自起至讫，句句蹈袭，然去古人神思远矣。《拟行行重行行篇》云'揽衣有余带，循形不盈衿'即'相去日已远，衣带日已缓'意也。不惟语句板滞，不如古人之轻宕，且合士衡十字，总一'缓'字包括无遗，下语繁简迥异如此，便见作者身份矣。结云'去去遗情累，安处抚清琴'，即'弃捐勿复道，努力加餐饭'意也。彼从'弃捐'二字说来，无可奈何，强自解勉，盖情至之语，非'遗情'也。若云'去去

① 余嘉锡：《世说新语笺疏》，中华书局1993年版，第26页。
② 沈德潜：《古诗源》，中华书局1963年版，第156页。

遗情累'，即浅直已甚矣。《拟今日良宴会篇》'高谈一何绮，蔚若朝霞烂'，即'令德唱高言，识曲听其真'意也。绮霞蔚烂，士衡聊以自评耳，岂若古句之绵邈乎？'人生能几何，为乐常苦晏。譬彼司晨鸟，扬声当及旦。曷为恒忧苦，守此贫与贱！'即'人生寄一世，奄忽若飚尘。何不策高足，先据要路津？无为守贫贱，辗轲长苦辛'语也。'高足''要路'语含讥讽。古诗从欢娱后，忽而感慨，似真似谐，无非愤懑。士衡特以'为乐常苦晏'，申上文欢娱而已，何其薄也！《拟迢迢牵牛星篇》结云'引领望大川，双涕如沾露'即'盈盈一水间，脉脉不得语'意也。'盈盈'何须'引领'，'一水'岂必'大川'，'脉脉'不待'流涕'，'不语'何尝'沾露'？十字蕴含，谱尽相思，古今情人千言万语，总从此出，被士衡一说破，遂无味矣。《拟青青陵上柏篇》：'人生能几何？譬彼浊水澜。戚戚多滞念，置酒宴所欢。方驾振飞辔，远游入长安。名都一何绮，城阙郁盘桓。'即'人生天地间，忽如远行客。斗酒相娱乐，聊厚不为薄。驱车策驽马，游戏宛与洛，洛中何郁郁，冠带自相索'语也。古人倏而感慨，倏而娱乐，倏而游戏，倏又感慨矣。中间'游戏'二字，从'忽如远行客'句来，寄意空旷，有君辈皆入我梦中之意。'冠带自相索'一语，顿令豪华气尽，淡淡写来，自而妙绝。士衡自'置酒'以下，句句作繁丽语，无复回味，如饮蔗浆，一咽而已。《拟西北有高楼篇》：'玉容谁得顾？倾城在一弹。伫立望日昃，踯躅再三叹。不怨伫立久，但愿歌者欢。'即'清商随风发，但伤知音稀'语也。士衡从'倾城'上说向'欢'去，古诗从'徘徊'上说向'哀'去，'欢''哀'二意，便分深浅。且夫'中曲正徘徊'，则绕梁遏云，不足以逾矣。岂'倾城'可言乎？'徘徊'未已，继以'三叹'，'余哀'之上，缀以'慷慨'，'哀'不在'叹'，亦不在'弹'，非丝非肉，别有神往，庄子所谓'听其自己者，咸其自取也。'妙伎如此，彼'伫立''踯躅'者，皆随人看场耳。'但伤知音稀'一语，感慨深远。但有言说，总非知音，其视'歌者'之'欢'，不过声色豪华，奚啻雅俗悬绝已哉！《拟东城高且长篇》云：'曷为牵世务，中心若有违。京洛多妖丽，玉颜侔琼蕤。闲夜……'即'荡涤放情志，何为自结束？燕赵多佳人，美者颜如玉。……衔泥巢君屋'语也。士衡一气直说，全无生动。古诗将燕赵佳人，凭空想像，无限送痴。而披衣当户，弛情整巾，沉吟在悲响之余，踯躅于理曲之后，则不独闻其声，且如见其人矣。试思'长歌''哀想'等语，细细比勘，其敷衍凑泊，与古人相去深浅为何如也？其余全篇刻画古人，不可胜录，所谓桓温之似刘琨，其无所不似乃其无所不恨者。夫以士衡之才，尚且若此，则拟古岂容易哉！"

因为陆机没有把情感看作诗歌的生命，而将呈才作为写诗的首要目标，所以其《拟古诗》，常被指责为缺乏真情。但是拟古诗的特殊性也决定了陆机只能在声调字句上力求酷肖古人，进而揣摩古人为文之用心，这是初学写作的人必经的阶段。陆云《与兄平原书》中和陆机探讨作文的心得时也说："往日论文，先辞而后情，尚絜而不取悦泽。"陆机拟古诗中重"辞"而轻"情"的倾向，既有社会、时代文化的影响，也隐含着陆机个人的审美观和诗学观，并非亦步亦趋式的模仿。但其拟古诗毕竟在艺术上有自己的独特之处，正如毛先舒《诗辩坻》所评："士衡之诗，才太高、义太浓、法太整。'高谈一何绮，蔚若朝霞烂'，以色喻声；'芳气随风结，哀响馥若兰'，以气喻声，遂无复云谢出于陆耳。"陆机拟古诗中浓郁的才气是有目共睹的，而拟古诗在总体效果上始终无法超越古诗的原因，或许正如《师友诗传录》中所言："古之名篇，如出水芙蓉，天然艳丽，不假雕饰，皆偶然得之，犹书家所谓偶然欲书者也。当其触物兴怀，情来神会，机括跃如，如兔起鹘落，稍纵即逝矣。有先一刻后一刻不能之妙，况他人乎？故十九首拟者千百家，终不能追踪者，由于着力也。一着力便失自然，此诗之不可强作也。"① 这类评论尽管有其道理，其出发点却有求全责备之嫌，因为拟古诗是模拟而非创新。尽管打着时代的烙印，却总是力求在用韵、字数上规仿古人，在诗境、风格上逼肖原作，同原作之自然天成截然不同，是作者苦心经营的结果。而综观文学史上几次重大的文学革新运动，也多是以复古为通变的发展运动，即继承传统，发展变化。以陆机为代表的太康诗坛，也是在复古中走向新变。

第四节　如何看待陆机作品的拟古倾向

（一）拟古是时代风气使然

陆机现存作品中拟古之作所占比重不小，其中最为人称道的是"拟古十二首"，另外乐府、文、赋等都有拟古之作，因此常为后人指责。西

---

① 　王夫之等撰：《清诗话》，上海古籍出版社 1978 年版，第 128 页。

晋文学之不同于建安文学，一个主要的表现在于建安为文造情，因而
"缛旨星稠，繁文绮合"（沈约语）。可以说，陆机作品追求文辞新异绮丽
而疏于感情的抒发，正是西晋文坛风尚的反映，其作品拟古寡情也是汉魏
以来文坛上拟古风气的表现。作为"太康之英"的陆机，承此风而加以
发扬，拟古之风足以凌越汉魏。从诗歌创作来看，"建安诗歌高潮过去之
后，魏晋之际的诗坛上，拟古的风气逐渐流行开来。这种拟古的现象，与
建安后政治及文化中的某些保守倾向有关，但从诗歌史自身的发展规律来
看，正标志着汉魏诗歌经典地位的确立"①。西晋拟古诗的高手陆机，以
及华美文风的先导者傅玄，都有名重当世的模拟之作，他们以《诗经》
《楚辞》以及汉魏诗歌作为模拟的对象，以出众的才华，走以才学为诗的
道路，模拟最多的是汉魏诗歌，顺应了文学发展的要求，领风气之先，成
为以模拟为创作的代表。

（二）拟古之作是用心经营的结果

陆机《文赋》中有"余每观才士之所作，窃有以得其用心"的说法，
"才士"的"用心"，即布局谋篇的苦心孤诣。在陆机的文学观念中，拟
古之作同其他作品一样，也需要"用心"揣摩，他在《遂志赋·序》中
写道：

> 昔崔篆作诗，以明道述志；而冯衍又作《显志赋》，班固作《幽
> 通赋》，皆相依仿焉。张衡《思玄》，蔡邕《玄表》，张叔《哀系》，
> 此前世之可得言者也。"崔氏简而有情，《显志》壮而泛滥。《哀系》
> 俗而时靡，《玄表》雅而微素。《思玄》精练而和惠，欲丽前人，而
> 优游清典，漏幽通矣。班生彬彬，切而不绞，哀而不怨矣。崔、蔡冲
> 虚温敏，雅人之属也。衍抑扬顿挫，怨之徒也。岂亦穷达异事，而声
> 为情变乎！余备托作者之末，聊复用心焉。"

陆机在分析揣摩前人赋作源流及其特点的基础上，"聊复用心焉"，
即是指用心于"相依仿焉"。在具体分析述志系列作品风格特征的基础
上，也有斟酌取舍并与前人争较短长之意。

---

① 钱志熙：《乐府古辞的经典价值》，载《文学评论》1998 年第 2 期。

（三）拟古与创新矛盾的统一

陆机在文论中提出了文贵创新的观点，而在创作中却有相当数量的拟古之作，如何看待这一貌似矛盾的现象呢？

陆机《文赋》中集中表述他为文重视创新的是这样一段话："或藻思绮合，清丽千眠；炳若缛绣，凄若繁弦。必所拟之不殊，乃暗合乎曩篇。虽杼轴于予怀，怵他人之我先。苟伤廉而愆义，亦虽爱而必捐。或苕发颖竖，离众绝致；形不可逐，响难为系。块孤立而特峙，非常音之所纬；心牢落而无偶，意徘徊而不能揥。"

陆机此段强调文章的独创性，力避与他人雷同，主张创造文章的佳句，可以说是创新论的宣言。钱锺书先生释此段云："若佇色揣称，自出心裁，而成章之后，忽睹其冥契'他人'亦即'曩篇'之作者，似有蹈袭之迹，将招盗窃之嫌，则语虽得意，亦必刊落。"[①] 在这段话里，对两个"必"字的不同诠释，导致前后语意的明显差别。李善统统释为"必须"。注曰："言所拟不异，暗合昔之曩篇。……言他人言我虽爱之，必须去之也。"钱锺书先生释"必捐"之"必"为"必须"；"必所"之"必"为"如果""假使"。这样就将"必所拟之不殊，乃暗合乎曩篇"一句话同下文合为一个整体，将暗合于曩篇之作当成蹈袭前人之作，成为必须舍弃的对象。张怀瑾先生《文赋译注》显然不取这种说法，他认为这是论文的写作，应当借鉴古人的艺术经验，也就是力求描摹得毫厘不差，才合乎古典诗篇的艺术匠心。接下来才论到自出杼轴、避免雷同之类的文贵创新问题。从上下文来看，张怀瑾先生的说法更接近原意。这与陆机"伫中区以玄览，颐情志于典坟"的文学主张是一致的，即注重学习前人的创作经验，使自己受到潜移默化的熏陶和影响。在整个学习写作的过程中，力求"暗合乎曩篇"是不可逾越的阶段，正如书法中的临帖，舍此不得高步前人。

这样看来，陆机拟古之作揣摩前人为文之用心的做法与标新立异的主张是并行不悖的，因为后世多以创作的标准来衡量陆机的拟作，所以苛责较多。其实，即使是创新之作，也是在博观前人篇什的基础上务去陈言、推陈出新的。陆机已经认识到这一点，证之《文赋》：

---

① 钱锺书：《管锥编》，中华书局 1986 年版，第 1199 页。

收百世之阙文，采千载之遗韵，谢朝华于已披，启夕秀于未振。

这是强调作品语言的新颖，重视在前世作品中博观约取，务去陈言，述古人未述之旨。钱锺书先生释云："机意谓上世遗文，固宜采撷，然运用时须加抉择，博观而当约取。去词采之来自古先而已成熟套者，谢已披之朝华，取词采之出于晚近而犹未滥用者，启未振之夕秀。"① 陆机强调文学作品语词的新颖，与他在拟古诗中讲究词藻之美的创作实践是一致的。他还强调表现手法上的突破常规，勇于创新。《文赋》中有：

在有无黾俛，当浅深而不让。虽离方而遁圆，期穷形而尽相。

李善注云："方圆，谓规矩也，言文章在有方圆规矩也。"钱锺书先生释云："四句皆状文胆：'黾俛不让'即勇于尝试，勉为其难，如韩愈《送无本师归范阳》：'无本于为文，身大不及胆，吾尝示之难，勇往无不敢。'或皎然《诗式》卷一《取境》：'夫不入虎穴，焉得虎子？取境之时，须至难至险。''离方圆以穷形相'即不囿陈规，力破余地，如苏轼《经进东坡文集事略》卷六十《书吴道子画后》：'出新意于法度之中，寄妙理于豪放之外。'"② 为了圆满地表情达意，穷形尽相地描绘事物，要勇于尝试不同的表现手法，只要能写尽事物的形貌，不惜打破前人写作的范式。这种主张体现了陆机论文的创新意识。

陆机的文论中充满大刀阔斧的革新思想，而在创作实践中却出现了大量拟古之作，这种规模古人体制且亦步亦趋的拟古之作是否有悖于他的创新思想呢？我们通过分析可以看出，陆机确有不少作品于篇章结构甚至句式都沿袭原篇，只是替换词语而已。但这些作品的出发点就是酷肖原作，"必所拟之不殊，乃暗合乎曩篇"。这是为文必须的模仿阶段，作者在原题原意的基础上，力避俗语，寻求新的表现手法，表现了一定程度的创新，如拟古之作中通感手法的运用及句式的整饬等。陆机主张"辞程才以效伎，意司契而为匠"，即辞意俱美，恰到好处，重视驾驭语言的才能

① 钱锺书：《管锥编》，中华书局 1986 年版，第 1186 页。
② 同上书，第 1193 页。

和表现技巧。这也是他在拟古之作中着力追求的，所以有相当一部分拟古之作是"袭故而弥新"的，但其"新"在于表现形式上的推陈出新，如果从其拟古之作中寻找内容上的创新，恐怕有求全责备之嫌，不符合拟古之作的特点。

陆机的拟古倾向与其人生际遇和创作心态都是密不可分的。陆机以"亡国之余"的身份仕于西晋皇族，在纷扰的政治旋涡中，发言为声不能不有所顾忌。故其作品直抒胸臆者少，务于词藻修饰者多。前人已有论述，如陈祚明《采菽堂古诗选》卷十云：至于述志赠答，皆不及情。夫破亡之余，辞家远宦，若以流离为感，则悲有千条；倘怀甄录之欣，亦幸逢一旦。哀乐两柄，易得淋漓，乃敷旨浅庸，性情不出。岂余生之遭难，畏出口以招尤，故抑志就平，意满不叙，若脱纶之鱲，初放微波，圉圉未舒，有怀靳展乎？大较衷情本浅，乏于激昂者矣。

仕途的坎坷使陆机感情的抒发转向含蓄委婉，时代的平庸使他吟唱不出激昂慷慨之声，于是借拟古以呈才，追求表现形式的标新立异和词采绮靡就成了陆机作品的主要特征。而陆机作品追求文辞之美也是时代风气的产物，是文学走向自觉追求形式美的表现。在这一点上，陆机的拟古诗起到了推波助澜的作用。钟嵘《诗品》将陆机拟古诗与"陈思赠弟、仲宣七哀，公干思友，阮籍咏怀"等名家名作相并称，认为"斯皆五言之警策者也。所以谓篇章之珠泽，文采之邓林"，肯定了陆机拟古诗词采华美的特点，以当时文坛的审美标准来看，对陆机拟古诗还是推崇有加的，尽管从作品内容来看没有多少新意，其表现手法上的着力出新则是不容忽视的。

陆机拟古诗名显当世的另一个重要原因，还在于他开辟模拟之途，使"拟古"成为当时及后世诗歌的一大类型。一般认为，陆机是拟古诗的开创者。综观魏晋南北朝诗坛，拟作之风铺天盖地，"拟古""效古"之作尤多，成就最高者首推陆机，陆机的诗作亦成为模拟的范本，如宋孝武帝之子刘义恭有《拟古诗》，又有《拟陆士衡诗》，鲍照有《代陆平原君子有所思行》等。南朝南平王刘铄，多有拟古之作，《宋书》本传曰："铄未弱冠，拟古三十余首，时人以为亚迹陆机。"可见陆机拟古在当时的地位。今人郝立权总结陆机之"体变"有三，与对偶、藻饰相并列的第三点，即为"轨范曩篇，调辞务似，神理无殊，支体必合。模拟之途既开，附会之辞屡见"。陆机"弘兹三变，郁为时尚，遂使两都驰誉，三张减价，茂先叹其肇才，仲伟许为膏泽。盖有由也"。诚哉斯言！拟古自陆机始盛，可谓创新之举；而拟古本身亦步亦趋于原作题旨，又与创新相悖；依古诗原意敷衍，却多表现手法的创新，可谓袭故而弥新，这种复杂的两面性在陆机拟古诗中达到了矛盾的统一。

（四）　以复古为通变

自《文选》设"杂拟"一体，收录文人的拟古之作以来，各代不乏拟古之作，如白居易有《效陶体十六首》，苏轼有《和陶饮酒二十首》等，反映了古代作家尚古的文学意识。这类作品内容上并不受所拟之诗的局限，但在用韵及句数上则严格模仿前人，以求得诗境、语言、风格上酷似原作。尽管这种模拟古作的积习有迷古的倾向，但中国古代文学的发展往往走了一条以复古为通变的道路，"通"即通古，"变"即变今。通变不同于新变，而是继承传统并发展变化的意思。它与新变之着力出新，否定传统截然不同，纵观唐宋以来文学史上几次重大的文学革新运动，无不以复古为通变。例如，在创作理论上，宋人强调"无一字无来历"，重视学习古人。宋代江西诗派领袖黄庭坚主张："自作语最难。……古之能为文章者，真能陶冶万物，虽取古人之陈言，入于翰墨，如灵丹一粒，点铁成金也。"（《答洪驹文》）他们主张语言上推陈出新，讲究"脱胎换骨"，就是在内容上袭取古人诗意，经形容化为己有，有因袭古人以代替独创的倾向，这种拟古的风气至明代更盛，而溯其源头，在陆机的拟古诗中就有这种倾向。陆机拟古诗内容上取法古诗，而在语言上力求新变，自出机杼。被后世称为"导齐梁之先路，绾两晋之枢机"[1]。陆机在文学史上"嗣魏开宋"（胡应麟《诗薮外编》卷二）的地位，正是其以复古为通变的功绩所在。评陆机"束身奉古，亦步亦趋"者，仅着眼于其内容上的规范前篇，显然有失偏颇。

---

① 郝立权：《陆士衡诗注》，人民文学出版社 1958 年版。

第 四 章

陆机的拟乐府与乐府诗

第一节　拟乐府诗

乐府诗是汉魏六朝时代特别繁荣并对后代影响较大的一种诗体。所谓乐府诗，是指一种配有音乐的诗体，在汉代又被称为"曲""辞""歌""行"等。《文心雕龙·乐府》称："乐府者，'声依永，律和声'也。"到了后来，文人创作的拟乐府不再用于管弦配乐，同音乐的关系才逐渐脱离。

乐府的模拟始于魏。文人乐府因三祖陈王的身体力行而发展壮大，作品风格，也变两汉之朴鄙为高雅，文字则变两汉之古质为绮丽，开六朝雕琢之风。内容上则"或述酣宴，或伤羁戍，志不出于滔荡，辞不离于哀思"。① 胡应麟称："乐府自魏失传，文人拟作，多与题左，前辈历有辩论，愚意当时但取声调之谐，不必词义之合也。"这种说法颇为中肯。魏之拟作，多借古题叙时事，题名与内容联系不大。而西晋乐府，有的学者认为"概皆模拟古乐府之作，无自己创制者"。② 西晋之拟作，前人对此的总体评价是借古题咏古事，内容上不超出题名的范围。西晋的拟乐府诗，涉及时事的不多，在雕章琢句上用力颇深。萧涤非先生在《汉魏六朝乐府文学史》中将晋乐府拟古之作，分为两派："一派借古题咏古事，如故事乐府；一派借古题咏古意，则大抵就前人原意，敷衍成篇。"这两种情况在陆机的拟作乐府中都有体现，而陆机的拟乐府并非是对古乐府的简单复归，无论是在诗歌表现技巧、形态上，还是在表达思想感情的深度

---

① 王运熙、周锋：《文心雕龙译注》，上海古籍出版社 1998 年版，第 52 页。

② 罗根泽：《乐府文学史》，东方出版社 1996 年版。

上，都有所拓展和创新。但是因为六朝之后，陆机的拟乐府多受指责，例如许学夷《诗源辨体》云："士衡乐府五言体制，声调与子建相类，而排偶雕刻，愈失其体。"黄子云《野鸿诗的》称："平原五言乐府，一味铺排敷衍，间多硬语，且踵前人步武，不能流露情性，均无足观。"沈德潜《古诗源》评陆机"意欲呈博，而胸少慧珠""先失诗人之旨"。这种指责在当代仍有延续，例如有的学者称陆机"着重模拟前代作品，因袭多而创新少，语言又多注意对偶辞藻，缺少朴素生动之美，因此总的成就不及曹魏"。[①] 通观陆机的拟乐府作品，确实存在着以上所说种种缺点，但正如《世说新语·文学篇》征引孙绰的话所说，欣赏陆机的文章需要"排沙简金"的功夫，才能"见宝"，因为"陆文深而芜"。

　　萧统《文选》收陆机乐府诗 17 首，是乐府类中入选作品最多的诗人，《文心雕龙·乐府》称："子建士衡，咸有佳篇。"将陆机与曹植的乐府诗相提并论，予以褒扬，刘勰何以如此评说呢？因为陆机同曹植的诗歌相比，共同点颇多，诗歌内容上都突出功名追求，形式上趋于华美丰赡，颇为相似，而且二人都是才气横溢的文坛翘楚。钟嵘评陆机为"其源出于陈思"。陆机的诗歌深受曹植影响，其乐府诗《门有车马客行》即是拟自曹植《门有万里客》，二者相对比，我们可以看出陆机受曹植影响，并向前发展的痕迹：

　　　　门有万里客，问君何乡人？褰裳起从之，果得心所亲。挽裳对我泣，太息前自陈：本是朔方士，今为吴越民。行行将复行，去去适西秦。——曹植《门有万里客》

　　　　门有车马客，驾言发故乡。念君久不归，濡迹涉江湘。投袂赴门途，揽衣不及裳。抚膺携客泣，掩泪叙温凉。借问邦族间，恻怆论存亡。亲友多零落，旧齿皆凋丧。市朝互迁易，城阙或丘荒。坟垅日月多，松柏郁茫茫。天道信崇替，人生安得长。慷慨唯平生，俛仰独悲伤。——陆机《门有车马客行》

　　两首诗之间的承继关系显而易见，曹植诗承袭汉乐府民歌风味，虽为文人乐府，格调仍是亦雅亦俗。陆机诗则文士化、雅化气息较浓。曹植诗

---

　　① 　王运熙、王国安评注：《汉魏六朝乐府诗评注》，齐鲁书社 2000 年版。

"本是朔方士，今为吴越民"等，虽讲究音韵、对偶，但用词仍口语化，有民歌自然天成的色彩。陆机用语则更为讲究，诸如"亲友多零落，旧齿皆凋丧。市朝互迁易，城阙或丘荒"等诗句，辞藻的讲究和对偶的工整更显出了作者构思的苦心。

郝立权撰《陆士衡诗注》[①]收录陆机乐府诗34首，金涛声点校《陆机集》又有补遗3首。综观陆机的乐府诗，抒发时光飞逝、功名难成的感慨之作占了相当的数量。例如《长歌行》：

> 逝矣经天日，悲哉带地川。寸阴无停晷，尺波岂徒旋。年往迅劲矢，时来亮急弦。远期鲜克及，盈数固希全。容华夙夜零，体泽坐自捐。兹物苟难停，吾寿安得延。俛仰逝将过，倏忽几何间。慷慨亦焉诉，天道良自然。但恨功名薄，竹帛无所宣。迨及岁未暮，长歌承我闲。

乐府古辞《长歌行》抒写了时光不再，当趁少壮奋发努力的慷慨情怀，即"当早崇树事业，无贻后时之叹"[②]。通篇以生动的自然现象来启发人们领悟人生哲理。而"少壮不努力，老大徒伤悲"的结语更是水到渠成的警句，千古传颂。而曹魏改奏文帝所赋《西山一何高》，言仙道洪漾不可识，当观圣道而已，不同于古辞。陆机此诗也是言人寿短促，当建功立业，乘间长歌。与古辞的题旨一脉相承，但又有新的阐发和拓展。

首先，陆机《长歌行》一改乐府古辞古朴的民歌风貌，遣词造句更有文士气。如古辞"百川东到海，何时复西归"写时光一去不返，以习见的自然现象设喻。而陆机则以"寸阴无停晷，尺波岂徒旋"出之，用词考究，对偶工整，是苦心经营的结果。

第二，描写更繁复，结构更复杂，古辞仅用十句就将枯燥的哲理表达得生动形象，而陆机则用了二十句敷衍此义。可谓"情繁而辞隐"[③]。乐府古辞紧扣"朝""春"入笔，一连八句比兴，由物及人，由景及意。而陆机前八句写天地山川四时运行永无止息，而人寿不永。接着以细致入微

---

① 郝立权：《陆士衡诗注》，人民文学出版社1958年版。

② 《文选五臣注》。

③ 王运熙、周锋：《文心雕龙译注》，上海古籍出版社1998年版，第255页。

的笔触写岁月催人老："容华夙夜零，体泽坐自捐。兹物苟难停，吾寿安得延。"作者沉重而无奈地坐视生命一寸一寸地消逝，满腹悲慨又故作豁达语："慷慨亦焉诉，天道良自然。"真的能泰然处之吗？"但恨功名薄，竹帛无所宣。"笔锋一转，沉痛陡出，末尾却又以貌似平淡之语作结："迨及岁未暮，长歌承我闲。"古诗有"长歌正激烈"，歌者用歌声的长短来表达不同的感情。诗人满怀感慨，叹时光飞逝，功名未建，却又无可奈何。这种一波三折、一唱三叹的深婉悲郁之风致同乐府古辞相比，不是各有千秋吗？全诗感情之抒发更为沉痛，激荡着诗人内心的波澜，带有强烈的个人色彩。

抒发这种及时建功立业之怀抱的乐府诗还有《秋胡行》：

> 道虽一致，途有万端。吉凶纷蔼，休咎之源。人鲜知命，命未易观。生亦何惜，功名所叹。

这首四言诗用乐府旧题以抒所感，既与秋胡无关，又与今传魏武帝所作五言《秋胡行》不同，诗意完全出自作者的创造，引用《周易》系辞及楚辞等语句，虽然他有感于吉凶纷蔼休咎无常的现实，也叹息知命之难，却舍弃不了功名爵位，并不惜将生死置之度外。通篇近似于后世以枯燥说理为主的玄言诗，末尾以"生亦何惜，功名所叹"作结，把功名置于生死之上，可谓功名至上主义者。这种咏叹在不少诗篇中都有表现，例如《日重光行》：

> 日重光，奈何天回薄。日重光，冉冉其如飞征。日重光，今我日华华之盛。日重光，倏忽过亦安停。日重光，盛往衰亦必来。日重光，譬如四时固恒相催。日重光，惟命有分可营。日重光，但惆怅才志。日重光，身没之后无遗名。

通篇回旋往复，咏叹时光流逝，盛衰无常，才士空有壮志，惆怅身没无遗名，不能及时建立功业。《月重轮行》抒发了同样的感慨：

> 人生一时，月重轮。盛年安可持，月重轮。吉凶倚伏，百年莫我与期。临川曷悲悼，兹去不从肩。月重轮，功名不勖之，善哉。古人

扬声，敷闻九服。身名流何穆，既自才难，既嘉运亦易愆。俛仰行老，存没将何所观。志士慷慨独长叹，独长叹。

　　叹盛年易逝，人生短促，功名难成，而人生际遇，坎坷多磨难。行将老去，颇有屈原"老冉冉其将至兮，恐修名之不立"的悲伤。为何陆机诗中有如此执着的功名之念呢？这与他家世显赫，自我期许颇高是分不开的。陆机家族一门多俊才，对此他深以为荣。但生当末世，值国破家亡之际，重振门风的强烈愿望使他对功名的追求无法割舍。这一切都源于他的家族情结，这在其乐府诗中也有体现，如《吴趋行》就是歌颂吴地的诗篇：

　　　　楚妃且勿叹，齐娥且莫讴。四坐并清听，听我歌吴趋。吴趋自有始，请从阊门起。阊门何峨峨，飞阁跨通波。重栾承游极。回轩启曲阿。蔼蔼庆云被，泠泠鲜风过。山泽多藏育，士风清且嘉。泰伯导仁风，仲雍扬其波。穆穆延陵子，灼灼光诸华。王迹隤阳九，帝功兴四遐。大皇自富春，矫手顿世罗。邦彦应运兴，粲若春林葩。属城咸有士，吴邑最为多。八族未足侈，四姓实名家。文德熙淳懿，武功侔山河。礼让何济济，流化自滂沱。淑美难容纪，商推为此歌。

　　这首诗洋洋洒洒，如数家珍，盛赞吴地之人杰地灵，山川建筑之美，八族四姓之盛。颇具赋的铺张扬厉之势。开头以"楚妃且勿叹，齐娥且莫讴。四坐并清听，听我歌吴趋"入题，有乐府民歌的气息。接下来写吴地建筑之壮美，山川之繁富，士风之美好，逐层深入点出吴邑多"属城之士"，对"八族""四姓"之文德武功大加赞颂。陆机对出身于"礼让何济济，流化自滂沱"的吴地深感自豪，对吴地的推崇溢于言表。作为四姓名家的世胄苗裔，陆机受儒家思想影响深入骨髓，儒家"修身、齐家、治国、平天下"的思想使陆机自幼即有以天下为己任的抱负，而吴郡陆氏显赫的家族势力，也为陆机的成长提供了良好的政治、经济环境及文化氛围，在这样的将帅世家、文学世家成长起来的陆机，内心深处早已充满强烈的家国意识和功名思想。然而世事多变，陆机20岁时，晋伐吴，"王濬楼船下益州，金陵王气黯然收"，吴国灭亡之后，陆机经受了国破家亡的切肤之痛，闭门读书十年，后入洛仕晋。尽管也因才学受到称赏重用，但出身南人所受的排挤和歧视，与陆机高傲的性格与出众的才气交织在一起，让他倍感压抑和郁闷。一方面是热切地企望"建永世之业，流金石之功"；另一方面是险恶而无奈的现实，一次次粉碎了他的希望。诗人怎能不"遵四时以叹逝，瞻万物而思纷"呢？

在陆机的乐府诗中，感时悼逝之作占了很大的比重，如《上留田行》：

> 嗟行人之蔼蔼，骏马陟原风驰。轻舟泛川雷迈，寒往暑来相寻。零雪霏霏集宇，悲风徘徊入襟。岁华冉冉方除，我思缠绵未纡。感时悼逝凄如。

这首诗写四时变化，以及由寒往暑来、悲风入怀所引发的感触，即"岁华冉冉方除，我思缠绵未纡"。时光如箭，又是一年接近尾声，"我"心中百感交集，犹如一团乱麻，为什么这般愁闷呢？是缘于"感时悼逝"。感慨时光流逝，当及时建功立业的咏叹在楚辞中就化为诗篇了。《离骚》就是以有限生命追求精神永恒并追求有所成就的悲壮之诗。屈原也是将功成名立作为个人生命价值实现的重要标志。《离骚》云："老冉冉其将至兮，恐修名之不立。"洋溢着欲及时建功立名的紧迫感，这与孔子所说的"君子疾没世而名不称"（《论语·灵公》）在情绪上是相仿的。屈原作品中也充满了时光易逝、人生短暂的焦虑感，这种焦虑与他追求的功业目标是分不开的，因其功名期许过高，所以较常人有更强烈的迁逝感。而当他的理想在现实中受阻，无法实现时，迁逝的悲哀愈是痛彻心扉，在这一点上，陆机与屈原可谓千古同心。感叹时节流逝，时不我待，又以及时为乐宣泄忧愁，如陆机的《顺东西门行》：

> 出西门，望天庭，阳谷既虚崦嵫盈。感朝露，悲人生，逝者若斯安得停！桑枢戒，蟋蟀鸣，今我不乐岁聿征。迫末暮，及世平，置酒高堂宴友生，激朗笛，弹哀筝，取乐今日尽欢情。

诗人感慨于时光流逝不停息，而人生如朝露，随着蟋蟀的鸣唱，一年又近尾声，当抓住有限的时光，饮酒作乐，极尽欢情。诗中化用《诗经》及古诗语句，引经据典，丰富了诗歌的内涵。生命的短暂，使有志之士对时间流逝的体验可谓惊心动魄："日月逝于上，体貌衰于下，忽然与万物逝化，斯志士之大痛也。"① "年与时驰，意与日去，遂成枯落，多不接世，悲守穷庐，将复何及？"② 感时伤逝是陆机作品的主要基调，由此引发的或悲哀，或昂扬，或颓伤，或享乐，在其作品中都有体现。如《驾言出北阙行》是感于人生短促，世事多艰，迁逝之悲无法排遣，转而追求美服饮酒，及时行乐：

> 驾言出北阙，踯躅遵山陵。长松何郁郁，丘墓互相承。念昔徂殁子，悠悠不可胜。安寝重冥庐，天壤莫能兴。人生何所促，忽如朝露凝。辛苦百年间，戚戚如履冰。仁智亦何补，迁化有明徵。求仙鲜克仙，太虚不可凌。良会罄美服，对酒宴同声。

这首诗辞意与乐府诗《驱车上东门行》同。《乐府诗集》列《驱车上东门行》入《杂曲歌辞》，此篇所拟又是《古诗十九首》之一，而所谓"古诗"，可能都是乐府歌辞。古诗致慨于丘墓之间，叹息人生如寄，寿无金石固，转而追求饮酒享乐，是绝望中的颓放自流，陆机此诗在拟古的基础上，又加上了自己的人生体验，"辛苦百年间，戚戚如履冰"。这种如履薄冰、如临深渊的忧惧感在陆机作品中随处可见。陆机遭国破家亡、亲友凋零之痛之后，以南人"亡国之余"的身份来洛阳求仕，特殊的处境又使他不敢过多地流露故国之思，只有将沧桑感寄寓在命运祸福、天道盛衰等主题上，在诗篇中反复吟咏。正因为如此，他所抒发的人生慨叹具有慷慨凄凉的色调。如《梁甫吟》：

> 玉衡固已骖，羲和若飞凌。四运循环转，寒暑自相承。冉冉年时暮，迢迢天路徵。招摇东北指，大火西南升。悲风无绝响，玄云互相仍。丰水凭川结，零露弥天凝。年命特相逝，庆云鲜克乘。履信多愆期，思顺焉足凭。慷慨临川响，非此孰为兴。哀吟梁甫巅，慷慨独抚膺。

---

① （梁）萧统编，（唐）李善注：《文选》，上海古籍出版社1986年版，第2272页。

② 张连科、管淑珍校注：《诸葛亮集校注》，天津古籍出版社2008年版，第109页。

汉乐府古辞有《梁甫吟》，《乐府诗集》收入相和歌辞楚调曲。郭茂倩说："梁甫，山名，在泰山下。《梁甫吟》盖言人死葬此山，亦葬歌也。"①《梁甫吟》可能最早是民间葬歌。《三国志·诸葛亮传》载："亮躬耕陇亩，好为《梁父吟》。"后世因有附会为诸葛亮所作者②，前人已辨其误。乐府古辞是哀时而作，为用葬歌哀伤追悼三勇士之作，虽为咏史，又有借古讽今之意，慨叹贤能之士生不逢时，报国无门，这或许也是诸葛亮躬耕隐居时"好为《梁父吟》"的原因。陆机此诗与古辞之意是一致的，而感情的抒发与原作平实、含蓄相比，则激越、悲愤得多。与他"遵四时以叹逝，瞻万物而思纷"的文学观念一致，此诗开头以十二句诗写四时之更替，物候之改变，由"年命特相逝，庆云鲜克乘。履信多愆期，思顺焉足凭"，感慨岁月飞驰，而无由施展怀抱，仕途坎坷，不得天时地利，无怪乎诗人要"慷慨临川响"了。强烈的迁逝之悲，与人生苦短功业难成的悲哀，造就了"哀吟梁甫巅，慷慨独抚膺"的孤独无助的诗人形象。类似的感慨在《太山吟》一诗中也有流露：

> 太山一何高，迢迢造天庭。峻极周已远，曾云郁冥冥。梁甫亦有馆，蒿里亦有亭。幽途延万鬼，神房集百灵。长吟泰山侧，慷慨激楚声。

《乐府解题》称："《泰山吟》，言人死精魄归泰山，亦《薤露》《蒿里》之类也。泰山一作太山。"《太山吟》本为挽歌类。所以"梁甫亦有馆，高里亦有亭"中"高里"误为"蒿里"，前人已指出此谬，颜师古注《汉书》即曰："此高字自作高下之高，而死人之里谓之蒿里，或呼为下里者也，字为蓬蒿之蒿。或者既见太山神灵之府，高里又在其旁，即误以高里为蒿里，混同一事。文学之士，共有此谬。陆士衡尚不免，况其余乎？"此处颜师古不但指明了错误之所在，而且对陆机之误多有谅解，把陆机置于其他文士之上，对其才学还是颇为推重的。陆机诗中写长吟短叹于太山，"慷慨激楚声"，也是抒发人生短暂生死无常的无奈和悲哀。"楚声"为汉初雅乐的替代品。

---

① 郭茂倩：《乐府诗集》，文学古籍刊行社 1955 年影宋本。
② 《乐府诗集》即题为诸葛亮作。

　　迁逝感可以说是诗歌永恒的主题，敏感的诗人在承受迁逝之悲煎熬的同时，也不可避免地陷入两难的境地，导向了虚无感和幻灭感，正如古诗所言："服食求神仙，多为药所误。不如饮美酒，被服纨与素。"陆士衡则云："求仙鲜克鲜，太虚不可凌。良会罄美服，对酒宴同声。"现实中的屡屡碰壁，使陆机一度产生归隐的念头，他在《招隐诗》中描绘了世外桃源般清静美好的隐者生活，发出"富贵苟难图，税驾从所欲"的呼声。他也曾向往神仙逍遥出世的生活，并发为歌咏："投迹短世间，高步长生闱。濯发冒云冠，洗身被羽衣。饥从韩众餐，寒就佚女棲。"（《东武吟行》）但是，正如后人所说："世人都言神仙好，唯有功名忘不了。"陆机是深深执着于功名之念的人，所以这种虚无幻灭退隐之感转瞬即逝，他又走向了更为艰难的不归路，"负其才望，而志匡世难"，对张华、潘岳等人前车之鉴视而不见，对顾荣、戴若思等人劝其还吴的忠告无动于衷，以其狂热而又不合时宜的责任感，奔向仕途功名之路义无反顾。可惜陆机生不逢时，当时"权威满朝，威柄不一"的纷扰恶浊之气弥漫朝野，正如范文澜先生所言，司马氏集团中人，相互间只有一种阴恶的杀夺关系，就是见利必夺，以杀助夺，愈杀愈猛烈，一直杀到大混乱……与滥杀相辅的是滥赏，用滥赏来纠集徒党，用徒党来进行杀夺，杀夺愈急愈多，赏赐愈滥愈厚，人人向往祸乱。西晋统治集团就是这样一个以杀夺滥赏为始终的黑暗集团。而这种杀夺与滥赏，使得统治集团中人经常面对生死无常，心情极度紧张与颓废，于是生活上就流于纵情享乐，苟且偷生。而西晋初期晋武帝对朝政激烈的内部斗争采取的是平衡策略，造成了思想准则依违两可的局面，使"政失其本""邪正不分"，导致政权凝聚力消失，后来的士人各依其主卷入政治争斗，人人考虑的仅是自身利害得失，更无操守、德行可言了。① 在这个平庸的时代里，陆机以其纯真任性及出众的才华在宦海浮沉中经受着痛苦的颠簸。节物盛衰，四时变化无不引起他对生命的强烈慨叹，而这种感叹又激发了他追求功名的强烈欲望，我们看他的《猛虎行》：

　　　　渴不饮盗泉水，热不息恶木阴。恶木岂无枝，志士多苦心。整驾
　　肃时命，杖策将远寻。饥食猛虎窟，寒栖野雀林。日归功未建，时往

----

① 　罗宗强：《魏晋南北朝文学思想史》，中华书局 1996 年版，第 75—125 页。

岁载阴。崇云临岸骇，鸣条随风吟。静言幽谷底，长啸高山岑。急弦无懦响，亮节难为音。人生诚未易，曷云开此衿。眷我耿介怀，俯仰愧古今。

《猛虎行》为汉乐府古辞，原诗为"饥不从猛虎食，暮不从野雀栖。野雀安无巢，游子为谁骄？"通过形象的比喻，赞美游子能在困境中谨于立身的美德。朱嘉征说："《猛虎行》歌猛虎，谨于立身也。《记》（按：《礼记》）曰：'君子不失足于人，不失色于人，不失口于人。'咏游子，士穷视其所不为，义加警焉。"陆机此诗在立意上承此生发，开头两句沿用古辞，点出志士之"苦心"，即慎于出处。接下来又将古辞意翻新，迫于"时命"，"饥食猛虎窟，寒栖野雀林"，为何要违背初衷不加选择呢？那是因为时日迁移，秋风鸣条，崇云临岸，令人心生感慨，"日归功未建"，怎不令人心焦？诗人不禁忧从中来，长啸不已。尽管是迫于时命无法选择的无奈之举，诗人仍耿耿于怀，不能释然："急弦无懦响，亮节难为音。"以音乐的声调来象喻品格刚正的人。写出诗人不得已苟且于眼前利益，有违本怀的痛苦和不安。结尾不禁感叹人生——"人生诚未易，曷云开此衿。眷我耿介怀，俯仰愧古今。"这种左右为难、不得已为之的悔愧之情令诗人备受煎熬。整首诗较充分地表达了陆机在宦海沉浮中起伏的思绪和复杂矛盾的心情。在他的诗里，对人世险恶的感受，对出处进退的困惑往往是和迁逝感交织在一起的。人的生命实在太短暂了，而诗人的抱负如此沉重，欲以有限之生命，创无限之伟业，扬不朽之声名，却困难重重，无由施展，所以睹自然万物的迁逝，伤生命之不永，理想之难成，自然物的迁逝也就成了生命迁逝的象征。此篇写作年代不详，有评论者定为"大约作于赴洛途中"。内容则为描写旅途艰辛，餐风露宿之困苦，感叹自己未能高尚其志、坚持操守，以致从俗沉浮。① 作者身为东吴姻亲重臣之后，投身晋室，于心不甘，但为了建立功业，又不得不如此，故临路徘徊，矛盾彷徨。但陆机今存作品中并没有明显地反对晋朝统一的情绪，当时许多吴人入洛后都尽忠晋朝，出生入死，并无悔意。陆机不但自己为晋朝效忠，而且也劝别人为晋朝出力。据此来看，姜亮夫先生将此篇定为被诬后的自悔之作，还是颇有道理的。

---

① 　王运熙、王国安评注：《汉魏六朝乐府诗评注》，齐鲁书社 2000 年版。

　　王尧衢云：此为耿介之士全身远害之词。恶木之下，志士耻息其阴，何况与恶人同处乎？夫恶木多枝，息之者众，非具十分骨力，宁免枝叶之交加乎？故曰多苦心。"整驾肃时命"四句：整驾亟行，策马远去，将以正命，而寻栖息之处也。乃食犹虎穴，栖则雀林，其去恶木未远，可以久息于此乎。"日归功未建"八句：承上言栖息未稳，无所依托，以致日月逝，岁云暮矣，而功业未建，徒见岸云变幻，秋风鸣条，只增无限之感慨。则庶几谷底山巅，可以啸傲矣。然我不因时而屈节，故急弦之下，自无弱响，而直亮之节，世虽共信，谁曰知音？嗟乎，此正志士之苦心处也。"人生诚未易"四句：夫人生志节，守之不易，何得遽言开襟。我惟眷恋此耿介之怀，俯仰人天，惟恐有愧于古今人耳，可不慎哉。整首诗中交织着浓烈的无奈和感伤，以及诗人如履薄冰，不能洁身自保的悲慨。这种诚惶诚恐的感叹在《君子行》中亦有深切浓厚的感发：

　　　　天道夷且简，人道险而难。休咎相乘蹑，翻覆若波澜。去疾苦不远，疑似实生患。近火固宜热，履冰岂恶寒。掇蜂灭天道，拾尘惑孔颜。逐臣尚何有，弃友焉足叹。福钟恒有兆，祸集非无端。天损未易辞，人益犹可欢。朗鉴岂远假，取之在倾冠。近情苦自信，君子防未然。

　　乐府古辞《君子行》以六句诗铺陈"君子防未然，不处嫌疑间"这一主题，最后四句诗赞颂周公礼贤下士，是寓有儒家思想的君子立身之道。陆机这首诗沿用乐府古辞题旨，又将其扩大为对整个人生的咏叹，"天道夷且简，人道险而难"，"天损未易辞，人益犹可欢"，情调激楚悲伤，陆机把个人的身世感叹与人生体验浸透到这一主题中，音调悲怆，极具震撼力，突破了哀而不伤、怨而不怒的传统，反映了汉魏以来以慷慨悲哀为美的审美情趣。诗中多处运用经书、子书中的典故。用典的增多，使诗歌意蕴深厚，包容性强，但也削弱了诗歌的形象性，缺少直接感发的力量。诗中迁逝感的表现带上了哲理的色彩，以此来消解迁逝之悲，人道之险。面对险恶的仕途，陆机在《长安有狭邪行》中道出了他的人生体验与处世哲学：

　　　　伊洛有歧路，歧路交朱轮。轻盖承华景，腾步蹑飞尘。鸣玉岂朴儒，凭轼皆俊民。烈心厉劲秋，丽服鲜芳春。余本倦游客，豪彦多旧亲，倾盖承芳讯，欲鸣当及晨。守一不足矜，歧路良可遵。规行无旷迹，矩步岂逮人。投足绪已尔，四时不必循。将遂殊途轨，要子同归津。

这首诗借汉乐府古题独抒怀抱，由目睹歧路上朱轮纷纷引发诗人的感想——"鸣玉岂朴儒，凭轼皆俊民"，那些佩带鸣玉辅佐君王的达官贵人难道是信奉儒家经典的吗？作者抚今追昔，颇增身世之悲。倦游他乡，游宦无成，想起了故乡的皇亲国戚，上前探听家乡亲人的消息，却是勉励他及时而仕，不必固守初衷，一成不变，"歧路良可遵"。阮籍《咏怀诗》有"杨朱泣歧路"，即以"歧路"喻操守之不能始终如一。诗人本是"服膺儒术，非礼不动"的儒者，现实的逼迫也只有"将遂殊途轨，要子同归津"了。这首诗所反映的作者立身之原则与《猛虎行》中"饥从猛虎食，暮从野雀栖"可谓异曲同工，只是当初的矛盾与痛苦之情趋于平和，在经过激烈的思想斗争之后，作为一个积极的入世者，为了实现建功立业的抱负，陆机已别无选择。对当时政局变迁的感慨，陆机也以隐晦曲折的手法在《折杨柳》一诗中发为吟咏：

邈矣垂天景，壮哉奋地雷。丰隆岂久响，华光恒西颓。日落似有竟，时逝恒若催。仰悲朗月运，坐观璇盖回。盛门无再入，衰房莫苦开。人生固已短，出处鲜为谐。慷慨惟昔人，兴此千载怀。升龙悲绝处，葛藟变条枚。痡瘵岂虚叹，曾是感与摧。弭意无足欢，愿言有余哀。

郝立权注曰："此诗之作，必缘当时而发。然亦截取《毛诗》杨柳依依之意，以寄其盛衰兴亡之感。固无与于兵革苦辛也。"指出这首诗是感于时事而作，非当时京洛为折杨柳之歌以歌兵革苦辛之辞，可谓慧眼独具。陆机这首诗的写作年代限于史料缺乏，很难确考。但从诗的内容来看，应作于晋武帝去世之后。因为吴亡时陆机仅20岁，对时代的政局变迁不可能有较深的感触。晋武帝死于太熙元年（290），惠帝即位后，西晋的政局从此就趋于衰微，这首诗就是有感于时而作。

在这首诗中，陆机从日光与雷声的不能持久落笔，喻世事的沧桑巨变。古人常以日象征君主，"雷"也可代指君主。"日落似有竟，时逝恒若催"，写君主（可能指晋武帝）之死。作者接着写"仰悲朗月运"，也是有喻义的，因为古人往往以月象征皇后或皇室的异姓人物，例如《汉书·元后传》载元帝王皇后母怀孕时，梦见月入其怀，遂生后。晋武帝死后，政权即落入武帝杨皇后之父杨骏之手，不久，惠帝皇后贾氏又杀了杨骏，政权落入贾氏之手。这场血腥的屠杀，使原本潜伏的内部矛盾更加激烈，政局更为动荡不安，所以陆机"仰悲朗月运"，感叹盛衰无常，吉凶同域。接下去诗人直接感慨人生短暂，仕途艰难了："人生固已短，出处鲜为谐。"作者与千载之上昔人的慷慨正是同一怀抱。出与处的矛盾也是有感于当时政局的变换，陆机在诗中以两个典故写时局："升龙悲绝处，葛藟变条枚。"《史记·封禅书》载："黄帝采首山铜，铸鼎既成，有龙垂胡须下迎黄帝。黄帝上骑，群臣后宫从上者七十余人，龙乃上去。余小臣不得上，乃悉持龙须，龙须拔，堕，堕黄帝之弓。百姓仰望黄帝既上天，乃抢其弓与胡须号……"这个典故常被文人用来代指帝王的死。"升龙"即指黄帝骑龙上天，"悲绝"指百姓号哭。盖指晋武帝之死。《诗经·周南》有："南有樛木，葛藟累之。"又曰："遵彼汝坟，伐其条枚。"毛传："枝曰条，干曰枚。"在这里"葛藟"是葛的藤，"条枚"指大树的枝干。升龙喻君，葛藟喻臣。陆机寓意为帝王一死，葛藤就要改变依附的枝干，即某些朝臣随之改变依附的权贵。郝立权注曰："其感于赵王伦篡位之事乎？"《晋书·惠帝纪》载："永宁元年春乙丑，赵王伦篡帝位，迁帝于金墉城，号曰太上皇。"此说可两存之。陆机对此是叹息不已、感慨万千的。这首诗的主旨既感叹盛衰无常，又愤世嫉俗。因为他是有志于建功立业的，但政局的纷扰、人世的盛衰让他举步维艰。强烈的用世之志，使陆机对当时的现实极为关注，尽管作为太康时期的代表作家，其作品被刘勰一以概之为"采缛于正始，力柔于建安"[1]，但其总体倾向还是保持着建安诗人建功立业、对现实颇为关心的传统。陆机的《饮马长城窟行》写士卒远征的痛苦，颇得汉魏风骨：

　　　　驱马陟阴山，山高马不前。往问阴山侯，劲虏在燕然。戎车无停轨，旌旆屡徂迁。仰凭积雪岩，俯涉坚冰川。冬来秋未反，去家邈以

---

① 王运熙、周锋：《文心雕龙译注》，上海古籍出版社 1998 年版，第 43 页。

绵。猃狁亮未夷，征人岂徒旋？末德争先鸣，凶器无两全。师克薄赏行，军没微躯捐。将遵甘陈迹，收功单于旃。振旅劳归士，受爵藁街传。

此篇乐府古辞"言征戍之客至于长城而饮其马，妇人思念其勤劳，故作是曲也"。[①] 陆机则直写士卒征战之辛苦备尝，遥遥无期。陈胤倩曰："起四句来绪迢遥，末德四句自是至语。凡诗语，理至到者情亦至到，便成名言不易。"《诗镜》云："陆机诗，可喜处，在清俊之气。可憎处，在缛绣之辞。《饮马长城窟行》，绝少词累。"据《晋书·陆机传》载，陆机少年时代即领父兵为牙门将，经历了长期的军旅生涯。仕晋后曾卷入八王之乱，督诸军二十余万人为成都王颖讨长沙王乂，此诗或有感于此而作。据本传记载，陆机出征前，颖谓机曰："若功成事定，当爵为郡公，位以台司。将军勉之矣。"陆机则自比于管仲乐毅，颇有势在必得之志。故诗中"猃狁亮未夷，征人岂徒旋"二句为作者之心声，有时代社会之真实背景，而后世之名句"黄沙百战穿金甲，不破楼兰终不还"正是从此化出。此类即事箴时之作构成了陆机作品的一个亮点。较建安诗人陈琳之杂言体同名诗作，陆机此诗已发文人五言诗之先声。

陆机乐府诗中模仿建安诗人作品颇有特色。例如模拟曹操的《短歌行》：

> 置酒高堂，悲歌临觞。人寿几何，逝如朝霜。时无重至，华不再阳。蘋以春晖，兰以秋芳。来日苦短，去日苦长。今我不乐，蟋蟀在房。乐以会兴，悲以别章。岂曰无感，忧为子忘。我酒既旨，我肴既臧。短歌可咏，长夜无荒。

曹操的《短歌行》表达他"叹流光易逝，欲得贤才以早建王业"的愿望。《乐府解题》曰："《短歌行》，魏武帝'对酒当歌，人生几何'，晋陆机'置酒高堂，悲歌临觞'，皆言当及时为乐也。"又旧说《长歌短歌》，大率言人寿命长短分定，不可妄求也。比较曹操与陆机拟作的诗，曹诗由人生短促寄慨，写"忧思"之深，然后点出盼望得贤才，以求

---

① 参见郭茂倩《乐府诗集》，文学古籍刊行社 1955 年影宋本。

"天下归心"，建立王业的理想。是一篇求贤之作。通篇以人生短促和事业艰难，求贤若渴和贤士难得等矛盾加以吟咏，慷慨深沉，气势磅礴。尽管"跌宕悠扬，极悲凉之致"①，却并没有感时伤怀的消极情绪。而陆机此诗同为感叹人生短促，时无重至，却使人产生感时伤怀的消极想法，强烈的迁逝之悲只能以饮酒作乐来排遣，缺乏慷慨激昂的震撼力，或许这就是前人所评"力柔于建安"之处。陈祚明即云：有亮音而无雄气，有调节而无变响。士衡诗大抵如此。沈德潜云：词亦清和，而雄气逸响，杳不可寻。②

从表现手法上看，曹诗"对酒当歌，人生几何？"颇有民歌风味，辞藻上文白相间，表现了乐府诗的文人化色彩，诗中引用《诗经》成句。而陆机拟作文人化色彩更浓，用词亦偏于典雅，化用《诗经》语句，有含蓄不尽之意。

《诗经·唐风》的第一篇为《蟋蟀》，又到岁暮，季节改变，蟋蟀已钻入堂下避寒，役车也休整不出，想到岁月更迭永无停息，时光容易把人抛，不禁悲从中来，为何辜负大好时光，不及时行乐呢？可是一想到自己所处的地位和国家的忧患，又不能过分耽于安逸，追求快乐而又不沉湎其中，以致荒怠职守。时刻保持一个贤士的警惕和谨慎，居安思危，这就是《蟋蟀》里所反映的"良士"的思想。诗中主人公所流露的思想是"发乎情而止乎礼仪"的，可能这种由叹逝到欲追求享乐又不敢疏忽职责的感情变化轨迹暗合陆机的胸襟怀抱，所以陆机乐府诗中"蟋蟀"的意象反复出现，如《短歌行》之"今我不乐，蟋蟀在房"。《燕歌行》之"蟋蟀在堂露盈墀"，《顺东西门行》之"桑枢戒，蟋蟀鸣。今我不乐、岁聿征"，都是沿用《诗经》中的象征意义。而古乐府中感于人生苦短、为乐应及时的《西门行》等诗中所谓"为乐当及时""昼短苦夜长，何不秉烛游"等思想所代表的是一种末世的人生观，是"感于哀乐、缘事而发"的汉乐府传统的体现，这与社会稳定、国家一统时期文士用心于建功立业的殷切胸怀是格格不入的。然而人生多磨难，即便是承平之日，种种不尽如人意仍令人难得心想事成，事与愿违的无奈与逝者如斯的感慨激荡在诗人的心头，于是便发为诗篇。在陆机是飞蛾扑火般地投向世俗名利场，

---

① 陈祚明：《采菽堂古诗选》。
② （清）沈德潜编：《古诗源》，华夏出版社 2006 年版，第 191 页。

"生亦何惜，功名所叹"。至李白，则寄情于酒，由虚无消沉及时行乐，想在长醉中了却一切，而现实却无法忘却，"大道如青天，我独不得出"反映了无由施展怀抱的悲愤和期待，这种矛盾正是"良士"的胸怀，是千古文人胸中生生不息的感叹和无奈，是在及时行乐和居安思危之间痛苦地徘徊。

再看拟曹操之《苦寒行》，通篇所咏内容相同，而在表现手法上又有新的突破，先看陆机之《苦寒行》：

> 北游幽朔城，凉野多险难。俯入穷谷底，仰陟高山盘。凝冰结重涧，积雪被长峦。阴云兴岩侧，悲风鸣树端。不睹白日景，但闻寒鸟喧。猛虎凭林啸，玄猿临岸叹。夕宿乔木下，惨怆恒鲜欢。渴饮坚冰浆，饥待寒露餐。离思固已久，寤寐莫与言。剧哉行役人，慊慊恒苦寒。

《苦寒行》汉古辞已亡佚，曹操所作为现存最早之作，也有人主张此曲为曹操所创制。曹操所写从军之作是其亲身经历，其中环境之艰险及行军之艰难可谓"淋漓尽致，笔调高古"，且全诗以第一人称叙述，颇为真实感人。方东树评为："《苦寒行》不过从军之作，而取境阔远，写景叙情，苍凉悲壮，用笔沉郁顿挫……可谓千古诗人第一之祖。"或许是这首诗在建安诗坛风格独具，也因为陆机多次行军的切身体会引起了共鸣，他拟作的《苦寒行》同原作表达的内容几乎毫无二致，但在谋篇布局及遣词造句上，还是有作者的苦心经营。曹操所作犹有民歌质朴之风味，而陆机拟诗则有文人五言诗整饬凝练之特色。例如原作"行行日已远，人马同时饥。担囊行取薪，斧冰持作糜。"在拟作中仅以二句概括之："渴饮坚冰浆，饥待零露餐。"而且两句诗对仗工整，有互文见义之妙，体现了作者驱遣辞藻的才能。另外，"俯入穷谷底，仰陟高山盘"及"猛虎凭林啸，玄猿临岸叹"等诗句都是工整的文人五言诗。整首诗几乎通篇为对句，与原作疏朗朴素之美形成鲜明对比。原作与拟作体现出截然不同的美学风貌，即"野"与"雅"之别。

陆机还模拟了被誉为"七言之祖"（何焯《义门读书记》）的曹丕之《燕歌行》：

四时代序逝不追，寒风习习落叶飞。蟋蟀在堂露盈墀，念君客游恒苦悲。君何缅然久不归，贱妾悠悠心无违。白日既没明灯辉，夜禽赴林匹鸣栖。双鸠关关宿河湄，忧来感物涕不晞。非君之念思为谁，别离何早会何迟。

这首诗被评为"殆与魏文帝《燕歌行》同一鼻孔出气矣"。① 因为这类作品依照前人原意敷衍成篇，所以历来评价不高。罗根泽先生亦云："概皆模拟古乐府之作，无自己创制者。"② 陆机的乐府几乎都是依古题而发，模拟多而创作少。因为诗人搦管之前，乐府旧题就已预设了一个框架，诗人必须受此制约，若一味从其拟诗中找题材创新和真情实感，似乎有失偏颇。所以历代对陆机拟作评价不高的原因之一，在于以创作的标准衡量拟作，失于求全责备。这首诗从立意上确实亦步亦趋地规范前人，但在表达上也有自出机杼之处。例如，原诗虽为第一首完整的七言诗，而民歌风韵犹存，所选取的意象都是通俗可取的自然景物，让人一目了然。而拟作则选取"蟋蟀"、"关鸠"等经典中的意象，既有字面上的表达节气更换、衬托凄清气氛的作用，又有联想义，收到含蓄蕴藉的审美效果，在婉转曲折上较原诗毫不逊色。

另外，曹丕《燕歌行》音调流畅，一韵到底，仿柏梁体句句用韵，节奏平缓又婉转摇曳，为叠韵歌行之祖。陆机拟作则在中间换韵，有文人乐府诗的特点。而《塘上行》之拟作则就原诗之意另有寄托：

原作

蒲生我池中，其叶何离离！傍能行仁义，莫若妾自知。众口铄黄金，使君生别离。念君去我时，独愁常苦悲。想见君颜色，感结伤心脾。念君常苦悲，夜夜不能寐。莫以豪贤故，弃捐素所爱。莫以鱼肉贱，弃捐葱与薤。莫以麻枲贱，弃捐菅与蒯。出亦复苦愁，入亦复苦愁。边地多悲风，树木何修修。从君致独乐，延年寿千秋。

拟作

江蓠生幽渚，微芳不足宣。被蒙风雨会，移居华池边。发藻玉台

① 萧涤非：《汉魏六朝乐府文学史》，人民文学出版社 1984 年版。
② 罗根泽：《乐府文学史》，东方出版社 1996 年版。

下，垂影沧浪泉。沾润既已渥，结根奥且坚。四节逝不处，繁华难久
鲜。淑气与时殒，余芳随时捐，天道有迁易，人理无常全。男欢智倾
愚，女爱衰避妍。不惜微躯退，但惧苍蝇前。愿君广末光，照妾薄
暮年。

　　《文选》李善注引《歌录》云："《塘上行》，古辞，或云甄皇后造，
或云魏文帝，或云武帝。"原作开头以"蒲生我池中，其叶何离离"起
兴，接下来写弃妇之辞，是直抒胸臆的告白，"莫以……"六句回环往
复，深得汉乐府民歌之精神，后六句是入乐时拼凑而成，和上文不相连。
陆机拟作通篇以"江蓠"设喻，塑造了丰满的形象，继承了屈原《离骚》
以香草喻美人的传统，颇有怨而不怒、哀而不伤的美学特点，与原作的质
朴天然相比，用辞赡丽、句式尚工，与文人五言诗没有什么区别。诗歌在
前半部分拟人化地写"江蓠"的命运之后，以理语入诗："天道有迁易，
人理无常全。"可视为诗人伤逝之悲的自我安慰。接着又引经据典，以
"苍蝇"比小人之离间，《诗经》有"营营青蝇，止于丘樊"。郑玄注曰
"蝇之为虫污白使黑，污黑使白。喻佞人变乱善恶也。陆机此诗疑去太子
舍人时作，盖诗中有作者自伤之感慨焉。"王尧衢云：江蓠虽有微香，生
于幽渚，本属寒微。自移华池而花发于玉台，影垂于沧浪，沾恩既优，结
恩永固，以比虽微贱，得配君王，自宜永以为好也。"四节逝不处"四
句：此叹江蓠之衰落，以比被弃也。言四时去而不留，芳华难以久妍。佳
气因时而陨落，余香随风而弃捐。吁，可叹矣。"天道有迁易"八句：承
上而推广之，言天人之理，俱无一定，男女之爱又岂有常哉。男欢以智，
而愚者倾矣。女爱以妍，而衰者避矣。微躯之退，固所不惜，但惧谗口嚣
嚣，如苍蝇之变白黑。故愿君无听谗言，而以余光照妾。

第二节　其他乐府诗

　　陆机的乐府诗按内容来分，除了以上所举表达迁逝之悲、功业难成之
感慨外，还有写离别的，如《豫章行》"泛舟清川渚"与谢灵运同题诗
"出宿告密亲"，都是由离别感叹寿短景驰，容华不久。而陆机诗中"三
荆欢同株，四鸟悲异林"等句不但对偶工整，而且化用典故，语短而情
深，富有表现力。

晋之故事乐府，陆机有《婕妤怨》，虽为借古题咏古事，表现手法却颇为新颖：

> 婕妤去辞宠，淹留终不见。寄情在玉阶，托意惟团扇。春苔暗阶除，秋草芜高殿。昏黄履綦绝，愁来空雨面。

《文选》收入班婕妤《怨歌行》，李善注云：《歌录》曰："'怨歌行古辞'。然言古者有此曲，而班婕妤拟之。"《乐府解题》则曰："婕妤自知见薄，乃退居东宫，作赋及纨扇诗以自伤悼。后人伤之，而为《婕妤怨》也。《汉书·外戚传》谓为赵飞燕所谮，遂求供养太后于长信宫，诗盖为此而作。"钟嵘《诗品》云："婕妤团扇短章，辞皆清越，怨深文绮。"而后世拟作此篇者颇多。陆机拟作叙婕妤之事，以"春苔暗阶除，秋草芜高殿"写辞宠后的寂寞凄凉，情景浑然一体，文人五言诗气息颇浓，虽托乐府旧题，已渐脱五言乐府之天然古质。末尾"昏黄履綦绝，愁来空雨面"叙愁之无法排解，化用《诗经·邶风》诗句"瞻望弗及，泣涕如雨"，出于作者精心巧构。

陆机《陇西行》亦有独到之处：

> 我静而镜，民动如烟。事以形兆，应以象悬，岂曰无才，世鲜兴贤。

乐府相和歌辞瑟调曲有《陇西行》，前人评此为"羡健妇能持门户之诗"。陆机借乐府旧题抒己之怀抱，此篇是陆机作品中少有的关心民瘼的诗篇。首两句"我静而镜，民动如烟"作为秀句历来多受推崇，钟惺云："我静如镜"：静字说镜，亦妙。"民动如烟"：偶然妙悟，经思则失之。谭元春云："民动如烟"：风少之言已奇矣，民动如烟写出情状，更使人辗然而笑。"岂曰无才，世鲜兴贤"的呐喊，是对封建制度压抑人才的抨击，包含着作者怀才不遇、屡受排挤打击的辛酸体验，这种心灵的倾诉仅以六句诗出之，是被讥为"繁"的陆机诗中少有的短小精悍的刺世疾时之作。

《董桃行》也是陆机乐府诗中卓有特色的诗篇：

　　和风习习薄林，柔条布叶垂阴。鸣鸠拂羽相寻，仓庚嘤嘤弄音。
感时悼逝伤心。日月相追周旋，万里倏忽几年。人皆冉冉西迁，盛时
一往不还。慷慨垂念凄然。

　　昔为少年无忧，常怪秉烛夜游。翩翩宵征何求，于今知此有由。
但为老去年逍。

　　盛固有衰不疑，长夜冥冥无期。何不驱驰及时，聊乐永日自怡，
费此遗情何之。

　　人生居世为安，岂若及时为欢。世道多故万端，忧虑纷错交颜，
老行及之长叹。

　　乐府相歌辞清调曲有《董逃行》。《宋书·乐志》作《董桃行》。崔
豹《古今注》曰："《董逃歌》，后汉游童所作也。终有董卓作乱，卒以逃
亡。后人习之为歌章，乐府奏之，以为警戒焉。"《乐府解题》曰："古词
云'吾欲上谒高山，山头危险大难。'言五岳之上皆以黄金为宫阙，而多
灵兽仙草，可以求长生不老之木，令天神拥护君上以寿考也。若陆机
'和风习习薄林'，谢灵运'春虹散彩银河'，但言节物芳华可及时行乐，
无使徂龄坐徙而已。"据此来看，陆机此诗只是借乐府古题抒感时悼逝之
心，转为及时行乐，无令年华付流水之感慨。但这首诗中感情之沉郁似有
过之，开头四句以春日欣欣向荣的景象写起，感物伤怀，由迁逝之痛增凄
然之情，回顾自己年少时的踌躇满志，而今即至垂暮，长夜漫漫何时旦？
所以诗人发出"长夜冥冥无期，何不驱驰及时，聊乐永日自怡"的感叹。
但这首诗的深沉之处在于，诗人并未停留在"及时为欢"的阶段，末尾
三句"世道多故万端，忧虑纷错交颜，老行及之长叹"，又把诗人的思绪
由幻想拉到现实：世道艰难，忧虑纷然，不可断绝，英雄老矣，空余慨
叹！这种一唱三叹、低回曲折的感情发展轨迹可谓情繁而辞隐，也是
"陆文深而芜"的体现。诗人这般沉痛地感物伤时，欲及时行乐又忧虑满
怀，这剪不断理还乱的愁思是因何而发呢？皆因英雄易老，而功业难成。
这对壮志凌云的诗人来说是多么沉痛而无奈的啊。

　　《董桃行》不但遣词造句化用经典中的词语，意深而情切，在用韵上
也颇为讲究，押韵的字为："林、阴、寻、音、心／旋、年、迁、还、
然／忧、游、求、由、逍／疑、期、时、怡、之／安、欢、端、颜、叹。"韵
脚谐和，句句押韵，中间五次换韵，体现了陆机"暨音声之迭代，若五

色之相宣"的美学主张。

感时之作还有《悲哉行》：

> 游客芳春林，春芳伤客心。和风飞清响，鲜云垂薄阴。蕙草饶淑气，时鸟多好音。翩翩鸣鸠羽，喈喈仓庚吟。幽兰盈通谷，长秀被高岑。女萝亦有托，蔓葛亦有寻。伤哉客游士，忧思一何深。目感随气草，耳悲咏时禽。痛痹多远念，缅然若飞沉。原托归风响，寄言遗所钦。

乐府杂曲歌辞有《悲哉行》，《歌录》曰："《悲哉行》，魏明帝造。"《乐府解题》曰："陆机云'游客芳春林'，谢惠连云'羁人感淑节'，皆言客游感物忧思而作也。"陆机诗中客游之忧思主要在于感时伤别，其中"目感随气草，耳悲咏时禽"二句，不仅对偶工整，而且以巧思入诗。《五臣注》刘良曰："草色随气序而生，故目望而感怀也。禽声亦应时月而变，故耳闻其悲咏。"后世谢灵运之名句"池塘生春草，园柳变鸣禽"似也从陆机此诗化出。

陆机还有感叹知己难得的杂言体乐府诗《鞠歌行》：

> 朝云升，应龙攀，乘风远游腾云端。鼓钟歇，岂自欢，急弦高张思和弹。时希值，年夙怨，循己虽易人知难。王阳登，贡公欢，罕生既没国子叹。嗟千载，岂虚言，邈矣远念情忾然。

乐府相和歌辞平调曲有《鞠歌行》，郭茂倩云："陆机序曰：按汉宫阁有含章鞠室，灵芝鞠室。后汉马防《第宅卜临道》'连阁通池，鞠城弥于街路'，鞠歌将谓此也。又东阿王诗'连骑击壤'，或谓蹵鞠乎？三言七言，虽奇宝名器，不遇知己，终不见重。愿逢知己，以托意焉。"

这首诗以应龙乘风与急弦思和起兴，感慨时光易逝，知己难寻，接着用了两个典故，《汉书·王吉传》王吉与贡禹为友，趣舍相同，世称"王阳在位，贡禹弹冠"。故诗中称"王阳登，贡公欢"。"罕生既没国子叹"。用典出自《左传·昭公十四年传》：子产闻子皮卒，哭且曰："吾以无为为善，唯夫子知我也。"罕生即子皮，国子即子产。陆机所用这两个典故颇为耐人寻味。他有积极用世之志，感慨知己难求，咏叹得知己之喜与失知己之悲。所用典故亦有深意，盖感叹自己怀才不遇，不得伯乐提携重用。此与钟子期之于伯牙的知音契合之交还略有不同，可能是寄托之作。

时光流逝、人生苦短的感伤与现实中怀才不遇、仕途坎坷的无奈交织在一起，使陆机也产生了企慕超脱世俗，高步游仙的幻想，这在其乐府诗《前缓声歌》中得到集中的展现：

> 游仙聚灵族，高会曾城阿。长风万里举，庆云郁嵯峨。宓妃兴洛浦，王韩起太华，北征瑶台女，南要湘川娥。萧萧霄驾动，翩翩翠盖罗。羽旗栖琼鸾，玉衡吐鸣和。太容挥高弦，洪崖发清歌。献酬既已周，轻举乘紫霞。总辔扶桑枝，濯足汤谷波。清辉溢天门，垂庆惠皇家。

乐府杂曲歌辞有《前缓声歌》，郭茂倩曰："晋陆机《前缓声歌》曰：'游仙聚灵族，高会曾城阿'，言将前慕仙游，冀命长缓，故流声于歌曲也。"但这种高蹈超脱的幻想只是诗人现实苦闷的寄托，执着进取的诗人对仕宦始终无法释然。

第三节　陆机所作乐府诗与古乐府的关系

陆机所作乐府是否全为蹈前人步武之作呢？我们试作分析，其乐府诗34首，其中至少10首是与古题旨不同的，如《秋胡行》《董桃行》《棹歌行》《日重光》《月重轮》《上留田行》《君子有所思行》等。

《秋胡行》是乐府相和歌辞清调曲。据《乐府古题要解》所载，鲁人秋胡，纳妻五日而宦于陈，五年乃归。未至家，于路傍见妇人采桑，美，悦之。下车谓曰："力田不如逢丰年，力耕不如见公卿。吾今有金，愿以与夫人。"妇曰："妇人当采桑力作，以养舅姑，不愿人之金。"秋胡归至家，奉金与母。母使人呼妇，妇至，乃向采桑者妇也。妇恶其行，固东走投河而死。后人哀而赋焉。为《秋胡行》。《西京杂论》及《列女传》所载略同。今所传魏武帝《秋胡行》已与古辞不同。陆机所作诗意与原题更是相去甚远。而《日重光》《月重轮》，为汉明帝乐人所作。明帝为太子时，乐人作歌诗四章，以赞太子之德。一曰《海重润》。汉末丧乱，后二章亡。旧说云，天子之德，光明如日，规轮如月，光耀如星，沾润如海。太子比德，故云重焉。崔豹《古今注》："日重光，月重轮，群臣为汉明帝作也。"陆机笔下的《日重光行》和《月重轮行》则是感叹时光易逝，功名难成。

《棹歌行》为乐府相和歌辞瑟调曲，《乐府解题》曰："晋乐奏魏明帝辞云'王者布大化'，备言平吴之勋。若晋陆机'迟迟春欲暮'，梁简文帝'妾住在湘川'，但言乘舟鼓棹而已。"这首诗丝毫没有模拟魏明帝的倾向，是陆机现存作品中不可多得的轻松和乐之作，其中"名讴激清唱，榜人纵掉歌。投纶沉洪川，飞缴入紫霞"四句诗，为我们描绘了一幅水上戏乐的动态图画，令人有身临其境之感。此诗姜亮夫先生定为初入洛时所作，诗人一生羁旅游宦，忧谗畏讥，饱经坎坷，或许是眼前的良辰美景驱散了心头的愁闷，不觉被感染触动，黄河滚滚东流去，逝者如斯的感慨暂且被遗忘，诗人沉浸在柔柔的春风、暖暖的阳光里，脸上露出久违的微笑……

《上留田行》也是一篇与古题旨不同的乐府诗。《乐府古题要解》称"《上留田行》，《古今注》云'上苗田'，此云'上留田'，盖传说之误。未知孰是。旧说上留田，地名，此地人有父母死，不字其孤弟者。邻人为弟作悲歌，以讽其兄，因以地名为曲，盖汉代人也。"陆机借乐府古题，抒写"感时悼逝"之怀，不同于古乐府。

另外，陆机乐府诗还有与古乐府本同而末异之作，即主题与乐府古题同，但在原作基础上又有生发和提高。例如《猛虎行》《日出东南隅行》等。《猛虎行》沿用汉乐府旧题，又反古辞之意，一波三折，比汉乐府抒发的感情更深沉婉转，含蓄不尽。《日出东南隅行》又称《陌上桑》《艳歌罗敷行》。据《乐府古题要解》载："《陌上桑》古词：'日出东南隅，照我秦氏楼。'旧说邯郸女子秦姓名罗敷，为邑人千乘王仁妻。仁后为赵王家令。罗敷出采桑陌上，赵王登召见而悦之，置酒欲夺焉。罗敷善弹筝，作《陌上桑》以自明，不从。案其歌词，称罗敷采桑陌上，为使君所邀，罗敷盛夸其夫为侍中郎以拒之，与旧说不同。若晋陆士衡'扶桑生朝晖'等，但歌佳人好会，与古调始同而末异。"陆机《日出东南隅行》未咏罗敷事，用力于刻画佳人之美，及佳人洛水之会。辞藻华美，化用《诗经》《楚辞》等经典辞语，与古乐府朴质天然风格迥异。乐府旧题写罗敷之美，既从正面描摹其服饰之盛，又从侧面烘托其容貌之美，是我国五言诗歌发展史上的一颗耀眼的明珠。后世诗人模仿此篇的非常多，沿用原题的就有傅玄、陆机、谢灵运、沈约等十几家，化用古乐府诗句的更是数不胜数，曹植《美女篇》中"行徒用息驾，休者以忘餐"即是从此脱出。陆机则以"鲜肤一何润，秀色若可餐"出之，开南朝诗风。比之傅玄《艳歌行》之全袭汉乐府《陌上桑》，自有独特的表现力。

值得注意的是陆机拟作以"冶容不足咏，春游良可叹"作结，颇有曲终奏雅之意。这与傅玄《艳歌行》结尾"使君自有妇，贱妾有鄙夫。天地正厥位，愿君改其图"在思想上是相通的，是西晋时期儒学作为官学地位的反映。西晋政权强调名教，儒学一度兴盛，正如陆机拟古诗将古诗中不合于儒家教义的思想归于雅正一样，其拟乐府诗也在最后加了个光明的尾巴，但是矫枉过正，反而削弱了诗歌缘情而发的感染力。

总之，陆机的乐府诗虽然以古题咏古意居多，但并非因袭奉古之作，而是在古题内容涵盖的范围之上，又有侧重和创新，具有不同于汉乐府与建安文人乐府的独特风格。

第四节 陆机拟乐府诗分析

从拟乐府发展的轨迹来看，大致可分为两种类型，一种是严格意义上的模拟，如《唐子西文录》所云："古乐府命题皆有主意，后之文人用乐府为题者，直当代其人而措词，如《公无渡河》，须作妻止其夫之词。"对乐府故事诗的模拟多是这种类型，如建安诗人陈琳、孔融以及西晋傅玄的拟乐府故事诗，就古题咏古事，表现为保守的创作倾向。另一种则是拟中有作，对古乐府旧题加以改造和突破。曹氏父子领风气之先，以乐府旧题写时事或自创新题，打破了拟乐府题目与内容一致的模式，表现为革新的创作倾向。陆机的拟乐府对汉乐府古题进行彻底改造的并不多，但又不应算作严格意义上亦步亦趋的模拟，在他的乐府诗中，更倾向于说情说理，敷衍古题古意。既有"踵前人步武"之处，又在诗歌形式上着力出新，"排偶雕刻，愈失其体"，可以说是兼有保守和革新的特点。

陆机的拟乐府诗守成与创新相交织的特点，符合文学发展内部规律，是文学处于转型期的普遍现象。其拟乐府创作的守成性是西晋政权提倡名教、儒学又一度复兴的产物。《晋书·荀菘传》载："世祖武皇帝应运登禅，崇儒兴学……九州之中，师徒相传，学士如林，犹选张华、刘寔居太常之官，以重儒教。"乐府本为"感于哀乐、缘事而发"之作，与汉代儒家教化息息相关，而西晋文化的复兴也带来了文学上的守成倾向。例如，西晋乐府诗对女性的道德褒扬就是承两汉经学的乐府观念，表现为保守复古倾向。

　　陆机的乐府诗在内容上多为敷衍古题古意，而形式上却力求创新。这与当时文学思想的转变是分不开的。魏晋之际，"言不尽意"说颇为流行，这一理论在战国时代就出现了，如《周易·系辞上》说"书不尽言，言不尽意"，《庄子》中也有此种论调："意有所随，意之所随者，不可以言传也。"由于创作实践中很难用言辞完美地达意，"言不尽意"正道出了诗人们创作上的苦恼。稽康就著有《言不尽意论》，西晋时，欧阳建又针对此说提出了"言尽意"论。这是儒家思想复兴的产物。随着政治思想上儒、道杂糅，在文学上也需要将两种观点统一起来。陆机担当起了时代的鼓手，他在《文赋》中说：

　　　　余每观才士之所作，窃有以得其用心。……每自属文，尤见其情。恒患意不称物，文不逮意，盖非知之难，能之难也。

　　陆机在此指出"文"与"意"之间的距离之所以存在，言辞之所以不能完全揭示意念，不是"知之难"的问题，而是如何处理的方法问题。这就将"言不尽意"与"言尽意"二说折中调和在一起，至于如何"行"，怎样才能做到以"文"逮"意"，陆机接下来又说："其会意也尚巧，其遣言也贵妍。""尚巧"即巧用文字，"贵妍"即务为妍冶。他提出解决这一问题的办法，就是在语言文字上加以雕琢润色，使之"暨音声之迭代，若五色之相宣"。这种唯美主义的文学主张，是文学自觉之后的必然选择，也反映了西晋一代的审美趣味。西晋文人多为豪门世族子弟，生活奢靡，胸怀平庸，这就决定了他们诗歌内容的贫乏。于是，他们便讲求形式之美，要求"绮文""靡声"，反映到乐府诗上，就是对古乐府形式的突破，尽管对乐府形式的重视在曹魏建安诗歌后期已见端倪，而自汉末文学自觉至太康时期已有六十余年，求新求变之风，势不可挡。陆机顺应时代风气，在用字上尚巧贵妍，在句型上讲究对偶，在诗歌结构上讲求精致工稳。较之西晋华美文风的先导者傅玄，陆机使汉乐府文人化的步伐迈得更大。曹丕《典论·论文》中提出的"诗赋欲丽"，已表明魏晋诗赋合流的倾向，陆机则发展了太康诗歌的赋化特征，是曹丕时代的自然延伸，他把汉赋排列铺陈，词藻尚丽的美学风格融入乐府中，与古乐府洗尽铅华、素貌天然的风格截然不同。

第五节　陆机拟乐府诗的特点

（一）援赋入乐府

诗与赋是中国文学中最早繁荣起来的两种体裁，《文心雕龙·诠赋》称："赋自《诗》出，分歧异派。写物图貌，蔚似雕画。"是说赋从《诗经》中分化出来，成为独立的一种文体，在描绘事物的形貌上精雕细刻文辞繁富。诗与赋的密切关系源远流长，建安时期出现"五言腾涌"的局面，也是赋体创作繁荣的时期，所以出现了诗与赋在艺术上相互影响，在写法上一以贯通的现象。朱光潜在《诗论》中指出：

> 赋偏重铺陈景物，把诗人的注意渐从内心变化引到自然界变化方面去，从赋的兴起，中国才有大规模的描写诗……汉魏时代赋最盛，诗受赋的影响，也逐渐在铺陈词藻上做功夫。有时运用意象，并非因为表现情趣所必需，而是因为它自身的美丽，《陌上桑》《羽林郎》、曹植《美女篇》都极力铺张明眸皓齿，艳装盛服，可以为证。六朝人只是推演这种风气。（《诗论》第三章第五节）

诗歌受赋的影响，铺陈词藻之风渐盛，赋的兴起，也使诗歌中描写状物的功能增强，诗歌的赋化几乎是与生俱来的，但到了建安时期，随着赋向抒情写志传统的复归，赋与诗的关系更加密切。建安时期诗赋同题现象则标志着两种文体的靠拢。

朱光潜先生在《诗论》中谈到赋对诗的影响时指出，意义的排偶，赋先于诗，声音的对仗，赋也先于诗。陆机乐府诗中已有大量对偶句式出现，也比较注重音韵的谐和。但援赋入乐府，并不始于陆机。在"辞极赡丽""句多尚工"的曹植诗中已开先河，如曹植《白马篇》《美女篇》描写状物已具铺张扬厉之势，但其状物还是为服从抒情讽喻的需要，犹有汉乐府之余风。陆机在此基础上又有拓展，将其《日出东南隅行》与乐府《陌上桑》及曹植《美女篇》、傅玄《艳歌行》相对照，就能发现演变的痕迹。曹植《美女篇》较古乐府已有突破，保持乐府的美女采桑之事，但情节已不完整。对美女容貌衣着神态描写之后，变古乐府罗敷严拒使君为美人感叹盛年不嫁，抒发志士怀才不遇之情。曹植截取古乐府《陌上桑》的美人意象，又以赋法铺陈描绘，抒一己之怀抱。与内容相一致，自制新题，已有创意。傅玄则基本保持了《陌上桑》的框架，循古乐府之意而作。陆机拟作变动最大，全诗着力描摹佳人之美，诗中一连八句从神色、眉目、肌肤、姿态、言笑等方面排比陈列美女之"冶容"，接下来又以佳人游洛场面作渲染、烘托，从"南崖""北渚""清川""高岸"四个方面落笔，写场面之盛。以下十四句诗陈述佳人歌舞，描摹佳人曼妙的舞姿，可谓极尽笔墨，无论挥袖、弹琴、唱歌、舞蹈都具声色，写佳人之丹唇、妍迹、绮态、沈姿、俯仰、顾步，历历在目。描写可谓繁而不乱，极具感染力。正如郭茂倩《乐府诗集》卷二十八所云："但歌美女好合，与古辞始同末异。"就题材来说，陆诗与《艳歌行》《美女篇》和《陌上桑》是一脉相承的，但从描写技巧上看，则是源于辞赋。《诗经》中对女性的描写还十分简括浑朴，汉乐府中则多为侧面烘托，楚辞以美女神情心理的刻画见长，而汉赋比之《诗经》和乐府都有发展，以细腻的笔触展现女性的神采，如傅毅《舞赋》，在舞容描写上已有特色，曹植《洛神赋》就是吸收了《舞赋》中的描写技巧，而陆机《日出东南隅行》中写众女游洛及佳人歌舞的浩大与热烈场面则是受到《洛神赋》的影响。

建安时期就有一批咏美人题材的赋，由于题材的特殊关系，尤以词藻华丽著称。《洛神赋》之外，陈琳、应瑒、王粲、杨修都作有《神女赋》，这类作品不仅反映了建安赋作家对美的渴望和追求，而且反映了他们杰出的艺术表现力，如王粲《神女赋》对神女的描写：

> 体纤约而方足，肤柔曼以丰盈。发似玄鉴，鬓类刻成。质素纯皓，粉黛不加。朱颜熙曜，晔若春华。口譬含丹，目若澜波。美姿巧笑，靥辅夺牙。戴金羽之首饰，珥照夜之珠珰。袭罗绮之黼衣，曳缛绣之华裳。错缤纷以杂，佩熠爚而焜煌。（《全后汉文》卷九十）

文中极力铺写神女的体貌及服饰之美，词藻华丽，"玄""素""朱""丹""金"等词语的运用，给人色彩纷呈的缤纷美感，这种艺术效果正是陆机《日出东南隅行》援赋入诗后所用力追求的，诗中"玉泽""翠翰""藻翘""瑶璠""藻景""华丹""馥馥"等词语给人铺张扬厉之感，用词已趋于香艳。

另外，我们通过比较可以发现，由于乐府诗状物功能的增加，诗的政教功能与抒情性相对减弱。班固《汉书·艺文志》认为乐府"皆感于哀乐，缘事而发，亦可以观风俗，知薄厚"。强调乐府与政教相结合，代表了两汉正统的乐府观。曹魏时期由于儒学衰落，乐府观念也因之改变，乐府成了抒写个人情感的途径，曹植的《美女篇》即是托意寄怀之作。因为西晋朝廷倡导儒术，傅玄又是文士而兼正统儒者，其思想有浓厚的儒家色彩，反映在拟乐府《艳歌行》中，则远承经学的乐府观念，呈现出文学观念的保守与复古现象。但与建安时期整个文坛的抒情化倾向不同，太康时期文坛在情志的抒发上进展并不明显，而于写作技巧上颇有着力开掘之处，其中一点就是援赋入诗。陆机已认识到"诗缘情而绮靡，赋体物而浏亮"的文体特征，指作品体貌的美丽动人。而这一点在赋中表现尤为突出，所以在文体的发展过程中，诗与赋的双向影响也是不可避免的。作为乐府诗来说，要追求精工富赡的美感，就必须在原有的基础上，吸取其他文体的特点。陆机将赋的状物功能引入乐府诗中，使乐府诗由疏简转向繁富，弱化道德教化，加强对山川景物、人物形貌的描摹，这种带有唯美色彩的创作倾向，代表了中古诗歌的发展趋势，陆机之后的山水诗和宫体诗承其余绪，发挥到了唯美主义的极致。尽管陆机《日出东南隅行》结尾以"冶容不足咏"加以劝戒，适应当时儒学兴复的大环境，保持乐府劝戒的传统，但已有画蛇添足之感。宫体诗人萧纲也拟作了此诗，《乐府诗集》以《采桑》为题收录前半部分。在萧纲的笔下，已抛开了乐府的"劝戒"传统，表现出纯美的倾向。

刘勰在《文心雕龙·明诗》中说："晋世群才，稍入清绮……或析文以为妙，或流靡以自妍。"《丽辞》中又云："晋世群才，析句弥密。""析文""析句"即追求句式上的工整对偶，并有"剖析毫厘"之义，这与汉赋铺采摘文的美学风格是一致的。晋人作诗不同于建安风骨"不求纤丽之巧"的美学风貌，句法绵密，铺写繁复，同于汉赋铺张扬厉、极尽其详的特征。刘熙载《艺概》云："近世论陆诗者，或以累句訾之。然有累句，无轻句，便是大家品位。"陆机许多作品都有因析文累句而导致繁芜的倾向，这是将赋法引入诗歌创作后未加协调的结果。陈祚明《采菽堂古诗选》就批评陆机诗含蓄不足，无徘徊不尽之妙。陆机时代的诗歌毕竟还处于不太纯熟的发展阶段，所以在含蓄与直露的处理上还有待后人的着力探索和完善。但是这种吸取赋法入诗后所形成的诗歌篇幅加大，结构工整，词句华美的美学风貌却代表了诗歌发展的方向，与齐梁诗歌的审美旨趣一脉相通。

（二）陆机拟乐府的雅化

西晋王朝的音乐机关，基本上是沿袭曹魏，有太乐、鼓乐、清商三署。尽管从形式上看和曹魏相同，但经过荀勖等人整理和另行创作的乐曲歌群，比曹魏却古雅得多了。西晋乐府的雅化，是应西晋王朝上层建筑的需要而生。正如葛晓音先生在《八代诗史》中指出的："西晋流行博奥典雅的文风，根源于朝廷上下取士论文的标准。"因为晋武帝名为受禅于魏，实为篡位。尽管司马氏政权从阴谋篡位和残酷杀戮中产生，却需要为之粉饰美化的颂词，给人一副"顺天道""承运期"的正义表象。所以大兴儒学，设置博士，"置博士十九人，九州之中，师徒相传，学士如林，犹选张华、刘寔居太常之官，以重儒教"（荀崧《上疏请增置博士》）。张华有《博物志》等著作，是一位博学之士。因为朝廷重用博闻多识之士，许多才士便埋头坟典以求扬名，左思《三都赋》洛阳纸贵的现象表明，以"非夫研核者不能练其旨，非夫博物者不能统其异"追求典雅瑰丽的风气在西晋盛极一时。

西晋赋作崇尚典博的风气对晋诗产生了直接的影响。陆机作为"太康之英"，其拟乐府诗较之原作篇幅增长，辞句绮丽，变汉魏之散行句式为工整的对句，讲究骈俪，用典增多以至诗歌"情繁而词隐"。其乐府诗33首，运用典故的有8首，占现存乐府诗的24%，追求对偶的有28首，占现存乐府诗的85%，讲究音韵谐和的有30首，占现存乐府诗总数的91%。其中的对偶多"正名对"，即分别由两个名词夹一个动词所构成的对句，这种流于板滞的句式也是为了追求典雅的需要。

因为陆机过于求典雅而失于深，才藻患多而伤于芜，多被后代评家讥为繁芜。《世说新语·文学篇》引张华对陆机的评语："人之作文，患于不才；至子为文，乃患太多。"《晋书》也有"陆文喻海，潘藻如江"之说，而刘勰说陆机"缀辞尤繁"①，大概是追求典博的流弊。但是陆机拟

---

① 王运熙、周锋：《文心雕龙译注》，上海古籍出版社1998年版，第295页。

乐府诗在遣词、立警策、剪裁、音律等方面，较之汉魏文人都有所发展和突破，这是毫无疑问的。

汉乐府进入文人的创作领域，需要有新的表现手法，文士的拟作带给乐府文人气质，使之雅化。吴乔在《围炉诗话》中曾举冯班《古今乐府论》加以说明："古诗皆乐也，文士之词曰诗，协之于律曰乐。后世文士不娴乐律，言志之文，有不可入于声歌者，故诗与乐判。如陈思王、陆士衡所作乐府，其时谓之'乖调'。刘彦和以为'无诏伶人，故事谢管弦是也'。"后世乐府的别支，一为借乐府之题咏新词，一为拟乐府之词，陆机所作虽多拟作，但在表现形式上求深求雅的倾向使文人乐府诗向前发展了一大步，为文人五言诗的发展准备了条件。

（三）陆机拟乐府诗的结构特点

从篇幅上看，陆机的拟乐府较古乐府普遍加长，其乐府诗中包含 20 个诗句的特别多，有 16 首，占其现存乐府诗的一半左右。而多于 20 句的长篇也有 3 首，短篇之作则寥寥无几。这一方面体现了陆机创作上的文情之繁，即刘勰在《文心雕龙·才略篇》所谓"陆机才欲窥深，辞务索广，故思能入巧，而不制繁"。另一方面，也可以从中看出作者着力营造的诗歌结构特点。

古乐府由于篇幅短小，景物描写与整首诗是浑然一体的，收到情景交融的效果。而陆机的拟乐府中已有较多的景物描写，景物从古乐府情景交融的结构中独立出来，成为作者着力描写的对象，这成为陆机许多诗作的特征，体现了陆机对诗歌结构形态规范化的追求。其拟乐府的结构形态依照景物描写的特点大致可分以下几类：

（1）以行旅为线索，依空间顺序叙述，采取古乐府因事而作、顺情而发的结构，景物描写是寓目所及。如《苦寒行》之"俯入穷谷底，仰陟高山盘。凝冰结重涧，积雪被长峦。阴云兴岩侧，悲风鸣树端"。景物描写是行役之人触目所见，起到烘托气氛的作用。又如《从军行》中"深谷邈无底，崇山郁嵯峨。奋臂攀乔木，振迹涉流沙。隆暑固已惨，凉风严且苛。夏条焦鲜藻，寒冰结冲波"。写深谷的幽深及"崇山"的雄伟，人是置身其间的，景物描写多为实景的再现，按下来写四季更迭，而无不寄寓着从军之苦。景物描写犹有汉乐府民歌色彩，文人的巧构尚不十分明显。这在陆机模拟建安乐府诗中表现非常突出，如《饮马长城窟行》，景物描写也是融合于叙述之中，"仰凭积雪岩，俯涉坚冰川"。景物没有独立出来。

（2）以景物的铺展为中心，即事抒怀，表现为"事因—铺展—抒情"的三段式结构。写景部分多为四时更迭、万物消长的描写，以抒写作者"悲落叶于劲秋，喜柔条于芳春"的情怀。《文心雕龙·章句》云："章句在篇，如茧抽丝，原始要终，体必鳞次。启行之辞，逆萌中篇之意，绝笔之言，追媵前句之旨。故能外文绮交，内义脉注，附萼相衔，首尾一体。"这话虽是针对"章句"而发，却与六朝人对结构美的追求是一致的。"启行之辞"即入题，交代事因，"中篇之意"即为中间铺展部分，"绝笔之言"即结尾之抒情部分，通过"追媵前句之旨"达到首尾呼应，构成浑然一体的整体结构。例如《悲哉行》：

> 游客芳春林，春芳伤客心。（事因）
> 和风飞清响，鲜云重薄阴。（铺展）
> 　蕙草饶淑气，时鸟多好音。
> 　翩翩鸣鸠羽，喈喈仓庚吟。
> 　幽兰盈通谷，长秀被高岑。
> 女萝亦有托，蔓葛亦有寻。（抒情）
> 　伤哉客游士，忧思一何深。
> 　目感随气草，耳悲咏时禽。
> 　寤寐多送念，缅然若飞沉。
> 　愿托归风响，寄言遗所钦。

中间铺展部分景物描写可谓"瞻万物而思纷"，以对偶的形式展开。这种平衡对称的句型美的追求，造成诗歌结构的稳定规整。

（3）铺展部分的景物描写类型如上例"瞻万物而思纷"之作还有《君子有所思行》《上留田行》等。景物描写重在"遵四时以叹逝"的如《梁甫吟》：

> 玉衡固已骖，羲和若飞凌。（事因）
> 四运循环转，寒暑自相承。（铺展）
> 　冉冉年时暮，迢迢天路徵。

> 招摇东北指，大火西南升。
> 悲风无绝响，玄云互相仍。
> 丰水凭川结，零露弥天凝。
> 年命特相逝，庆云鲜克乘。（抒情）
> 履信多愆期，思顺焉足凭。
> 慷慨临川响，非此孰为兴。
> 哀吟梁甫巅，慷慨独抚膺。

这首诗中间以十个对偶句描写景物，抒发四时循环不已、生命飞逝的无奈。中间十句的景物描写对偶工整，颇见作者构思之功。刘勰《文心雕龙·俪词》云："造化赋形，肢体必双，神理相用，事不孤立，夫心生文辞，运裁百虑，高下相须，自然成对。"对偶句的出现，是诗歌发展的必然趋势，陆机正是顺应了文学发展的潮流，开始自觉地对形式美的追求。

景物描写在诗中反复出现，起到激发作者思想感情的作用，整首诗呈现"事因—写景—抒情—写景—抒情"的层递式结构，环环相扣，曲折婉转，悲慨迂回。如《豫章行》：

> 泛舟清川渚，遥望高山阴。
> 川陆殊途轨，懿亲将远寻。（事因）
> 三荆欢同株，四鸟悲异林。（写景）
> 乐会良自古，悼别岂独今。（抒情）
> 寄世将几何，日昃无停阴。
> 前路既已多，后途随年侵。
> 促促薄暮景，亹亹鲜克禁。（写景）
> 曷为复以兹，曾是怀苦心。（抒情）
> 远节婴物浅，近情能不深。
> 行矣保嘉福，景绝继以音。

这首诗写景部分不但对仗工整，而且运用典故，已有以才学入诗的倾向。景物描写有时构成比兴的意象。穿插诗中，起到深化感情的作用。又如《折杨柳》：

> 邈矣垂天景，壮哉奋地雷。（事因）
> 丰隆岂久响，华光恒西颓。（写景）
> 　日落似有竟，时逝恒若催。
> 仰悲朗月运，坐观璇盖回。（抒情）
> 　盛门无再入，衰房莫苦开。
> 　人生固已短，出处鲜为谐。
> 　慷慨惟昔人，兴此千载怀。
> 升龙悲绝处，葛藟变条枚。（写景）
> 痛痒岂虚叹，曾是感与摧。（抒情）
> 　弭意无足欢，愿言有余哀。

　　景物描写成为感情的催化剂，作者感情的抒发围绕景物而进行。"诗缘情而绮靡"是陆机总结出的诗的美学特点，而作者感情的抒发则是有感于外物的触动，因为诗人笔下的迁逝之悲、功业之忧太深太浓，要消释这种痛彻心扉的悲慨，哲理的入诗便成为必然的选择。陆机的诗歌结构因之更多了理思的成分，形成"事因—铺展—理思—抒情"的结构，如《长歌行》：

> 逝矣经天日，悲哉带地川。（事因）
> 寸阴无停晷，尺波岂徒旋。（铺展）
> 　年往迅劲矢，时来亮急弦。
> 　远期鲜克及，盈数固希全。
> 　容华夙夜零，体泽坐自捐。
> 兹物苟难停，吾寿安得延。（理思）
> 　俛仰逝将过，倏忽几何间。
> 　慷慨亦焉诉，天道良自然。
> 但恨功名薄，竹帛无所宣。（抒情）
> 　迫及岁未暮，长歌承我闲。

　　以理思入诗是陆机诗歌的一大特色，理思的引入往往是诗人感时悼逝的结果，开篇以景物描写入题，进而抒情达理，形成"铺展—抒情—理

思"循环交替的结构,如《董桃行》:

> 和风习习薄林,柔条布叶垂阴。(铺展)
> 鸣鸠拂羽相寻,仓庚喈喈弄音。
> 感时悼逝伤心。(抒情)
> 日月相追周旋,万里倐忽几年。(铺展)
> 人皆冉冉西迁,盛时一往不还。
> 慷慨垂念凄然。(抒情)
> 昔为少年无忧,常怪秉烛夜游。
> 翩翩宵征何求,于今知此有由。
> 但为老去年遒。
> 盛固有衰不疑,长夜冥冥无期。(理思)
> 何不驱驰及时,聊乐永日自怡。(抒情)
> 赍此遗情何之。
> 人生居世为安,岂若及时为欢。(理思)
> 世道多故万端,忧虑纷错交颜。
> 老行及之长叹。(抒情)

抒情与理思的交替出现,将诗人难以排解的忧愁婉转曲折地表达出来,类似结构的乐府诗还有《驾言出北阙行》等。

(4)陆机还有一些篇幅短小的拟乐府诗,为杂言体,注重意象的铺展,所写内容围绕时往节换、人生苦短、怀才不遇等,抒发感慨,形成"事因—铺展—抒情"的结构,而其铺展的内容貌似写景,实为引经据典、运用比兴手法的意象组合,例如《顺东西门行》:

> 出西门,望天庭,阳谷既虚崦嵫盈。(事因)
> 感朝露,悲人生,逝者若斯安得停。(铺展)
> 桑枢戒,蟋蟀鸣,今我不乐岁聿征。
> 迨未暮,及世平,置酒高堂宴友生。
> 激朗笛,弹哀筝,取乐今日尽欢情。(抒情)

这首诗中的"阳谷""崦嵫""朝露""桑枢""蟋蟀"等意象或出于

子书，或出于"古诗""诗经"等，所状之物既有表层含义，又是诗人以才学为诗的苦心经营。又如《鞠歌行》：

> 朝云升，应龙攀，乘风远游腾云端。（铺展）
> 　鼓钟歇，岂自欢，急弦高张思和弹。
> 时希值，年夙怨，循己虽易人知难。（抒情）
> 王阳登，贡公欢，罕生既没国子叹。（用典）
> 嗟千载，岂虚言，邈矣远念情忾然。（抒情）

此种类型的诗歌，结构整齐，韵脚谐和，对仗工整，已形成稳定的结构。陆机已将对仗引入乐府创作中，这种诗歌结构形态上的变新与六朝诗歌结构演进的趋势是一致的。曹植诗中"句颇尚工"的现象已经十分突出了，但曹植诗虽也有骈偶和警句，讲求炼句和词藻，但全篇仍较浑成。而陆机的乐府诗无论从炼字炼句还是结构形态上，都更讲求精致、追求新巧。以至"事资复对，不尚单行。命笔裁篇，贵于偶合。导齐梁之先路，绍两晋之枢机"。[①] 如果说齐梁诗人把声律规律引入对仗句，对格律诗的定型起了决定性作用，陆机筚路蓝缕的开创之功则不可埋没。

总之，陆机的拟乐府并非对古乐府的简单复归，而是在诗歌技巧、形态及乐府观念上都加以改造的结果。陆机的努力顺应了六朝诗歌演进趋势，所以，其拟乐府在诗歌发展历程中具有不容忽视的历史意义。

第六节　如何评价陆机的乐府诗

陆机名重当世，被誉为"太康之英"，却是文学史上褒贬不一的作家之一，陆机作品中争议最大的是诗歌，钟嵘《诗品》品评了120余位诗人，将陆机置于上品，与曹植、谢灵运相对举，可谓推崇有加。刘勰在《文心雕龙·乐府篇》说："子建士衡，咸有佳篇，并无诏伶人，故事谢丝管，俗称乖调，盖未思也。"肯定了陆机乐府诗的价值，并对一般人的误会加以辩解。而到了宋代以后，对陆机的贬抑有上升趋势，严羽《沧浪诗话》就说："晋人舍陶渊明、阮嗣宗外，惟左太冲高出一时，陆士衡

---

① 郝立权：《陆士衡诗注》，人民文学出版社1958年版。

独在诸公之下。"陆机诗歌中争论最大的又是乐府，刘熙载《艺概·诗概》云："士衡乐府，金石之音，风云之气，能令读者惊心动魄。虽子建诸乐府，且不得专美于前，他何论焉。"黄子云《野鸿诗的》则云："平原五言乐府，一味排比敷衍，间多硬句，且踵前人步伐，不能流露性情，均无足观。"直至近年来出版的文学史著作，论及西晋文学时，对陆机的创作评价都不很高，如何看待这种看似不可调和的矛盾现象呢？

就陆机的单篇乐府诗来看，确实存在着鱼龙混杂、良莠不齐的现象，无法一言以概之，必须结合具体诗歌具体分析，而通过分析比较，陆机入洛前后的乐府诗表现出截然不同的风格特点，其艺术成就也有明显差别。

据《晋书·陆机传》所载："年二十而吴灭，退居旧里，闭门勤学，积有十年。……至太康末，与弟云俱入洛，造太常张华。"[1]清汤球辑《九家旧晋书辑本》载："机誉流京华，声溢四表，被征为太子洗马，与弟云俱入洛。"可知陆机入洛前文名已响彻朝野，但其入洛前的作品，如《拟古十二首》等，借拟古以呈才，总体上文学成就并不高。而入洛之后则创作出了有代表性的作品，其乐府诗也不例外。

《文选》收录陆机乐府17首，姜亮夫先生《陆平原年谱》定其中13首为入洛后作（除《从军行》《君子行》《豫章行》《前缓声歌》外），颇有道理。而《君子行》感叹深沉，譬喻贴切，显然是因西晋社会险恶的政治斗争而发，有作者自身的体验，不似入洛前的作品。

现存陆机的乐府诗中，有一半以上作于入洛前，四言的如《秋胡行》《陇西行》，五言的如《东武吟行》，六言的如《董桃行》《饮酒乐》，七言的如《燕歌行》《百年歌》等，杂言乐府如《鞠歌行》《日重光行》等。这些乐府诗作于陆机闭门勤学的十年中，同拟古诗一样，是学习嘱文、显示才华之作，例如《月重轮行》咏叹亘古不变的主题：岁月如水，人生如逝，功名难成。但这种感叹因为缺少切身体会而流于浮泛，缺少感人的力量，不是作者真实感受、真实性情的流露。《燕歌行》模拟曹丕，文辞趋于雅致，而感情的抒发则流于滞重，也是缺少社会人生的真实体验。这类诗多取前人原意，敷衍成篇，文学价值较低，确有"不能流露性情"之嫌。

陆机入洛之后，被卷入皇族倾轧的旋涡中，切身感受到政治斗争的复

---

① （唐）房玄龄等：《晋书》，中华书局1974年标点本，第1467—1472页。

杂和险恶，此时发言为诗，尽管隐晦曲折，却多痛彻心曲的悲歌，如陆机著名的乐府诗《猛虎行》，抒写诗人功业未建、壮志难酬的感慨。开头两句模仿汉乐府"饥不从猛虎食，暮不从野雀栖"，却"最见奇峭"，此诗以儒家道德自省自励，音节铿锵，气骨不凡，颇有建安遗响。结合这首诗的写作背景，为赵王伦乱前后作。因赵王伦谋篡位，机为中书郎，被疑参与此事，赖成都王颖及吴王晏救之，得免死。这首诗盖被诬后自悔之作，诗中抒发的是真情实感。陆机服膺儒术，崇敬天道，但残酷的现实使他深感"人道"的艰险。《君子行》中用一系列典故暗示世事多变，人心难测，多有警句。诗中概括人世浮沉精练准确，堪称乐府中的名篇。

又如陆机《门有车马客行》，为入洛后闻故乡消息之作，语言质朴自然，感情真挚动人，对故乡亲友的思念跃然纸上，是真情的自然流露，表意直接明显，陆机诗中这种直抒胸臆者并不多，是当时特定环境和他的特殊身份所决定的，作为亡国之臣、败军之将，陆机不得不如履薄冰、谨小慎微。所作诗歌多为应酬之作，其乐府诗虽借乐府古题触及时事，也力求主旨与古题合，感情的抒发多采取隐喻、暗示、象征等手法。例如《塘上行》，拟建安乐府，表面代失宠女子倾诉衷情，实则为陆机深层心理的写照。"不惜微躯退，但惧苍蝇前"，将作者屡遭诽谤、动辄得咎的畏惧心理婉转曲折地表现出来，这首诗中的"江蓠"正是陆机自我的象征。

总之，《文选》所收陆机17首乐府诗内容丰富，感情婉曲深挚。在艺术上也取得了突出的成就，例如诗歌结构上继承曹植诗的特点，开篇发唱惊挺，如"逝矣经天日，悲哉带地川"（《长歌行》），"苦哉远征人，飘飘穷四遐"（《从军行》）等，中间多炼佳句提篇，结尾则以抒情作结。在表现手法上，讲究比兴的运用以及抒情与叙事的统一；语言上更讲究对偶、音韵与藻饰。这些都使陆机的乐府诗在前人基础上得到进一步提高。萧统《文选》中收陆机的乐府最多，可见对陆机乐府诗的推重。所以刘熙载称"虽子建诸乐府，且不得专美于前，他何论焉"，确为至评。

我们今天评价陆机的乐府诗，也应注意到其入洛前后艺术成就的不同，既肯定其成功之作，也应看到其不足之处。不能以偏概全，也不要求全责备。

第七节　论钟嵘《诗品》陆诗源出曹植说

钟嵘《诗品》列陆机入上品，称：

> 其源出于陈思，才高词赡，举体华美。气少于公干，文劣于仲宣。尚规矩，不贵绮错，有伤直致之奇。然其咀嚼英华，厌饫膏泽，文章之渊泉也。张公叹其大才，信矣！

《诗品·总论》盛赞陆机为"太康之英"，曹植为"建安之杰"。西晋太康时期是建安时期以后的第二个创作高峰。《诗品》称："太康中，三张二陆两潘一左，勃而复兴，风流未沫，亦文章之中兴也。"作为"太康之英"的陆机与"建安之杰"曹植有何渊源关系呢？

钟嵘《诗品》对曹植推崇备至，称：

> 其源出于《国风》，骨气奇高，词采华茂，情兼雅怨，体被文质，粲溢今古，卓尔不群。陈思之于文章也，譬人伦之有周、孔，鳞羽之有龙凤，音乐之有琴笙，女工之有黼黻。俾尔怀铅吮墨者，抱篇章而景慕，映余晖以自烛。故孔氏之门如用诗，则公干升堂，思王入室，景阳潘陆，自可坐于廊庑之间矣。

"骨气奇高，词采华茂"是曹植诗的重要特点。骨气即气骨、风骨、风力。刘勰《文心雕龙·风骨篇》集中论述了风骨：

> 是以怊怅述情，必始乎风；沉吟铺辞，莫先于骨。故辞之待骨，如体之树骸；情之含风，犹形之包气。结言端直，则文骨成焉；意气骏爽，则文风清焉。
>
> 故练于骨者，析辞必精，深乎风者，述情必显。捶字坚而难移，结响凝而不滞，此风骨之力也。

从刘勰的论述可以看出，"风"是与"情""气""意"等主观因素相关的，要求"述情必显"。"骨"则与言辞有关，要求"析辞必精"。

文辞过繁的作品，思想感情的表达不够明朗，则有害文骨。陆机"才高词赡，举体华美"，其文辞繁缛，前人多有指责。刘勰《文心雕龙·议对》批评陆机作品"腴辞弗剪，颇累文骨"，《镕裁》也说："士衡才优，而缀辞尤繁。"所以，前人多评论陆机文采有余而风力不足。例如，王世贞《艺苑卮言》云：

> 翩翩藻秀，颇见才俊，无奈俳弱何。

安磐《颐山诗话》云：

> 陆士衡之诗，钟嵘谓为太康之英，安仁、景阳为辅，与陈思、谢客并称。严羽谓士衡独在诸公之下。二者孰是？试参之。盖士衡绮练精绝，学富而辞赡，才逸而体华，嵘之论亦是。若以风骨、气格言之，是诚在曹、刘、二张、左、阮之下。

对辞藻的重视，对排偶、音韵的讲究是西晋太康时期诗坛的一大特色。由于注重文采的风气影响，形成了绮靡的时代风格。刘勰《文心雕龙·明诗》称：

> 晋世群才，稍入轻绮，张、潘、左、陆，比肩诗衢，采缛于正始，力柔于建安；或析文以为妙，或流靡以自妍，此其大略也。
>
> 沈约《宋书·谢灵运传论》也说：
>
> 降及元康，潘、陆特秀，律异班、贾，体变曹、王，缛旨星稠，繁文绮合。

后代论晋诗多注意到其轻绮、繁缛的特点，甚至有"汉魏风骨，晋宋莫传"的论调（陈子昂《修竹篇序》）。但是，刘勰论晋诗"力柔于建安"，指晋诗的风力或骨力弱于建安，而非"建安风力尽矣"。关于"建安风骨"的含义，刘勰在《文心雕龙》中做了如下概括：

> 暨建安之初，五言腾踊。文帝陈思，纵辔以骋节；王徐应刘，望路而争驱；并怜风月，狎池苑，述恩荣，叙酣宴；慷慨以任气，磊落

以使才；造怀指事，不求纤密之巧，驱辞逐貌，唯取昭晰之能：此其所同也。（《明诗篇》）

观其时文，雅好慷慨，良由世积乱离，风衰俗怨，并志深而笔长，故梗概而多气也。（《时序篇》）

从以上刘勰所论，"慷慨以任气，磊落以使才"应是建安风骨的主要特点。这种特点是与"世积乱离，风衰俗怨"① 的时代息息相关的。"建安之杰"曹植的诗最具时代色彩。我们看他的乐府诗《薤露行》：

天地无穷极，阴阳转相因。人居一世间，忽若风吹尘。愿得展功勤，输力于明君。怀此王佐才，慷慨独不群。鳞介尊神龙，走兽宗麒麟。虫兽犹知德，何况于士人？孔氏删诗书，王业灿已分。骋我径寸翰，流藻垂华芬。

诗中说"怀此王佐才，慷慨独不群"，抒发作者冲天的壮志，以及壮志难酬的悲慨，刻画了一个自命不凡却怀才不遇的士人（曹植自己）形象。高傲的诗人慨叹人生的短促，"人居一世间，忽若风吹尘"，而及时建功的迫切愿望无由实现，以致"慷慨独不群"。《说文解字》："忼慨，壮士不得志于心也。""忼"俗作"慷"，慷慨忼慨，声同通用，在曹植的诗文中，用到"慷慨"一词的很多。曹植自己曾说："余少而好赋，其所尚也，雅好慷慨，所著繁多，虽触类而作，然芜秽者众。"② "雅好慷慨"是建安诸子的共同趋向，"慷慨"也因之是建安诗文的特征。曹植诗文直接用到"慷慨"一词的就有很多，例如《情诗》：

眇眇客行士，遥役不得归，始出严霜结，今来白露；游者叹黍离，处者歌式微，慷慨对嘉宾，凄怆内伤悲。

抒发了客行士远离家乡、久役难归的悲凉之情。

在《赠徐干》一诗中称徐干所著《中论》表现的思想感情为"慷慨

---

① 王运熙、周锋：《文心雕龙译注》，上海古籍出版社 1998 年版，第 405 页。
② 《艺文类聚》五十五引陈思王《前录自序》。

有悲心，兴文自成篇"。

值得注意的是，曹植诗中多以"慷慨"状音乐中的悲凉高亢之音。如：

> 秦筝何慷慨，齐瑟和且柔。(《箜篌引》)
> 弦急悲声发，聆我慷慨言。(《杂诗》其六)
> 搴帷更摄带，抚弦调鸣筝。慷慨有余音，要妙悲且清。
> (《弃妇诗》)

这种苍凉激越的悲怆之音传达出诗人壮志难酬的悲愤，具有震撼人心的力量。这种悲凉激越的慷慨情绪与汉末古诗一脉相承，在这里，我们听到了汉末文人的悲吟：

> 西北有高楼，上与浮云齐。……上有弦歌声，音响一何悲！……
> 清商随风发，中曲正徘徊。一弹再三叹，慷慨有余哀。不惜歌者苦，
> 但伤知音稀。(《西北有高楼》)

李善注："此篇明高才之人，仕宦未达，知人者稀也。"这种伤时失意之叹与曹植可谓同一怀抱。曹植曾言，他志在"戮力上国，流惠下民，建永世之业，流金石之功，岂徒以翰墨为勋迹，辞赋为君子哉！"(《与杨德祖书》)，无奈天不遂人愿，政治上的失意，颠沛流离的遭遇，遂化作满腔不平之气，迫于形势，却不能直抒胸臆。"慷慨"之情的产生，一方面与急于建功立业却英雄无用武之地的郁闷有关；另一方面是"世积乱离，风衰俗怨"的时代使然。

陆机与曹植的经历有许多相似的地方，都是自负才望，志匡世难，却无由施展。故发而为诗，感慨万端。我们仔细阅读"太康之英"陆机的作品，就能体会到他的感慨之情比曹植毫不逊色。比较二人的乐府诗，曹植《门有万里客行》：

> 门有车马客，问君何乡人？褰裳起从之，果得心所亲。挽衣对我
> 泣，太息前自陈：本是朔方士，今为吴越民。行行将复行，去去适
> 西秦。

陆机《门有车马客行》：

> 门有车马客，驾言发故乡。念君久不归，濡迹涉江湘。投袂赴门涂，揽衣不及裳。抚膺携客泣，掩泪叙温凉。借问邦族间，恻怆论存亡。亲友多零落，旧齿皆凋丧。市朝互迁易，城阙或丘荒。坟垄日月多，松柏郁芒芒。天道信崇替，人生安得长。慷慨惟平生，挽仰独悲伤。

　　二题所咏虽同，从情感的抒发上，陆诗却更为沉郁悲凉，它不但抒发了客居异乡的凄楚，而且还道出了对亲友凋零、家园毁弃的哀痛，并把这种锥心之痛上升为对"天道"和"人生"的咏叹，"慷慨惟平生，俯仰独悲伤"，这种哀苦无告的悲凉心绪与阮籍《咏怀诗》中"徘徊将何见，忧思独伤心"的凄苦如出一辙。阮籍的"使气以命诗"（《文心雕龙·才略》篇）承建安文学的"梗概多气"而来，为全身远祸，阮籍诗多用比兴与象征手法隐晦地表现，这与曹植后期诗作的风格是一致的。但诗人的愤慨还是喷涌而出，如《咏怀诗》"壮士何慷慨，志欲威八荒"与曹植《白马篇》"名在壮士籍，不得中顾私。捐躯赴国难，视死忽如归"同一风骨。另外，对人寿不永、生命随时被摧折的咏叹，阮籍也以"慷慨"出之："存亡有长短，慷慨将焉知。""生命几何时，慷慨各努力。"宋代严羽在《沧浪诗话·诗评》中曾说："黄初之后，惟阮籍《咏怀》之作，极为高古，有建安风骨。"

　　同阮籍一样，陆机大部分乐府诗都有悲郁深致的风格，与时代背景和作者的个人际遇息息相关。陆机系孙吴之世胄苗裔，在吴称东南之宝，入洛标二俊之美。史书称"机天才秀逸，文藻宏丽"[①]"负其才望，而志匡世难"[②]。陆机生逢乱世，颠沛流离，志在匡难而又惧于青蝇之谗，其诗充满进与退、出与处的矛盾与惶遽，言为心声，其慷慨之音正是要有所作为又壮志难酬的表现。张溥《汉魏六朝百三家集·陆机集题词》称："陆氏为吴氏臣，士衡才冠当世，国亡主辱，颠沛图济，成则张子房，败则姜

---

① （唐）房玄龄等：《晋书》，中华书局1974年标点本，第1480页。
② 同上书，第1473页。

伯约，斯其人也。"这样一位超世之才，却生不逢时，居不逢地，应召入
洛，又卷入政治斗争的漩涡，如履薄冰，如临深渊，发而为诗，故多悲
慨。如：

> 人皆冉冉西迁，盛时一往不还。慷慨乖念凄然。（《董桃行》）
> 慷慨亦焉诉，天道良自然。但恨功名薄，竹帛无所宣。
> （《长歌行》）
> 幽途延万鬼，神房集百灵。长吟太山侧，慷慨激楚声。
> （《太山吟》）
> 凤驾寻清轨，远游越梁陈。感物多远念，慷慨怀古人。（《吴王
> 郎中时从梁陈作诗》）

或叹节序之推移，或吟身世之漂泊，举凡亲友之阻隔，功业之难成，
直以慷慨言之。这种无处不在的悲哀在陆机的笔下触目皆是，颇具"梗
概之气"。这一特点已引起前人关注，例如，何焯《义门读书记》云：

> 陆士衡乐府数诗沉着痛快，可以直追曹王。

励志《白华山人诗说》云：

> 陆士衡诗，组织工丽有之，谓其柔脆则未也。愚观士衡诗，觉字
> 字有力，语语欲飞。

叶矫然《龙性堂诗话》云：

> 士衡独步江东，《入洛》《承明》等作，怨思苦语，声泪进落。
> 其乐府于逐臣弃友，福祸倚伏，休咎相乘之故，反复三叹。

陈延杰《诗品注》云：

> 士衡乐府拟古各篇，思能入巧。而新声妙句，系踪陈思焉。又
> 云：平原赠答、行旅诸什皆不尚藻绘，质之也。

刘熙载《艺概》云：

> 士衡乐府，金石之音，风云之气，能令读者惊心动魄。虽子建诸乐府，且不得专美于前。

曹植处于由质朴的古诗向"诗赋欲丽"的文人诗转折时期，对慷慨情怀的抒发既有"骨气奇高"的一面，又有"词才华茂"的特点，所以"粲溢今古，卓尔不群"。例如《白马篇》："仰手接飞猱，俯身散马蹄。狡捷过猴猿，勇剽若豹螭。"描绘了英姿勃发、武艺高强的英雄少年。《美女篇》："罗衣何飘飘，轻裾随风还。顾盼遗光彩，长啸气若兰。"描写细腻，辞藻华丽，将卓尔不群的美女刻画得栩栩如生。随着乐府诗文人化步伐的加快，"诗缘情而绮靡"成为时代的主旋律，作为领风气之先的诗人，陆机诗歌"导齐梁之先路，绾两晋之枢机"①。既为当时诗坛的代表，又是齐梁以降诗歌讲求形式美的开路先锋。走向了重排偶、藻饰和巧思的道路，"高挹群言，清绮独绝，辟玄圃积玉，并为希世之珍"。② 例如《长歌行》："逝矣经天日，悲哉带地川。"《折杨柳》："邈矣垂天景，壮哉奋地雷。"皆劲急惊挺。而《赴洛道中作》第二首："清露坠素晖，明月一何朗。"言夜中风动，露珠晶莹欲坠，忽觉朗月当空，月华如水。构思巧妙，下开谢诗"野旷沙岸净，天高秋月明"，以至"池塘生春草，园柳变鸣禽"之法。《诗品》称他的诗"气少于公干，文劣于仲宣"，谓兼得刘桢、王粲之长。刘桢、王粲为七子之冠冕，《诗品》评刘桢"其源出于古诗。仗气爱奇，动多振绝。真骨凌霜，高风跨俗，但气过其文，雕润恨少。然自陈思已下，桢称独步"。刘桢诗言壮气盛，颇具风骨，但文采较曹植逊色。钟嵘称王粲"其源出于李陵。发愀怆之词，文秀而质羸，在曹刘间别构一体。方陈思不足，比魏文有余"。"发愀怆之词"，是指王粲诗歌表现出的苍凉悲慨之情，与曹植的"忧生之嗟"颇为相似。"文秀而质羸"谓文胜质，诗体靡曼。钟嵘把刘桢、王粲看做仅次于曹植的诗人，陆机弃两家之偏才，兼质文而擅美，"遂使两都驰誉，三张减价，茂

---

① 郝立权：《陆士衡诗注》，人民文学出版社 1958 年版。
② 见《八代诗选》眉批。

先叹其擎才，仲伟许为膏泽。盖有由也。"

钟嵘论诗之极致，当以文质并重。故在魏则以陈思为杰，至晋则以陆机称英。《诗品》对各家源流的探讨颇有卓见。关于陆诗源出曹植，后人也颇认同，例如，宋濂《文宪集·答章秀才论诗书》云：

> 陆士衡兄弟则仿子建。

李梦阳《诗品讲疏》引云：

> 陆机本学陈思王，而四言浑成过之，然五言则不及矣。

《诗品》称陆机出于陈思，陈思出于国风，而古诗"其体源出于国风"，陆机的拟古之作较早，且多得古诗深意。《诗品》评古诗云："其体源出于国风。陆机所拟十四首。文温以丽，意悲而远。惊心动魄，可谓几乎一字千金！"陆机拟作，亦有高誉，王湘绮以为："陆拟诗，面目虽间有研练华肇处，而气骨直与古作契合，须观其铺叙中有回复，整密中有疏宕，每出两句，皆苦心有得处。"曹植的许多诗句也取法古诗，例如，《游仙诗》"人生不满百"出自古诗"生年不满百"，《赠丁仪王粲》"自顾非金石"出自古诗"人生非金石"，《赠白马王彪》"人生处一世"出自古诗"人生寄一世"。追根溯源，陆机与曹植之慷慨情怀可谓一脉相承。溯其源头，正是诗人向古诗学习的结果。

随着文学自觉时代的发展，陆机比曹植更讲究排偶文采，对人生沉重慨叹的同时又在天道中寻求寄托——"天道信崇替，人生安得长"（《门有车马客行》），"天道夷且简，人道险而难"（《君子行》），"慷慨亦焉诉，天道良自然"（《长歌行》），以此来淡化迁逝的哀痛，这种枯淡的说理成分也弱化了诗歌的慷慨之情，兆示了下一个玄言诗阶段的到来。对形式美的刻意追求是其风骨减弱的外在因素，而理思的引入则从诗歌内部平抑了"慷慨"之情。刘师培《南北文学不同论》评："二陆文虽遒劲，亦稍入轻绮矣，诗歌亦然。"

诗至西晋，在音调的高亢及内涵的悲苦上，比之魏代已相形见绌，但注重对诗歌形式美的追求、巧思入诗以及理思的抬头，标志着西晋诗上承以情采和气骨为特征的魏诗，下开东晋玄言诗。陆机便是处于转折时期的代表诗人。其诗源出曹植，却未曾登堂入室，但他发展了曹植诗作所表现出的那种文人化倾向，进而以才力、学识将之贵族化、雅正化，使五言诗发展到一个更加成熟的阶段，对诗歌的发展做出了不容忽视的贡献。

第 五 章

陆机的挽歌诗

第一节　挽歌的起源和发展

挽歌的"挽"字，本作"輓"。《正字通·车部》："輓，輓歌。""輓歌"，也就是"挽歌"。"挽"的意思是哀悼死者。关于挽歌之起源，三国时期西蜀学者谯周以为出于汉初田横之门人。《世说新语·任诞》刘孝标注引《谯子法训》：

> 有丧而歌者，或曰："彼为乐丧也，有不可乎？"谯子曰："《书》云'四海遏密八音。'何乐丧之有！"曰："今丧有挽歌者，何以哉？"谯子曰："周闻之；盖高帝召齐田横，至于尸乡亭，自刭奉首。从者挽至于宫，不敢哭而不胜哀，故为歌以寄哀音。彼则一时之为也。邻有丧，舂不相，引挽人衔枚，孰乐丧者邪？"

此文之下，刘孝标复云："按《庄子》曰：'绋讴所生，必于斥苦。'司马彪注曰：'绋，引柩索也。斥，疏缓也。苦，用力也。引绋所以有讴歌者，为人有用力不齐，故促急之也。'《春秋左氏传》曰：'鲁哀公会吴伐齐，其将公孙夏命歌《虞殡》。'杜预曰：'《虞殡》，送葬歌，示必死也。'《史记·绛侯世家》白：'周勃以吹箫乐丧。'然则挽歌之来久矣，非始起于田横也。然谯氏引《礼》之文，颇有明据，非固陋者所能详闻。疑以传疑，以俟通博。"东晋学者干宝亦云：

> 挽歌者，丧家之乐；执绋者，相和之声也。挽歌辞有《薤露》《蒿里》二章，汉田横门人作。横自杀，门人伤之，悲歌。言人如薤

上露，易晞灭，亦谓人死精魂归于蒿里，故有二章。（《搜神记》卷
一六）

正如刘孝标所言，挽歌的习俗由来已久。《庄子·列御寇》说："上
为鸟鸢食，下为蝼蚁食。"指出了我国古代人民的两种葬法。而丧葬持弓
会殴禽兽，是我国原始社会的普遍风俗。黄帝时代八个字的《弹歌》"断
竹续竹，飞土逐肉"，正是我国古代最早的送终守尸之歌。《文心雕龙·
通变》："黄歌断竹，质之至也。"黄叔琳注："按所歌者本黄帝时《竹弹
谣》。"我国伟大诗人屈原的《九歌》之一《国殇》，也是一首致哀于当
时楚国抗秦阵亡将士，伴乐伴舞的挽歌。丘述尧先生在《〈挽歌考〉辨》
中说明了先秦丧礼禁止用乐，但不排除歌谣，至秦末时丧已用乐的事实。
《晋书·礼制中》："挽歌起于汉武帝役人之劳歌，声辞哀切，遂以为送终
之礼。"武帝之时，战争频仍，徭役繁重，挽枢迎尸的役人"劳歌"之
声，处处可闻，这种苦役歌谣实与挽歌密不可分。

挽歌的歌辞，两汉四百年间只有《薤露》《蒿里》这两首古代遗留下
来的古辞。李延年分别定为两个阶层所公用，《薤露》送王公贵人，《蒿
里》送士大夫庶人。自魏至隋，作家摆脱了《薤露》与《蒿里》那种简
短而参差的节奏，用五言的长篇谱写新辞。魏武帝曹操就是开风气之先
者，他的乐府诗始用古题写时事，所作《薤露行》（又作《惟汉行》）与
《蒿里行》都是咏丧亡之哀，性质和挽歌是相近的，而《薤露行》以哀君
为主，《蒿里行》则是哀臣民，似乎也有次第。这种抓住哀挽意义扩大哀
挽题材所唱的一定时代的挽歌，拓展了挽歌的范围。乐府是"惟其声，
不惟其辞"的，所以在新的时代，逐步突破了原来哀死的题材。曹植借
以上旧题，论立君行仁之道，陈展功扬名之怀。脱离哀挽意义，自抒新
辞。用于"悼往告哀"的挽歌逐渐有了新的内涵。魏缪袭挽歌一首，多
设想死后之辞。晋傅玄《惟汉行》则颇类咏史，与哀挽无关。固守丧葬
题材，叙述渐趋细密的当属陆士衡挽歌三首，极言其哀。至东晋陶渊明挽
歌三首，则以达观视之，情绪趋于平缓。南宋鲍照的挽歌，写死者在死葬
前及在坟墓中的感慨。由此可归纳出，挽歌的歌辞，两汉前是"悼往告
哀"，魏晋南北朝则发展为哀叹时事或咏史抒怀，以至为"死人自叹之
言"。这种歌辞上的放诞色彩，是与魏晋的时代风气、名士风流密切相关
的。至隋代出现专用于个人的挽歌后，向某一特定的人致哀的专用挽歌日

趋增多，与汉魏以来的诔辞、祭文具有同等意义。

第二节　中古时期挽歌盛行的时代背景

汉末的连年征战，导致"白骨露于野，千里无鸡鸣"的悲惨境况，战争、灾疫和政权的更迭，使人们对短促而多难的人生充满惶惑和忧惧。生命无常、人生易老这一普遍的命题与时代的苦难交织在一起，时刻冲击着士人敏感的心灵。人们开始认识到自然是无法抗拒的，而个人是渺小的。现实的痛苦和生命的忧患充满了觉醒的心灵。以悲为美的审美风尚就这样伴随着人的觉醒而来，进而在文学创作中发生影响。曹丕《与吴质书》中说：

> 昔年疾疫，亲故多离其灾，徐陈应刘，一时俱逝，痛可言也？昔日游处，行则连舆，止则接席，何曾须臾相失？每至觞酌流行，丝竹并奏，酒酣耳热，仰而赋诗，当此之时，忽然不自知乐也。谓百年已分，可长共相保，何图数年之间，零落略尽，言之伤心！顷撰其遗文，都为一集。观其姓名，已为鬼录，追思昔游，犹在心目。而此诸子化为粪壤，可复道哉！

那种物是人非、幽冥永隔的感慨令人扼腕不已！

陆机《叹逝赋·序》中感慨亦为沉痛：

> 昔每闻长老追计平生同时亲故，或凋落已尽，或仅有存者。余年方四十，而懿亲戚属亡多存寡，昵交密友亦不半在。或所曾共游一途，同宴一室，十年之内，索然已尽。以是思哀，哀可知矣。

残酷的现实，加深了人们对生死的困惑与迷惘之感。对生死存亡的重视、哀伤，对人生短促的感慨、喟叹，从《古诗十九首》中就显其沉郁和悲凉了：《古诗十九首》"生年不满百，常怀千岁忧""人生寄一世，奄忽若飘尘" "人生非金石，岂能长寿考" "所遇无故物，焉得不速老"……至曹操"对酒当歌，人生几何，譬如朝露，去日苦多"的唱叹，再到阮籍"但恐须臾间，魂气随风飘。终身覆薄冰，谁知我心焦"的沉吟，以及张华"人生若浮寄，年时忽蹉跎，促促朝露期，荣华遽几何？念此肠中悲，涕下自滂沱"的感伤，至王羲之则有"死生亦大矣，岂不痛哉……固知一死生为虚诞，齐彭殇为妄作，后之视今亦犹今之视昔，悲夫"的慨叹。千古之下，悲慨同一。究其根底，均导源于对光阴飞逝、人生短促这一客观现实的忧虑。而深藏在这种忧虑之中的，则是对人生的爱恋和执着。这种自觉的生命意识的苏醒，同旧传统旧信仰的破坏密切相关，并随着玄学的兴起最终确立。

魏晋在中国历史上是一个经历了重大变化的转折时期。两汉经学崩溃，儒学丧失了统治人心的力量，道家以自然主义与个人主义为中心的思想成为魏晋人的指导思想。而佛教道教的兴起，使道家讲究服食导养的养生术，与佛家厌苦现世超度彼界的观念和老庄思想一起，充溢当时人们的心灵。老庄的生死观在魏晋人手中获得了新的发展，《晋书·羊祜传》载：

祜乐山水，每风景，必造岘山，置酒言咏，终日不倦。尚慨然叹息，顾谓从事中郎邹湛等曰："自有宇宙，便有此山。由来贤达胜士登此远望如我与卿者多矣！皆湮灭无闻，使人悲伤。"

魏晋人对"人生有限而宇宙无穷"的矛盾体验可谓深矣。由于玄学的兴起，魏晋时代发达的思辨哲学深化了对生死的思考。在生死问题上的惶恐不安，使他们选择了不同的排解方式，或纵情享乐，或讲究养生，或论道谈玄，或皈依佛教。而由于人的觉醒，才使这种种举动具有一定的深层含义。

对生死的不能释怀，转而发为悲慨咏叹，挽歌的兴起还与以"悲"为美的时代风气有关。和先秦两汉文学相比，魏晋六朝文学的抒情性明显加强。文学不再被当作"经夫妇，成孝敬，厚人伦，美教化，移风俗"的工具，而是标榜"吟咏风谣，流连哀思""情灵摇荡"，情感抒发以悲为主。以悲为美的审美观念包含着深厚的社会历史文化内容，有其历史经验的积淀。早在《礼记·乐记》中就有记载："丝声哀。"郑玄注云："哀，怨也；谓声音之体婉妙，故哀怨矣。"《鬼谷子·本经阴符七篇》中指出："故音不和则不悲。"可见，"哀"向来就被作为艺术美的极致。三国至两晋的乐坛，偏重于悲哀的情调、凄美的风格。《世说新语·言语》

载，王羲之对谢安说丝竹之音足以倾泻其"伤于哀乐"的情怀：

> 谢太傅语王右军曰："中年伤于哀乐，与亲友别，辄作数日恶。"
> 王曰："年在桑榆，自然至此，正赖丝竹陶写。恒恐儿辈觉，损欣乐
> 之趣。"

孔子就有"诗可以怨"的诗学观，屈原的悲怨楚音是这一观念的发展，而中古时代的挽歌又对它进一步深化。从汉末到六朝，哀怨之作大量涌现，这种以悲为美的观念在钟嵘的《诗品》中作了理论的总结。《诗品·总论》云：

> ……至于楚臣去境，汉妾辞宫，或骨横朔野，魂逐飞蓬；或负戈
> 外戍，杀气雄边；塞客衣单，孀闺泪尽；或士有解佩出朝，一去忘
> 返……凡斯种种，感荡心灵，非陈诗何以展其义？非长歌何以骋其
> 情？故曰："诗可以群，可以怨。"……

挽歌之特点可由一"怨"字概而括之，"怨"即"哀怨""悲怨"，以悲为美的观念被它发挥到了极致。

第三节　陆机挽歌诗的特点及历史地位

挽歌由乐曲和歌词两部分组成，产生于春秋战国时期。汉魏以后，唱挽歌成为朝廷规定的丧葬礼俗之一。六朝时期，挽歌冲破了悼亡的范围，一度从葬礼中游离出来，成为一个单纯的抒怀题材，名士们热衷挽歌，不仅送葬时唱，饮宴游乐时也唱，成为名士风流的标志之一：

> 张湛好于斋前种松柏；时袁山松出游，每好令左右作挽歌。时人
> 谓"张屋下陈尸，袁道上行殡"。（《世说新语·任诞》）
> 张驎酒后，挽歌甚苦。桓车骑曰："卿非田横门人，何乃顿尔至
> 致？"（《世说新语·任诞》）

这种非礼反俗的任诞举动是对儒家礼仪的逆反，是名士们蔑视礼法、

潇洒不羁的写照。而挽歌的爱好者都颇具音乐素养，深谙挽歌所传达的悲哀情调与凄丽之美。

在汉代，挽歌系乐府之一部。至汉末，挽歌已开始响彻贵族宴席，蔓延至日常生活，但仍没有文人创作挽歌的记载。因早期葬礼挽歌"主声不主文"的特点，无须文人填写新辞。挽歌在汉代主要局限在葬礼范围内，与文人的关系不大。直到萧统编《文选》时，挽歌才正式被确立为古典诗歌之一体。《文选》专列"挽歌"一类，选录缪袭、陆机、陶渊明诸家之作，证明挽歌这种诗体曾在魏晋一度流行。

秦汉以前的挽歌诗已不可考，魏晋南北朝至隋代的作品主要有曹魏缪袭的一首《挽歌诗》，载于《文选》卷二八、《北堂书钞》卷九二；西晋傅玄的三首《挽歌》，载于《北堂书钞》卷九二，陆机的《庶人挽歌辞》二首、《王侯挽歌辞》一首，亦载于《北堂书钞》卷九二，其《挽歌诗》三首见于《文选》卷二八，《挽歌辞》二首载于吴棫《韵补》卷五；陶渊明的三首《挽歌诗》载于《乐府诗集》卷二七；南朝宋颜延之有《挽歌》一首，见于《太平御览》卷五五二，鲍照有《代挽歌》一首，见于《乐府诗集》卷二七；南齐丘灵鞠有三首《殷贵妃挽歌诗》，《南齐书》卷五二《文学列传》存其残句，北齐祖廷有《挽歌》一首，见《乐府诗集》卷二七；隋卢思道有《齐文帝挽歌》一首，见于皎然《诗式》卷三。

陆机《挽歌诗》现存完整的共有三首，载于《文选》卷二十八，此外，郭茂倩《乐府诗集》卷二十七《相和歌词》也登录了这三首诗。从内容看，三首当为组诗，"卜择考休贞"写卜择葬地，"流离亲友思"写亲友送殡，"重阜何崔巍"假亡者之辞写死后墓中感受。如此读来确像是一组构思完整的作品。然而李善注本《文选》与五臣注本、六臣注本《文选》对这三首诗的著录顺序却不一样，如尤袤刻本李善注《文选》以"流离亲友思"置于第二首，而以"重阜何崔嵬"置于第三首。从文意看，似乎六臣注本顺序更合理些。清胡克家《文选考异》卷五在"流离亲友思"下说："袁本、茶陵本此一首在'重阜何崔嵬'一首之前。案，尤所见不同以文义订之，当倒在上，且此句与第一首末句相承接，尤非，二本是也。"袁本即指明袁褧翻刻北宋广都裴氏本。茶陵本指元陈仁子刻本，二本与《四部丛刊》本一样，都是六臣注系统。胡氏所言即根据文意所下的判断。在他之前，孙志祖《文选考异》卷二亦称："流离亲友思接第一首末句，六臣本是。"这都是将挽歌三首视作组诗。

陆机《挽歌持》除《文选》所收三首外，唐宋以来的类书如《北堂书钞》《初学记》《太平御览》及宋人吴棫《韵补》都有收录。陆机所作《挽歌诗》不止《文选》中的三首。《太平御览》之外，初唐时所编的类书《北堂书钞》和《初学记》更是收录在先。《北堂书钞》卷九十二"魂衣何盈盈，旛旐何习习"下注引："陆机《庶人挽歌辞》云：死生各异方，昭非神色袭，贵贱礼有差，外相盛已极，魂衣何盈盈。旛旐何习习，念彼平生时，延宾陟此帏。宾阶有邻迹，我降无登辉，陶犬不知吠，瓦鸡焉能飞。安寝重丘下，仰闻板筑声。"此诗的"魂衣何盈盈，旛旐何习习"两句与《太平御览》所引相同，其实是不同的两首诗，今人金涛声点校的《陆机集》①误将两首相混。从各家类书、韵书及《文选》所引陆机《挽歌诗》看，去其重复，共得九首，当然，这并不一定就是陆机《挽歌诗》的总数。《文选》所选三首《挽歌诗》，其第二、三首都是《王侯挽歌辞》。

从现存挽歌诗的数量来看，陆机也是首屈一指的。魏晋文人通过挽歌这种特殊的歌曲，淋漓尽致地表达了人们对生死问题的困惑和悲哀。我们试比较陆机与前后不同时期文人创作的挽歌诗，探讨魏晋时期挽歌诗发展的轨迹。

生时游国都，死没弃中野。朝发高堂上，暮宿黄泉下。白日入虞渊，悬车息驷马。造化虽神明，安能复存我？形容稍歇灭，齿发行当堕。自古皆有然，谁能离此者。（魏·缪袭《挽歌诗》）

卜择考休贞，嘉命咸在兹。凤驾惊徒御，结辔顿重基。龙被广柳，前驱矫轻旗。殡宫何嘈嘈，哀响沸中闱。中闱且勿欢，听我《薤露》诗。死生各异伦，祖载当有时。舍爵两楹位，启殡进灵輀。饮饯觞莫举，出宿归无期。帷衽旷遗影，栋宇与子辞。周亲咸奔凑，友朋自远来。翼翼飞轻轩，骎骎策素骐。按辔遵长薄，送子长夜台。呼子子不闻，泣子子不知。叹息重櫬侧，念我畴昔时。三秋犹足收，万世安可思。殉没身易亡，救子非所能。含言言哽噎，挥涕涕流离。（晋·陆机《挽歌诗三首》之一）

①　金涛声点校：《陆机集》，中华书局 1982 年版。

重皐何崔嵬，玄庐窜其间。磅礴立四极，穹隆放苍天。侧听阴沟涌，卧观天井悬。圹宵何寥廓，大暮安可晨！人往有返岁，我行无归年。昔居四民宅，今托万鬼邻。昔为七尺躯，今成灰与尘。金玉素所佩，鸿毛今不振。丰肌飨蝼蚁，妍姿永夷泯。寿堂延魑魅，虚无自相宾。蝼蚁尔何怨？魑魅我何亲？拊心痛荼毒，永叹莫为陈。（晋·陆机《挽歌诗三首》之二）

荒草何茫茫，白杨亦萧萧。严霜九月中，送我出远郊。四面无人居，高坟正崔嵬。马为仰天鸣，风为自萧条，幽室一已闭，千年不复朝。千年不复朝，贤达无奈何。向来相送人，各已归其家，亲戚或余悲，他人亦已歌。死去何所道，托体同山阿。（晋·陶渊明《拟挽歌辞三首》之三）

这三首挽歌，同为感叹死亡，却有情绪的浓淡之分，自魏至西晋，再到东晋末年，分明能感受到文人挽歌诗发展的脉搏。首先，从挽歌诗表达的感情色彩来看，缪袭"自古皆有然，谁能离此者"，传达的是诗人无可奈何的茫然与哀伤。而陆机《挽歌诗》的悲剧色彩更为浓烈，诗人经历了国破家亡、"懿亲戚属亡多存寡"的切肤之痛，其《愍思赋·序》曰："予屡抱孔怀之痛，而奄复丧同生姊，衔恤哀伤，一载之间，而丧制便过。故作此赋，以抒惨恻之感。"故"以是思哀，哀可知矣"。其《大墓赋·序》亦云："夫死生是得失之大者，故乐莫甚焉，哀莫甚焉。……故极言其哀，而终之以达，庶以开夫近俗云。"作为一个敏感的诗人，陆机挽歌诗以细致入微的笔触，字里行间流露出难以排解的哀伤与绝望，可谓"极言其哀"。尽管诗人致力于"终之以达"，却未曾超然视之。真正从理论和实践上达到新的更高境界的是陶渊明。陶渊明已开始理性地看待生命的过程，生与死在他眼中成为自然的一部分。其《拟挽歌辞三首》之一开头即云："有生必有死，早终非命促。"以一种平和旷达的态度对待死亡，颇有"纵浪大化中，不喜亦不惧"的任真潇洒，通篇格调自然、平淡，超然物外。

其次，从叙述的视角来看，陆机的《挽歌诗三首》从多角度、多层次展开铺述，先后写了卜择葬地、亲友送殡、观送殡者歌、死者自叹等歌辞，反映了当时的挽歌"一人倡众人和"的场面。第一人称、第二人称交替使用，描写层次分明，细致入微。相比之下，缪袭的挽歌则是简短的粗线条的陈述和感慨，叙述视角单一，感情的抒发不够强烈细腻。到了晋末陶渊明的诗中，从叙述方式上看，明显地继承了陆机挽歌三首的写法。在描写敛尸、祭奠和落葬三个场面时，用第一人称叙述，而"死者"却有普遍的意义，不是某个特定的人。"幽室一已闭，千年不复朝"就是从陆机诗"人往有返岁，我行无归年"变换而来的。陆机挽歌三首叙述角度错落有致，作者时而以旁观者的身份参与唱挽歌，"中闱且勿欢，听我《薤露》诗"，并抒发悲慨"呼子子不闻，泣子子不知"，时而以第一人称自况死者自叹，"蝼蚁尔何怨？魍魉我何亲？拊心痛荼毒，永叹莫为陈"。叙述视角的变换，增强了诗歌的感染力与层次感。陶渊明第一人称的叙述方式，就是从陆机挽歌诗发展而来，又别具一格。

再次，从结构层次上，缪袭及其稍前作品都是单章独立的，而陆机和陶渊明的挽歌则代表了魏晋文人挽歌的最高形式——三首连章体。这些连章体以组诗的形式，构成一个次序井然的整体，内容上是完整有序的。如陆机诗，把丧礼整个过程分为占卜葬地、哭丧、送丧等场景，前后衔接，首尾相连，中间穿插以各种感怀，今昔对比，重沓往复，富有浓厚的感情色彩。

最后，咏叹对象的不确定性。这是魏晋文人挽歌诗的一个显著特征。在魏晋这个特定的悲剧性时代，"天下多故，名士少有全者"。社会动荡与自然灾害，危机四伏，死亡成了触目可及的现象。挽歌诗人所关注的是生死问题的本身，而非特定的某个人的死亡。自缪袭的《挽歌》就已有此特征，到陆机《挽歌诗》中以生者追挽和死者自叹两种视点叙述：

> 按辔遵长薄，送子长夜台。呼子子不闻，泣子子不知。叹息重榇侧，念我畴昔时……
> 侧听阴沟涌，卧观天井悬。圹宵何寥廓，大暮安可晨！人往有返岁，我行无归年……

前篇伤悼死者，用第二人称"子"（你），而接下来是死者自述，两种叙述视角的并用，生者与死者的界限不甚明显，从而使"死者"具有普遍的意义。

总之，浓烈的悲剧色彩，多角度、多层次的铺叙，三首连章体以及咏叹对象的不确定性是陆机挽歌诗的主要特征。陆机文集中还有《庶人挽歌辞》《王侯挽歌辞》和《士庶挽歌辞》，都是写死亡之悲和对死亡的怨愤。西晋一代，以哀吊、死亡为主题的作品充斥整个诗歌领域，如傅玄《挽歌辞三首》，潘岳《悼亡诗》《悼亡赋》等，反映出这个悲剧时代深刻的死亡意识。挽歌诗是纯粹的抒情诗，是"作为知识分子思想和感情表白的手段的诗"。① 魏晋文人"通过挽歌这种特殊的歌曲，使那个时代的人们对生死问题的困惑和悲哀得到了充分的表现"。②

曹魏、西晋文士们深刻的死亡之悲更多的是因为他们把死后的悲惨与生前的美好尖锐地对立起来，而到了东晋陶渊明已逐渐消解了这种对立，关于这一点，有的学者认为，陶渊明《拟挽歌辞三首》，是凭借了魏晋佛教"三世"神学想象才得以突破我国千百年来的《诗》《骚》传统，于现实人生之外另辟出一"幽冥"鬼世界来。③ 陈寅恪先生在《陶渊明之思想与清谈之关系》一文中，坚持"渊明之为人实外儒而内道，舍释迦而宗天师者也"。尽管见仁见智，但陶渊明之时代，佛教的影响无所不在，所以他的思想比较复杂，丁永忠的《陶诗佛音辨》一书，是第一部研究陶渊明与佛教关系的专著。④ 在此之前，罗宗强在其《玄学与魏晋士人心态》一书中，已论及陶渊明的思想，"除了儒家固穷的思想力量以外，还有佛家般若思想的影响"。罗氏又指出："他用儒家的固穷的思想，用般若的万有皆空的思想，摆脱了世俗的种种纠结，走向物我泯一的人生境界。"刘大杰在其《中国文学发展史》中论及陶渊明的思想时说："陶渊明之所以为陶渊明，就在他独有的性格，时代的环境，以及各家思想的精华，混合调和而形成那种特殊的典型。这种典型不容许旁人模拟学习，也不受任何思想家派的限制。"

与陶渊明相比，陆机的思想就单纯多了，《晋书》本传说他"服膺儒术，非礼不动"。儒家思想是陆机的主导思想，相传他也接触过玄学。《异苑》载，陆机初入洛，曾误宿山阳王家墓，听王弼谈玄：

---

① ［日］一海知义：《文选挽歌考》，《中国文学报》第十二册，京都大学 1960 年版。

② 卢苇菁：《魏晋文人与挽歌》，《复旦学报》1998 年第 5 期。

③ 丁永忠：《陶潜〈挽歌诗〉与魏晋佛教"三世之辞"》，《九江师专学报》1997 年第4 期。

④ 参见丁永忠《陶诗佛音辨》，四川大学出版社 1997 年版。

因往投宿，见一年少，置易投壶与机谈，机心伏之，而无以酬抗，既晓便去，税骖逆旅，问妪，妪曰："此东数十里无村落，正是山阳王家墓耳。"

《晋书·陆云传》则记载了陆云遇王弼精魂，与其共谈《老子》的故事，"云本无玄学，自此谈《老》殊进"。故事虽荒诞，却透露出二陆学玄的信息。这自与二陆所处的时代密不可分，西晋初年，玄风日渐盛炽，二陆入洛，受其影响在所难免。至于陆机是否受佛教思想的影响，文献中尚无确切记载，盖西晋初期佛教的势力尚不够大，到东晋以后，玄学、佛学相辅相成，名僧与名士相交游之风方盛，所以陆机的作品中有玄言成分，却没有明显地受佛教影响的色彩，他更多地体认到现实世界的痛苦，却没有走上皈依佛教的路子。这在陆机《百年歌》中也有所反映。

陆机《百年歌》以十首为一组，把人的一生按百岁计算，每十岁用一首诗加以歌咏。据《古今乐录》及冯挚《云仙杂记》所载，晋王道冲、陆机及唐李观都曾写过《百岁歌》，但保存至今者只有陆机的诗作。今据逯钦立《先秦汉魏南北朝诗》移录诗如下：

一十时，颜如舜华晔有晖。体如飘风行如飞，变孺彼子相追随。终朝出游薄暮归，六情逸豫心无违。清酒将炙奈乐何，清酒将炙奈乐何。

二十时，体肤彩泽人理成。美目淑貌灼有容，被服冠带丽且清，光车骏马游都城，高谈雅步何盈盈。清酒将炙奈乐何，清酒将炙奈乐何。

三十时，行成名立有令闻。力可抗鼎志干云，食如肉厄气如熏。辞家观国综典文，高冠素带焕翻纷。清酒将炙奈乐何，清酒将炙奈乐何。

四十时，体力克壮志方刚。跨州越郡还帝乡，出入承明拥大珰。清酒将炙奈乐何，清酒将炙奈乐何。

五十时，荷旄仗节镇邦家。鼓钟嘈囋赵女歌，罗衣绰粲金翠华。言笑雅舞相经过。清酒将炙奈乐何，清酒将炙奈乐何。

六十时，年亦耆艾业亦隆。骖驾四牡入紫宫。轩冕婀娜翠云中，子孙昌盛家道丰。清酒将炙奈乐何，清酒将炙奈乐何。

七十时，精爽颇损膂力愆。清水明镜不欲观，临乐对酒转无欢，揽形修发独长叹。

八十时，明已损目聪去耳。前言往行不复纪。辞官致禄归桑梓，安车驷马入旧里。乐事告终忧事始。

九十时，日告耽瘁月告衰。形体虽是志意非。言多谬误心多悲。子孙朝拜或问谁。指景玩日虑安危。感念平生泪交挥。

百岁时，盈数已登肌肉单。四肢百节还相患，目若浊镜口垂涎。呼吸觯嚘反侧难，茵褥滋味不复安。

从内容上看，这组诗以"七十时"为文义的转折点，前六首写人生之乐，洋溢着对理想人生的憧憬之情，后四首写人生之忧，透露出对衰老病死的无可奈何。它比较典型地反映出中国古代文人对人生的一般看法：既渴望在有生之年有所作为，建功立业，创造人生辉煌，享受人生快乐，同时又为时光的流逝、生命的短暂以及死亡的无法超越而惴惴不安。

陈自力通过对陆机《百年歌》与敦煌《百岁篇》《九想观》诗内容的分析比较，说明佛教传入中国后，利用中国原有的思想材料和文学形式，将其改造成为诱导俗众皈依佛教的工具，结果导致佛教及其文学作品逐渐走上中国化的道路；继而指出敦煌《九想观》诗将"百岁篇""四相"和"九想观"贯穿连缀起来，本是针对中国一般俗众特定心理而采取的"方便"之举，旨在引导俗众由乐入苦，进而破除对人生的执着和贪恋，但也极大地增强了作品的世俗情趣和文学意味，使之跨入通俗文学的殿堂。①

由此可见，陆机《挽歌诗》及《百年歌》都是未受佛教思想影响的作品，陆机已看到了生老病死的自然过程，但还不能超然视之。卢苇菁先生在《魏晋文人与挽歌》一文中认为，魏晋文人心态是魏晋文人挽歌产生的基础："感受到强烈的生死痛苦的魏晋文人将其作为表达复杂心绪，书写忧伤，借以获得精神慰藉的手法。"而到东晋以后，风气变了。"社会思想平静的多，各处都加入了佛教的思想。再到晋末，乱也看惯了，篡也看惯了，文章便更平和，代表平和的文章的人有陶潜。"② 这种夷泰和

---

① 陈自力：《从陆机〈百年歌〉到敦煌〈九想观〉诗》，《敦煌研究》2001年第3期。
② 见《鲁迅全集》第3卷，人民文学出版社1981年版，第515页。

平之情正是悲感至极，忧怨无心排遣而后反弹出来的一种特殊时代表象。最后，"文人挽歌逐渐变为一种哀悼诗歌重新回到葬仪之中"①。南朝刘宋朝是挽歌创作的过渡阶段，既延续前一时期的泛咏，又出现了单章的文人自挽式的诗和赠挽诗，这些挽歌诗都开始有针对性地吟咏，由以人类为对象来思考生死问题转变到对个体切身的关怀。北朝时期，文人挽歌与葬礼挽歌合流，五言八句的赠献挽歌成为后世挽歌的一种定型样式。

在挽歌诗的发展过程中，陆机挽歌诗代表了魏晋时期挽歌诗的基本特征，通过写死者自己在坟地上及在坟墓中的感叹，以近乎放诞的歌辞，书写了无比沉痛的死亡之悲。这与当时名流达士好为挽歌，每摇铃自唱，令左右和之的风气是一致的。至此，抒情性的文人挽歌也开始发展到了它的极端，偏离了其固有的"悼往告哀"之意。对此，颜之推《文章篇》说："挽歌辞者，或曰古者虞殡之歌，或曰出自田横之客，皆为生者悼往告哀之意。陆平原多为死人自叹之言，诗格既无此例，又乖制作本意。"

诚然，"多为死人自叹之言"者并非仅陆机一人，而是整个魏晋时期挽歌诗的总体特征。但挽歌诗至陆机，则"缘情而绮靡"，铺排更为细致，叙述更为繁复，虽主题仍与丧葬、死亡有关，但题材功能、创作动机、内容形式与原来的葬礼挽歌又有很大不同。颜之推提出挽歌诗有其特定的格式（"诗格"）和固有的创作意图（"本意"），认为"生者悼往告哀"才是挽歌诗的创作本意，反映了南北朝人对题材本源的重视，对创作规范的强调，已不同于魏晋时期的文学价值观。但在挽歌诗的演变上，陆机的承上启下之功不容忽视，它把文人挽歌诗推向了一个高峰，抒情更强烈，铺叙更细致，将死亡之悲渲染得无以复加，做到了"极言其哀"。但到了陶渊明的挽歌诗，才真正做到"终之以达"。陶渊明的挽歌诗许多诗句都是从陆机挽歌诗化用而来，如：

　　　　陆诗：父母拊棺号，兄弟扶筵泣。（《庶人挽歌辞》）
　　　　陶诗：娇儿索父啼，良友抚我哭。……肴案盈我侧，亲朋哭我旁。
　　　　陆诗：重阜何崔嵬，玄庐窜其间。……圹宵何寥廓，大暮安可晨！人往有返岁，我行无归年。（《挽歌三首》）

---

①　卢苇菁：《魏晋文人与挽歌》，《复旦学报》1998 年第 5 期。

陶诗：四面无人居，高坟正崔嵬；幽室一已闭，千年不复朝。……一朝出门去，归来良未央。

举凡敛尸的悲痛、迁逝的无奈与凄清，陶诗都袭用了陆诗的写作手法。在以景物描写衬托悲凉气氛方面，也颇为相似。陆诗以"悲风徽行轨，倾云结流霭""浮云中容与，飘风不能迴，渊鱼仰失梁，征鸟俯坠飞"，写死亡之悲的凝重与无奈。陶诗则以"荒草何茫茫，白杨亦萧萧。严霜九月中，送我出远郊。……马为仰天鸣，风为自萧条"，渲染黯然凄凉的丧葬场面。可以说，正是因为有陆机的《挽歌诗三首》极言死亡之悲，铺就一道桥梁，才会在更高层次上峰回路转，通向陶渊明的旷达与诙谐。

第 六 章

陆机的五言诗和四言诗

本章所论陆机五言及四言诗的范围，是其上述拟古诗及乐府诗以外的诗歌，据郝立权先生《陆士衡诗注》所收此类五言诗有 23 首，四言诗 33 首。根据其内容来看，大致可分为行旅诗、赠答诗、招隐诗及寄托之作等几个部分。

第一节　行旅诗

南朝诗人江淹的《杂体诗三十首》模拟了 30 位诗人的代表作，拟陆机的诗题为"羁宦"，即"羁留外乡为宦"之意，显然，在江淹及当时人的心目中，陆机出外游宦有感而发的诗篇最具代表意义。江淹《杂体诗序》曰："关西、邺下，既已罕同，河外、江南，颇为异法。今作三十首诗，学其文体，虽不足品藻渊流，庶亦无乖商榷。"江淹将所拟的 30 首诗分别看做独立的文体，是他钻研各家作品之后得出的结论，验之于陆机，"羁宦"确为其一生奔竞于仕途的写照，也是其诗歌中咏叹最多的内容。

《文选》诗分 23 类，"行旅"是其中之一，这类诗重在叙写客游中的见闻和感受。陆机《赴洛二首》《赴洛道中作二首》《吴王郎中时从梁陈作》是行旅诗中的名篇，除了这些通篇写自己行旅在外经历的诗之外，涉及行旅内容的诗篇更是不胜枚举，可以说，陆机诗中"篇篇有旅"，如《遨游出西城》，首写"遨游出西城，按辔循都邑"，末以"行矣勉良图，使尔修名立"作结，从驱马行游说到人生之游，是出游途中触物伤怀的情感抒发。在陆机为数众多的赠答诗中，涉及行旅的诗篇也颇为可观，如《赠尚书郎顾彦先二首》（其一）以"朝游忘轻羽，夕息忆重衾"的行游写时令，（其二）以"朝游游层城，夕息旋直庐"写仕宦历程。《赠顾交趾公真》称赞交州刺史顾秘之功德，以"发迹翼藩后，改授抚南裔。伐鼓五岭表，扬旌万里外"的行旅来表现。《赠从兄车骑》中以"翩翩游宦子，辛苦谁为心。仿佛谷水阳，婉娈昆山阴"写游宦在外的辛苦奔波；《赠冯文罴》既写昔日众人"游息承华南"，又写当前"发轸清洛汭，驱马大河阴。伫立望朔途，悠悠迥且深"的行游感受。《赠弟士龙》以"行矣怨路长，怒焉伤别促"写行旅途中之离情，以"我若西流水，子为东峙岳"写别情依依，均为行旅之感慨，《祖道毕雍孙刘边仲潘正叔》中以行游写仕宦云："适遂时来运，与子游承华。执笏崇贤内，振缨层城阿。"《赠冯文罴迁斥丘令八章》写冯文罴的仕宦行旅历程为"嗟我人斯，戢翼江潭。有命集止，翻飞自南"，以"遵途远蹈，腾轨高骋"写冯文罴出任斥丘令。《答潘尼》以"我东日徂，来饯其琛"写友情之深厚，无不关乎行旅。《答张士然》一诗道出了作者的心声："余固水乡士，总辔临清渊，戚戚多远念，行行遂成篇。"

另外，陆机的代人之作及《招隐诗》中，都有行旅的内容，例如《为周夫人赠车骑》中以"昔者得君书，闻君在高平，今时得君书，闻君在京城"间接地写行旅。《为顾彦先赠妇二首》（其一）写"辞家远行游，悠悠三千里"，（其二）写"游宦久不归，山川修且阔"，是游宦在外的行旅概叹。

为何陆机笔下多涉行旅内容呢？首先，这是时代风气使然。游子怀乡之作的大量涌现可追溯至汉代的古诗。因为汉末社会动荡不安，兵役灾荒使大批农民流落他乡，汉末游宦之风的盛行也使士子们奔波于行旅之中，冒着永无回乡之日的风险。出游在外者"或身殁于他邦，或长幼而不归。父母怀茕独之思，思人抱东山之哀，亲戚隔绝，闺门分离"（徐干《中论》）。《古诗十九首》就是这个时代的产物，奔走风尘的游子高唱着怀乡之歌，独守闺房的思妇低吟着怨叹之词，一吟一叹皆关行旅。陆机的拟古之作亦是如此，出游行旅的内容成了反复咏叹的对象，如《拟行行重行行》写"游子"的"悠悠行迈远"；《拟涉江采芙蓉》写"故乡一何旷，山川阻且难"的怅惘，《拟明月何皎皎》写"我行永已久"的游宦生涯，《拟青青陵上柏》写"远游入长安"的见闻；《拟庭中有奇树》写"芳草久已茂，佳人竟不归"的惆怅；等等。

汉乐府是带有强烈现实感和针对性的诗歌，班固《汉书·艺文志》

所谓"感于哀乐，缘事而发"。魏晋时期文人作乐府的传统是"代其人而措词"（《唐子西语录》载强幼安语），陆机的乐府诗也多写行旅，尽管其中有他个人的经历与感慨，却是整个社会行旅现象的缩影。如《猛虎行》写志士"整驾肃时命，杖策将远寻"的经历，以"崇云临岸骇，鸣条随风吟。静言幽谷底，长啸高山岑"写行旅途中的艰辛。《从军行》写远征人"飘飘穷四遐"的颠沛流离之苦，"朝食不免胄，夕息常负戈"的军旅生活是当时南征北战的将士的真实写照。《豫章行》则是以"泛舟清川渚，遥望高山阴"写"川陆殊途轨"的行旅。《苦寒行》写行役人"北游幽朔城"时"俯入穷谷底，仰陟高山盘"的见闻，抒写行军的艰难。《饮马长城窟行》写征戍之客"驱马陟阴山"的感受，《君子有所思行》写"命驾登北山，延伫望城郭"的感慨。《长安有狭邪行》则称"余本倦游客"。《悲哉行》则以"伤哉客游士，忧思一何深"写行旅之士的远念。《上留田行》开篇"嗟行人之蔼蔼，骏马陟原风驰，轻舟泛川雷迈"，抒发感时悼逝之情，则是对人生天地间，行旅匆匆，忽如远行客的忧思。《百年歌十首》中写人生百年的经历，也多有出游仕宦的描写。可见当时社会中行旅生活占有相当大的比重。

其次，陆机自身的经历也是其羁宦行旅诗歌创作的源泉。据《晋书》记载，陆机20岁时遭国破家亡之痛，闭门勤学十年，至太康末，与弟云俱入洛，踏上仕宦之途。尽管已有学者就陆机入洛的时间及其初仕及宦迹等提出不同看法，但陆机羁宦在外，坎坷多艰的人生历程是毋庸置疑的。他的这些人生体验集中在其赴洛道中的畅想以及充满手足深情、朋友厚谊的诗篇中。

陆机应召入洛后，得到张华的赏誉和举荐，仕途上的一帆风顺使他原本志气高昂的心胸更加激情澎湃，曾经显赫的家族让他对功名有更高的期许。而仕途多险，在那个社会矛盾迅速激化以至全面爆发的时代里，身为南人的陆机，置身于政治斗争的旋涡中，其过人的才华本身便是一把利剑，招致诽谤诬陷，以至死于非命。正是其"羁旅入宦，顿居群士之右"的身份和处境使他"自以智足安时，才堪佐命，庶保名位，无忝前基"[1]。以致铤而走险，"奋力危邦，竭心庸主"。从某种意义上说，陆机一生的命运可以概括为"羁宦"二字，即"羁旅游宦"。由于陆机长时间羁寓京

---

① （唐）房玄龄等：《晋书》，中华书局1974年标点本，第1488页。

师，思乡之情在所难免，况且当时国家多难，由南入北的吴人感觉到即将发生的大乱，纷纷还乡。顾荣、戴若思等有识之士都劝陆机还吴避难，远离是非之地。其同乡张翰因"天下纷纷，祸难未已"，"因见秋风起，乃思吴中菰菜、蓴羹、鲈鱼脍"，叹曰："人生贵得适志，何能羁宦数千里以要名爵乎！"遂南归①。而陆机"负其才望，而志匡世难，故不从"。敏感的诗人并非没有履冰临渊的忧惧，而人在旅途，百感交集，只有宣之于诗歌，婉转曲折地表达他的羁旅之思。关于陆机羁旅思乡的记载，史书中还有一个近于传奇的小故事：

> 初机有骏犬，名曰黄耳，甚爱之。既而羁寓京师，久无家问，笑语犬曰："我家绝无书信，汝能赍书取消息不？"犬摇尾作声。机乃为书以竹筒盛之而系其颈，犬寻路南走，遂至其家，得报还洛。其后因以为常。（唐修《晋书》）

陆机黄犬传书的故事被后世传为美谈，不论其真实性如何，尺素托黄犬的故事至少是诗人羁宦在外的精神慰藉，反映了行旅他乡的诗人对故乡亲人的深切思念。以此种情感入诗，其诗歌中的行旅内容才具有打动人心的力量。

六臣注《文选》李周翰称"行旅"一类的诗说："旅，舍也，言行客多忧，故作诗自慰。"这是一般行旅诗的特色。因为中国人乡土意识特别浓厚。《易·系辞上》说："乐天知命，故不忧；安土敦乎仁，故能爱。"《礼记·哀公问》说："不能爱人，不能有其身；不能有其身，不能安土；不能安土，不能乐天；不能乐天，不能成其身。"所谓"安土"即"安居"，是鼓励人们留恋家乡，不主张离乡远徙。《荀子·致仕》云："无土则人不安居，无人则土不守。……故土之与人也，道之与法也者，国家之本作也。""安土"的观念是儒道两家共有的，儒家尤重"父母在，不远游，游必有方"的孝亲思想。

春秋时代，随着士阶层人数的增多，士从固定的社会关系中游离出来。诸侯、卿大夫争相招揽士阶层为自己服务，这些有知识而无职位的士便致力游说诸侯，成为游士。顾炎武《日知录》卷七"士何事"条云：

---

① （唐）房玄龄等：《晋书》，中华书局 1974 年标点本，第 2384 页。

"春秋以后，游士日多。《齐语》言桓公为游士八十人，奉以车马衣裘，多其货币，使周游四方，以号召天下之贤士，而战国之君遂以士为轻重，高者为儒，武者为侠。呜呼！游士兴而先王之法坏矣。"游士如苏秦，游说六国谋取功名利禄的荣耀令世人刮目相看，后世知识分子纷纷步其后尘。离乡游宦之风在东汉末尤为盛行，朝廷也广泛征召人才充实各级官府，出外游宦有时也成为被动的选择。晋平吴之后，曾于太康中下诏征召南士入朝为官，这是国家统一之后广揽人才的举措，据《晋书》载，诏曰："伪尚书陆喜等十五人，南士归称，并以贞洁不容皓朝，或忠而获罪，或退身修志，放在草野。主者可皆随本位就下拜除，敕所在以礼发遣，须到随才授用。"陆喜入朝为散骑常侍，陆机随后亦被征召入洛。

关于陆机的初仕，王隐《晋书》云："吴平，太傅杨骏辟为祭酒，转太子洗马。"臧荣绪《晋书》云："太熙末，太傅杨骏辟机为祭酒。杨骏议征机为太子洗马。"又说："被征为太子洗马，与弟云俱入洛。"根据两书记载，陆机是应征入洛。其《赴洛二首》其一抒写了应征时眷恋乡居又不甘寂寞的心情。李善注："集云：此篇赴太子洗马时作。下篇云东宫作，而此同云赴洛，误也。"有论者认为"第一首写别离心情及途中感受，第二首写初到东宫和乡关之思，两首会通，总括了从出发到就任这段生活的情景。因此在两篇各自的题款之上又冠以《赴洛二首》，也是很自然的。"① 我们来看，《赴洛二首》（其一）：

> 希世无高符，营道无烈心。靖端肃有命，假楫越江潭。亲友赠予迈，挥泪广川阴。抚膺解携手，永叹结遗音。无迹有所匿，寂寞声必沈。肆目眇不及，缅然若双潜。南望泣玄渚，北迈涉长林。谷风拂修薄，油云翳高岑。鼍鼍孤兽骋，嘤嘤思鸟吟。感物恋堂室，离思一何深！伫立忾我叹，寤寐涕盈衿，惜无怀归志，辛苦谁为心？

此诗开篇以"希世无高符，营道无烈心"写自己随世而行，却不得高位以谋富贵，而营治道术，又无此猛烈之心志。唐太宗在《晋书·陆机传》后御笔赞曰："夫贤之立身，以功名为本，士之居世，以富贵为先。"一语道破士之用心。陆机处于这种郁郁不得志的状态，对仕宦功名

---

① 陈庄：《陆机生平三考》，《四川大学学报》1983 年第 4 期。

是心生向往的，而国破家亡之际，惜英雄无用武之地。而今王命征召，"赴洛"给了他一展宏图的机会，也使他面临背井离乡的哀痛，"抚膺解携手，永叹结遗音"，与亲友挥泪而别，孤独的游子就此踏上陌生的疆土，举目所见，孤兽、思鸟无不牵动他的心弦："感物恋堂室，离思一何深！"痡瘵兴叹、涕泪沾襟的诗人尽管胸中涌动万千离愁，却是义无反顾别无选择地踏上异乡的土地，末尾以"惜无怀归志，辛苦谁为心"收束，笔锋一转，将作者无法排解的离思婉转曲折地表达出来。

　　入洛之初，陆机的思乡之情随归乡无期的羁旅游宦生涯愈久愈浓，《赴洛二首》（其二）是其应征之初的诗篇：

　　　　羁旅远游宦，托身承华侧。抚剑遵铜辇，振缨尽祗肃。岁月一何易，寒暑忽已革。载离多悲心，感物情凄恻。慷慨遗安愈，永叹废餐食。思乐乐难诱，曰归归未克。忧苦欲何为？缠绵胸与臆。仰瞻陵霄鸟，羡尔归飞翼。

　　晋太子宫中有承华门，陆机用以代指东宫。此诗据李善引《集》为注，原题即为《东宫作》，盖作于陆机任太子洗马不久，光阴荏苒，秋去冬来，鸟儿已南飞避寒，而诗人却因归乡不得寝食难安，心中的悲苦向谁诉说？"载离多悲心，感物情凄恻。"仰望长空飞鸟，唯愿自己也能身生双翼，翻飞归乡。诗人的羁宦思乡之情可谓深矣。

　　出外游宦之风的盛行与传统的安土、孝亲观念不可避免地产生冲突，反映在诗歌中，则出现了两种主要的倾向，首先是思乡思亲之诗的大量涌现，这类诗歌以《古诗十九首》为代表，诗中的游子反复慨叹离乡的悲伤，表达对亲人的思念和还乡的愿望，如："还顾望旧乡，长路漫浩浩。同心而离居，忧伤以终老。"（《涉江采芙蓉》）"客行虽云乐，不如早旋归。"（《明月何皎皎》）以思妇的口吻怀念出外的丈夫，如"行行重行行，与君生别离，相去万余里，各在天一涯"（《行行重行行》）。"客从远方来，遗我一端绮，相去万余里，故人心尚尔。文采双鸳鸯，裁为合欢被。著以长相思，缘以结不解。"（《客从远方来》）"客从远方来，遗我一书札。上言长相思，下言久离别。"（《孟冬寒气至》）思妇从丈夫的角度设想其对家乡亲人的思念，如："独宿累长夜，梦想见容辉……愿得常巧笑，携手同车归。"这些诗歌尽管强调离家的痛苦与相思的悲伤，却并没有直接地否定出外游宦这一行为本身，甚至还有"客行虽云乐"这种正面肯定的说法。在汉末文人的视野里，出外游宦尽管有思乡之苦、失意之叹，但他们还是一往无前乐此不疲的。"人生非金石，岂能长寿考，奄忽随物化，荣名以为宝。"（《迴车驾言迈》）对功名富贵的追求与向往激励着他们继续这漫长的旅程。其次，突出外出游宦建功立业的豪迈之情，淡化离乡的哀愁。如曹植《杂诗》（其五）云："仆夫早严驾，吾行将远游。远游欲何之？吴国为我仇。……闲居非吾志，甘心赴国忧。"最能表达曹植慷慨激昂怀抱的是《白马篇》："弃身锋刃端，性命安可怀？父母且不顾，何言子与妻？名在壮士籍，不得中顾私。捐躯赴国难，视死忽如归。"傅玄《豫章行·苦相篇》既写"苦相身为女"的凄苦，又反衬以"男儿当门户，堕地自生神，雄心志四海，万里望风尘"。突出了男子汉大丈夫四海为家的使命感与责任感，离乡远游的豪迈取代了忧伤。

陆机的代人拟作与《古诗十九首》的感情基调是一致的。《陆士衡诗注》收有《为顾彦先赠妇二首》《为周夫人赠车骑》及《为陆思远妇作》。陆机、陆云兄弟都作有《为顾彦先赠妇诗》，陆机所作凡二首，并见于《文选》及《玉台新咏》，陆云所作共四首，见《玉台新咏》（题作《为顾彦先赠妇往返》），《文选》录其第二、第四首。这六首诗，据曹道衡先生考证，都不是单纯地为夫赠妻之作，而是模拟夫妻二人的口吻互相赠答。

顾彦先，即西晋、东晋之交的南方名士顾荣，曾在东晋初建时多有贡献。据《文选》李善注（胡克家刊本）在陆机的诗题下说："集云：'为全彦先作'。今云'顾彦先'，误也。"而四部丛刊影宋刊本六臣注《文选》所载李善注则"全"字作"令"。所以逯钦立先生在《先秦汉魏晋南北朝诗·晋诗五》中说："'为令彦先'，当是为'令文、彦先'之误。"陆机和陆云确有一位叫顾令文的友人，可以其他诗为证，逯先生的说法是有根据的。但是尤刻本及胡刻本作"全"字，也不无依据，因钱塘全氏为孙吴大族，不能排除二陆与全氏子弟的交往。有人认为此题原本不误，只是李善注《文选》时所见"顾彦先"之"顾"字错讹或漫漶，遂生出后来许多枝节①。

但是，不管诗题中所指代的对象为谁，都有拟托的可能。清人吴淇已

---

① 李之亮：《〈文选〉陆机诗笺识》，《殷都学刊》1994 年第 4 期。

指出这一点，他在《六朝选诗定论》卷十中说："此戏笔耳。士衡曷为而戏彦先，意者当时南人自相推奖，而彦先兼援引北士，此虽渡江以后之事，然在入洛之初，彦先应已留心北交，而士衡绝不理论。观其诗中，唯贾长渊一答，出于不得已，而往来赠诗者，顾彦先、张士然、冯文罴辈，俱是南人，可知其不悦彦先所为，而作此以微刺之乎。"吴淇把这两组诗看做"戏笔"是很有见地的，但认为陆机因不满顾荣和北方人来往而作诗讥刺，则不免穿凿。因为这两组诗是否即指顾荣，还不确定。况且顾荣对北方士人的态度和二陆并无多少区别，而陆机往来赠诗者除南方士人之外，也有北方士人潘尼等。南方士族即使与北方士族之间有过某些矛盾，也不致发展到不相往来的地步。从陆机和陆云的这两组诗来看，并无反对与北人结交之意，陆机所作的两首诗，主要抒写相思之情：

> 辞家远行游，悠悠三千里。京洛多风尘，素衣化为缁。修身悼忧苦，感念同怀子。隆思乱心曲，沉欢滞不起。欢沉难克兴，心乱谁为理。愿假归鸿翼，翻飞浙江汜。（其一 夫赠妻）
> 东南有思妇，长叹充幽闼。借问叹何为，佳人眇天末。游宦久不归，山川修且阔。形影参商乖，音息旷不达。离合非有常，譬彼弦与筈。愿保金石躯，慰妾长饥渴。（其二 妻答夫）

郝立权《陆士衡诗注》补注云："孙志祖曰：'按下篇亦代妇写出其离思耳。非必上篇赠而下篇答也。风人之旨，往往如此。注说颇泥。'"沈德潜云："上章赠妇，下章妇答。古有此体。"[①] 孙人龙云："二诗俱是拟其情而言，非必代为之作也。"此说可两存之。从内容来看，其一是代游宦在外的丈夫立笔，写对家乡妻子的思念；其二代家中的妻子抒写思念之情，可谓情真意切。而第一首诗尽管是代出外游宦的丈夫拟作，却有诗人自己入洛后的感受，这两首诗应作于陆机入洛之后已有仕宦经历时，二陆两组同题诗应是同时所作，从两组诗内容上看，当时应在洛阳。所以诗中"京洛多风尘，素衣化为缁"有其丰富深刻的意蕴，从表面上看，洛阳风沙比江南多确为事实，但"素衣"变成"缁"，又是暗用《论语》"不曰白乎，涅而不缁"的典故。其中有仕途多险的隐忧，有前程多变的

---

① （清）沈德潜编：《古诗源》，华夏出版社 2006 年版，第 195 页。

疑虑，也有宦海污浊的沉痛。这两句诗寄寓着诗人深沉的感慨，言简意赅，耐人寻味，成为陆诗中比较少见的警句。近人陈延杰在《诗品注》中说："陆机《为顾彦先赠妇诗》有曰'京洛多风尘，素衣化为缁'，此真英华膏泽者。其后谢朓本之曰'缁尘染素衣'遂成名句。其衣被诗人，谅非一代。"

现存陆机诗中，代女子赠夫之作还有《为陆思远妇作》《为周夫人赠车骑》等，都是留居家中的妇女赠诗给游宦京洛的丈夫以叙思念之情。这些诗也未必是受托代作，而是出于拟作。陆机此类诗作是否仅此几首，今已难考。据《北堂书钞》卷一百引《抱朴子》佚文，葛洪曾有"吾见二陆之文百许卷，似未尽也"的慨叹。《隋书·经籍志》称梁代时《陆机集》凡四十七卷，《陆云集》十卷；至唐初修《隋书》时，存《陆机集》十四卷，《陆云集》十二卷。我们今天所见到的二陆作品，又远远少于唐初。陆云所存此类作品仅四首。此类夫妻互相赠答的诗，就其表现的内容来看，无非是游子、思妇的情感世界。无论题目中的主名是谁，其表达的内容与汉末无名氏的古诗毫无二致，我们看其《为陆思远妇作》：

> 二合兆嘉偶，女子礼有行。洁己入德门，终远母与兄。如何耽时宠，游宦忘归宁。虽为三载妇，顾景愧虚名。岁暮饶悲风，洞房凉且清。拊枕循薄质，非君谁见荣。离君多悲心，寤寐劳人情。敢忘桃李陋，侧想瑶与琼。

此类作品写闺情，精神风貌与古诗相类，如《青青河畔草》：

> 青青河畔草，郁郁园中柳。盈盈楼上女，皎皎当窗牖。娥娥红粉妆，纤纤出素手。昔为倡家女，今为荡子妇。荡子行不归，空床难独守。

又如《兰若生春阳》：

> 兰若生春阳，涉冬犹盛滋。愿言追昔爱，情款感四时。美人在云端，天路隔无期。

闺情、闺怨之类诗作自诗经中的咏叹发端，经古诗及汉乐府的发扬，继建安诗人曹丕、曹植等的吟唱，至西晋时期更成为文人反复抒写的题材。潘岳、陆机、张华都作有表达闺情的行旅诗。陆机的另一首代妇赠夫之作也有相似的特点。我们看其《为周夫人赠车骑》：

> 碎碎织细练，为君作襦。君行岂有顾，忆君是妾夫。昔者得君书，闻君在高平，今时得君书，闻君在京城。京城华丽所，璀璨多异人。男儿多远志，岂知妾念君。昔者与君别，岁律薄将暮。日月一何速，素秋坠湛露。湛露何冉冉，思君随岁晚。对食不能餐，临觞不能饮。

这首诗从语言风格上类似于乐府诗，其中"昔者得君书，闻君在高平。今时得君书，闻君在京城"，颇有民歌风味。而"日月一何速，素秋坠湛露"则文人化色彩较浓。"古诗"与"乐府诗"尽管是两个概念，但又有交叉重合，因为部分"古诗"，很可能是当时没有被采录入乐，单独在社会上流传和一部分失去标题、脱离音乐的乐府诗。但总体上说，两者的风格是完全不同的。明钟惺《古诗归》说："苏（武）李（陵）、《十九首》与乐府微异，工拙浅深之外，别有其妙。乐府能著奇想，著奥辞，而古诗以雍穆平远为贵。乐府之妙，在能使人惊；古诗之妙，在能使人思。然其性情光焰，同有一段千古常新、不可磨灭处。"它们在内容、形式、笔法及音节上都有不同。"古诗"中多游子思妇热烈而直白的相思歌唱，被誉为"一字千金"和"五言冠冕"。在中国诗学史上，上承《诗经》《楚辞》，下开建安，拓展了诗歌的疆域，成为《国风》之余、诗歌之母①。

陆机已经认识到古诗的价值，其现存诗作中模拟无名氏古诗的就有12首之多，其中流露的游子思妇之情与其代人之作十分接近，如《拟青青河畔草》：

> 良人游不归，偏栖独只翼。空房来悲风，中夜起叹息。

---

① 曹旭：《古诗十九首与乐府诗选评·导言》，上海古籍出版社 2002 年版。

又如《拟兰若生朝阳》：

> 美人何其旷，灼灼在云霄。隆想弥年月，长啸入飞飙。引领望天末，譬彼向阳翘。

《拟行行重行行》：

> 游子眇天末，还期不可寻。惊飙褰反信，归云难寄音。伫立想万里，沉忧萃我心。

《拟涉江采芙蓉》：

> 故乡一何旷，山川阻且难。沉思钟万里，踯躅独吟叹。

《拟明月何皎皎》：

> 踟蹰感节物，我行永已久。游宦会无成，离思难常守。

《拟庭中有奇树》：

> 芳草久已茂，佳人竟不归。踯躅遵林渚，惠风入我怀。感物恋所欢，采此欲贻谁。

据姜亮夫先生考证，定陆机的拟古诗为赴洛前作。对于这类作品的评价，尽管历代学者有不同的看法，但陆机通过模拟，吸收了古诗的创作手法，则是毋庸置疑的。其代人拟作的诗风显然与拟古诗是一脉相承的，而这类作品辞藻更富丽、感情更细腻，比拟古诗的单纯模仿更进了一步，拟古诗内容上的袭故与五言诗手法上的创新在陆机身上得到了辩证的统一。正是因为陆机对诗歌传统的继承和领悟，使他既能惟妙惟肖地模拟前人的语句，又能提高驾驭语言的能力，并为其创新打下了坚实的基础。同时，由于陆机诗风得力于古诗，使他与建安时的曹植等人遵循着共同的文学传统。曹植也颇受古诗影响。《诗品》说陆机诗出于曹植，可能与此也有关系。故《世说新语·文学》注引檀道鸾《续晋阳秋》言："及至建安，诗章大盛。逮乎西朝之末，潘、陆之徒，虽时有质文，而宗归不异也。"

总之，陆机从模拟古诗入手，逐步形成了自己的创作风格。作者结合自身的游宦体验，自由地发挥想象，使其描写游子思妇之情的诗歌在总体水平上超出了拟古诗，成为行旅诗中的名篇。同时，陆机对这一类题材的着力摹写，也是他长期游宦京洛，饱经离乡之苦，仕宦艰辛的情感之自然流露。对于自身出与处的矛盾彷徨，构成了陆机行旅诗的华美篇章，这主要体现为赴洛路上的彷徨。

陆机《赴洛道中作二首》与《赴洛二首》尽管同为抒写赴洛的感受，却并非同时之作。陆侃如先生《中古文学系年》认为《赴洛道中作二首》与《赴洛二首》（其一）为同时的作品。因此均系于太康十年（289）所作。这显然有失妥当，姑且不论其系年是否有误，仅从表达感情的角度相比较，《赴洛二首》描写应征离别之际的难舍难分，《赴洛道中作二首》则"触物伤感，孤独自怜，情绪较平和，感慨更深沉，是已有仕晋经历之后的心境"①。因此这两首诗应是元康六年（296）赴假还洛时所作。

陆机于元康二年（292）入洛仕晋，历职惠帝之朝，正是西晋政权崩溃之前最黑暗险恶的时期。在此期间，据其《思归赋序》，他曾在元康六年（296）冬回过一次故乡。序称："余牵役京室，去家四载，以元康六年冬取急归。""取急"即因事告假。其《思亲赋》云"指南云以寄款，望归风而效诚"，可见也是作于北仕洛阳之时。文中有"感瑰姿之晚就，痛慈景之先违"一语，证之以文中"存顾复之遗志，感明发之所怀"中所用"顾复""明发"二典，出自《诗经·小雅·蓼莪》与《小宛》，意为感念父母之恩。此时陆抗已死多年，可以推知此赋是陆机为母亡而作。赋中有"年岁俄其聿暮，明星烂而将清。迥飙肃以长赴，零雪纷其下颓"。与《思归赋序》中所称"冬"之时令一致，陆机于元康六年冬告假还吴似乎是因为母亲的病故，我们看其《赴洛道中作二首》（其一）：

> 总辔登长路，呜咽辞密亲。借问子何之，世网婴我身。永叹遵北渚，遗思结南津。行行遂已远，野途旷无人。山泽纷纡余，林薄杳阡眠。虎啸深谷底，鸡鸣高树巅。哀风中夜流，孤兽更我前。悲情触物

---

① 蒋方：《陆机、陆云仕晋宦迹考》，《湖北大学学报》1995 年第 3 期。

感，沉思郁缠绵。伫立望故乡，顾影凄自怜。

这首诗通过对赴洛途中荒凉景物与艰难行程的摹写，感物伤怀，抒写对家乡的思恋及个人的孤独无助。对行旅出游途中所见所闻的描写是辞赋中多用的写法，如屈原之《哀郢》，写逃亡路上的见闻；潘岳之《西征赋》，"论所经人物山水"①。陆机写行旅出游，也集中对路途中景物进行描摹。这种写法与作者的文学主张是一致的，陆机《文赋》论创作云："遵四时以叹逝，瞻万物而思纷"，对路途景物的描摹，是衬托表现思乡之情的。所以作者在路途空旷、山林繁茂、深谷虎啸、哀风孤兽之类凄清悲凉的景物描写之后，以"悲情触物感，沉思郁缠绵"收束，再次回望故乡，"离恨恰如春草，更行更远还生"，奔赴异乡的诗人又添顾影自怜的孤独感。诗中抒发的感情为何如此沉痛悲凉呢？联系其写作背景来看，游宦京洛，仕途险恶，而国破家亡之余，感慨实多，正如吴亡后一二年间他写给弟陆云的诗中所云：

> 昔我斯逝，兄弟孔仁。今我来思，或凋或疢。昔我斯逝，族有余荣，今我来思，堂有哀声。我行其道，鞠为茂草。我履其房，物在人亡。拊膺涕泣，血泪彷徨。②

丧母的哀痛、仕宦的失意与离乡的忧伤交织在一起，在诗人"总辔登长路"之时，不由悲从中来，"呜咽辞密亲"。既然如此依依不舍，伤感万分地与亲人告别，为什么还要走呢？"借问子何之，世网婴我身"，种种的矛盾和冲突皆缘于"世网"的缠绕，使诗人别无选择。陆机诗中"世网"之类意味深长的词语颇多，有时又称为"时网""世罗""天网"等。其《于承明作与士龙》云："牵世婴时网，驾言远徂征。"将"远征"导致的离别归结于"时网"的牵绊。其失题诗又有"恢恢天网，飞沈是收。受兹下臣，腾光清霄"③。"世网"一词在此具有多重含义，首先是与陆机的家族情结密不可分。陆机出身于"文武奕叶，将相连华"的

---

① （梁）萧统编，（唐）李善注：《文选》，上海古籍出版社1986年版，第439页注引。
② 《赠弟士龙十首》。
③ 吴棫《韵补》卷二。

东吴世家大族，祖辈的勋业令他倍感自豪，其创作中怀念赞颂父祖的内容特别多，《祖德赋》《述先赋》等都是咏颂先辈的篇章。对于前辈的无限美化和神圣化，使他对重振家风、建功立业的自我期待远远超出常人，这种执着的父祖情结转化为强烈的功名心，使陆机成为西晋文士中对功名的汲取最迫切和执着的人物之一。陆机本人"志气高爽"①，入洛之初，受到当日重臣张华的赏识和推重，他"不推中国人士"②，对范阳卢志的不恭反唇相讥③，对当日名德甚重的刘道真不语时事殊感失望④。他是怀抱极大的热情应征赴洛仕宦求名的，却因身为南人的身份屡受非难、猜疑，仕途坎坷。陆机激情万丈的功名心在现实的冷遇中也曾犹豫彷徨，试图挣脱"世网"，其《应嘉赋》中塑造了一位"傲世公子"的形象，这位"寄冲气于大象，解心累于世罗。袭三闾之奇服，咏南荣之清歌"的隐者形象形骸俱忘，傲然超世，"发兰音以清唱，掺玉怀而喻予"。陆机这位服膺儒术之士真的能追步其后吗？其《幽人赋》中也赞叹"超尘冥以绝绪，岂世网之能加"的幽人形象。只有超然隐居才能挣脱"世网"，达到物我两忘的境界。陆机在吴亡之后曾退居旧里，闭门读书，但其隐居乡里，是因为没有出仕的机会，就其内心来说，是绝不会甘于沉默的。华亭鹤唳虽美，却不能满足"学而优则仕"的功名心，何况陆机当时已是"誉流京华，声溢四表"，出众的才华及曾经显赫的家世使陆机应征入洛成为必然的选择，是外界的社会环境及陆机信奉的儒家传统把他推入仕途。"世网"一词反映了陆机对这双重羁绊的无可奈何，尽管因离乡而生的伤感和思念痛彻心扉，却无法抵御这张冲不破、撕不开的网。

　　陆机入洛之初，虽有一帆风顺之时，却因生不逢时，在险恶的宦海中几度沉浮，仕途失意之时，他的思乡之情更是难以排解，《北堂书钞》卷一百四十四及《太平御览》卷八六一都载有裴启《语林》佚文，述及陆机的思乡之情："陆士衡在洛，夏月忽思竹篠饮，语刘实曰：'吾乡曲之思转深，今欲东归，恐无复相见理。'"但正如其《赠冯文羆》诗中所说，"苟无凌风翮，徘徊守故林"。心高气傲的陆机怎会甘心屈居故林呢？面

---

①　（唐）房玄龄等：《晋书》，中华书局 1974 年标点本，第 1077 页。

②　同上。

③　余嘉锡：《世说新语笺疏》，上海古籍出版社 1993 年版，第 299 页。

④　同上书，第 769 页。

对他人的隐居生活，他也曾踯躅向往，《招隐二首》有"明发心不夷，振衣聊踯躅。踯躅欲安之，幽人在浚谷"的隐居生活描写，最后发出了"富贵苟难图，税驾从所欲"的呼声。《论语》有言："富而可求，虽执鞭之士，吾亦为之。如不可求，从吾所好。"陆机是深受儒家思想熏陶的诗人，对此颇为赞同，但儒家"知其不可为而为之"的思想又令他天真地以为富贵可求，执着于仕途愈陷愈深，甚至在社会危机四伏，有识之士纷纷退隐之时，陆机仍不肯退出仕宦，面对危机视而不见，"负其才望，而志匡世难"（《晋书·陆机传》），对自己才华能力的自负，对功名富贵的不能割舍，使他最终成了统治阶级争权夺利的牺牲品。陆机临刑前梦见"黑幰绕车，手决不开"，这面尘世的黑网是陆机至死都没有挣脱掉的。唐太宗在《晋书·陆机传》中评道："观机云之行已也，智不逮言矣。睹其文章之诚，何知易而行难？自以智足安时，才堪佐命，庶保名位，无忝前基。不知世属未通，运钟方否，进不能辟昏匡乱，退不能屏迹全身，而奋力危邦，竭心庸主，忠抱实而不凉，谤缘虚而见疑，生在已而难长，死因人而易促。上蔡之犬，不诫于前；华亭之鹤，方悔于后。卒令覆宗绝祀，良可悲夫！"惋惜之情溢于言表。

一般的行旅诗或鼓吹勇往直前出游仕宦，或浓墨重彩渲染离家的哀伤，而较少在同一首诗中兼及矛盾的两个极端。陆机的个别诗篇也是如此，如《百年歌》，从十岁一直述说到百岁，几乎每个阶段的活动都有行旅出游，强调游宦的成功与荣耀，一十时，"终朝出游薄暮归，六情逸豫心无违"；二十时，"被服冠带丽且清，光车骏马游都城"；三十时，"辞家观国综典文，高冠素带焕翩纷"；四十时，"跨州越郡还帝乡，出入承明拥大珰"；直至八十时，"辞官致禄归桑梓，安车驷马入旧里"，人生仕宦旅途才告结束。这首诗对人生各个阶段作了客观性观照，对男子汉辞家游宦、四海为家纵横驰骋的出游行旅作了肯定的描述。但这类以第三者身份咏唱的诗歌，并不能代表陆机行旅诗的总体风格。陆机的大部分诗作写到行旅，往往直接抒写出外游宦与安土恋乡的冲突。或许这种既渴望外出游宦追求功名，又对离乡别亲满怀伤感的复杂心绪，正是许多出外游宦者的普遍心态吧。对陆机来说，因其身份的特殊及西晋社会的多变，这种矛盾心情的抒发更转为沉郁凄切。我们看其《赴洛道中作二首》（其二）：

远游越山川，山川修且广。振策陟崇丘，安辔遵平莽。夕息抱影寐、朝徂衔思往。顿辔倚高岩，侧听悲风响。清露坠素辉，明月一何朗。抚枕不能寐，振衣独长想。

诗中的景物描写与作者的思乡之情交织在一起，诗人在漫漫长途跋涉中，离思愈来愈浓，对前途莫测的忧惧与思乡之情一起袭上心头，使行役之思更见沉重。"夕息抱影寐，朝徂衔思往"，写行旅途中形只影单的诗人对仕宦前途未卜的担心与忧虑，路途的艰险与仕宦的险恶一起激起诗人心中的波澜。而亲友凋零、别易会难的伤感又在心头隐隐作痛，欲留不能，欲舍不忍。诗人只有转为临风思索了——"顿辔倚高岩，侧听悲风响。清露坠素辉，明月一何朗"，由于思之深，以至出神入化，由睹晶莹的露珠坠落，惊望长空皓月。天涯孤旅，对月思乡又令人黯然神伤。整首诗的意境与李白的《静夜思》颇为相仿，开后世对月思乡之先河。诗人胸中意愿与现实的矛盾，理想同时运的冲突如此交相错杂，以至夜不能寐，振衣长想。这首诗作于元康六、七年间，是诗人已有仕宦经历的作品。诗中反复写诗人思之深想之远，以至朝思暮想，夜不能寐，不是没有原因的。陆机在《赠弟士龙诗序》中称自己赴洛是"会逼王命"，姜亮夫《陆平原年谱》释之为："上年诏内外君官举清能，拔寒素，则所谓逼王命者，州郡催逼上道之命，势非得已。"陆机虽为应征赴洛，却有负其才望，建功扬名的强烈愿望，他入洛之初，西晋的政局犹显承平，又有像张华这样位高誉重的显贵之士对他颇为器重。太傅杨骏辟为祭酒，转太子洗马、尚书著作郎。初入仕途的一帆风顺增强了其政治上的雄心和抱负，使他自以为"智足安时，才堪佐命"[1]。而惠帝即位之后，政局急转直下，杨骏、贾后等人的篡夺行径，难免令"服膺儒术，非礼不动"的陆机心生感慨。这在其诗文中也有婉曲的流露。但此时陆机对朝廷仍抱有幻想，他步入贾谧的"二十四友"之列，也是为实现自身志向而采取的折中之举，是"守一不足矜，歧路良可遵"[2] 这一思想的实践。陆机此次赴洛路上的思索，可能也有预感到仕宦前途未卜的忧虑和担心。而前途虽险，思乡虽痛，陆机却只能义无反顾，他心情的矛盾和痛苦在这首诗中得到了集中的体现。事实上，此次入洛不久，陆机的担心就化为现实，赵王伦辅

---

[1]　（唐）房玄龄等：《晋书》，中华书局1974年标点本，第1488页。

[2]　《长安有狭邪行》。

政，陆机被引为相国参军，因参与诛杀贾谧立功，赐爵关中侯。官运的亨通挽救不了即将崩乱的时局，赵王伦谋篡位未成，以陆机为中书郎，齐王冏怀疑陆机参与九锡文及禅文，险遭处死，幸而遇赦而释。后依附成都王司马颖，被委以重任，可谓显赫一时，但当时南人在北地，多遭讥诮、轻视，一旦身居高位，更不免为人所嫉，《晋书·陆机传》载陆机被司马颖假为后将军、河北大都督，其手下北方将领颇有不平之气，"羁旅入宦，顿居群士之右，而王粹、牵秀等皆有怨心"，陆机对自己失于天时、地利、人和的处境并非一无所知，他也曾犹豫不定，"固辞都督"，而立功扬名的英雄气概使他最终毅然铤而走险。他出征前还颇为自负地自比于管仲乐毅，给小人的诽谤留下了可乘之机。尽管他明知身为南人而仕晋为主将，很难被信任，却冒九死一生的危险冲向疆场，难怪唐太宗要感叹"炫美非所，罕有常安，韬奇择居，故能全性"。陆机恃才而显，最终死非其所。他临刑感叹："今日受诛，岂非命也！"然而，性格决定命运。正是陆机这种"九死其犹未悔"的性格使他义无反顾走上赴洛仕宦之路，等待他的不仅是赴洛路途的艰难、离乡别亲的伤感，还有前方仕途的深渊。这样一位"智不逮言"的诗人，飞蛾扑火般奔向京洛这个名利场，不知道他过人的才华本身便足以速祸殒身，怀抱满腔热情，以为委曲求全可以由歧路而申其志，结果导致"覆宗绝祀"的悲剧，是命运的不公，还是昧于知时，不能见机？是否这未知的一切便是陆机在离乡返洛的旅途中所思所想？

陆机奔走在赴洛仕宦的路途上，步履沉重。尽管一步步远离故乡亲人，但他对家乡的思念不绝如缕，入洛后仕途的失意更加深了其乡曲之思。《北堂书钞》卷一百二十一及《太平御览》卷三三八都载有裴启《语林》逸句："陆士衡为河北都督，已被间构，内怀忧懑，闻众军警角，谓其司马孙掾（拯）曰：'我今闻此，不如华亭鹤鸣也。'"可惜悔之晚矣！

综观陆机的一生，曾经显赫的家世让他对自身有了过高的期许，过人的才华使他不甘屈居下僚，国破家亡之余，王命的征召给了他一试身手的机会，建功立业的雄心暂时冲淡了背井离乡的痛苦，而宦海沉浮对身为南人的他更多了几分无奈和险恶，尽管如此，陆机在天下将乱之际，仍"负其才望，志匡世难"，可谓执迷不悟。今天，历史的硝烟散尽，我们可以清楚地看到彼时世道的凶险，而责怪陆机的不智之举。但当时置身于政治斗争旋涡中的诗人，空有济世之志又无由施展，一旦被委以重任，又如何能轻言放弃？赴洛道路上辛苦奔走的，是陆机哀苦无告的身影。在悲风呼啸中，在悬崖峭壁间，在如水月光下，夜不能寐、形影相吊的诗人留给我们回味无穷的诗篇。只有了解了作者的身世及时代背景，我们才能领会其诗歌中丰富深切的感受。而作者的感情又适应时代风气的要求，借助于理性的思索和安排来表达，所以我们初读陆机的诗，并没有感受到直接的感发力量，其实，他对人生的反省与思索是借助于理性来表现的。所以，唐太宗给予高度评价："其词深而雅，其义博而显，故足远超枚马，高蹈王刘，百代文宗，一人而已。"观其赴洛路上的徘徊与思索，庶几近之。

第二节 两首赠答诗反映的审美倾向

赠答诗是魏晋诗坛上颇为壮观的一大诗歌类型。刘勰《文心雕龙·时序》有"然晋虽不文，人才实盛"的评价，文士们作诗酬答成为当时风尚，由逯钦立先生《先秦汉魏晋南北朝诗》可以看出，自魏晋始，赠答诗便铺天盖地而来，几乎每个诗人都作有此类诗歌。陆机作为"太康之英"，现存赠答诗二十余首，其中不仅可以看到其交游往来的信息，而且透露出魏晋时期的审美倾向。《赠纪士》与《答潘尼》两首诗集中体现了西晋的审美特点。我们先看其《赠纪士》一诗：

琼环俟丰价，窈窕不自鬻。有美蛾眉子，惠音清且淑。修娇协姝丽，华颜婉如玉。

"纪士"何许人也，今已不可考，但据陆机其他的赠答诗来看，都是与弟及友朋文士的酬答，"纪士"应为当时的一位名士。据赠诗内容来看，这位"纪士"不仅风流倜傥，而且颇有才艺，"有美蛾眉子，惠音清且淑"。更令人称奇的是，诗中盛赞纪士之美，以"修娇协姝丽，华颜婉如玉"形容，俨然一位如花似玉的美女。开头更以纪士的才华比为美玉——"琼环俟丰价，窈窕不自鬻"。我们不禁怀疑，陆机为何盛赞这位"纪士"女性化的美呢？我们再看其《答潘尼》一诗，也有类似的倾向：

于穆同心，如琼如琳。我东日徂，来饯其琛。彼美潘生，实综我心。探我玉怀，畴尔惠音。

潘尼，字正叔，岳从子。太康中举秀才，为太常博士，元康年间曾与陆机同时仕晋。"尼少有清才，与岳俱以文章见知。性静退不竞，唯以勤学著述为事。"① 有集十卷。潘尼为人胸怀坦荡，交游甚广，与耿介之士颇友善。较潘岳之"望尘而拜"不同，有恬淡之怀。据现存有关文献看，陆机同潘岳的交往并不多，仅存《赠潘岳诗》佚句二②，而与潘尼往返赠答的诗却有四首，数量上仅次于其《赠弟士龙诗》，可以想见陆机与潘尼交往甚洽，二人或同游承华，仕宦谐和；如陆机《赠潘正叔》："过蒙时来运，与尔游承华。执笏崇贤内，振缨曾城阿。"③ 或谈道悟玄，如切如蹉，如《赠潘尼》有："水会于海，云翔于天。道之所混，孰后孰先？及子虽殊，同升太玄。舍彼玄冕，袭此云冠。遗情市朝，永志丘园。静犹幽谷，动若挥兰。"可见二人颇为契合。陆机《祖道毕雍孙刘边仲潘正叔》诗中称"毕刘赞文武，潘生菕邦家"，对潘尼推崇备至。所以《答潘尼》一诗中，陆机禁不住直抒胸臆，"彼美潘生，实综我心"。诗中不仅将这种同心之交比为美玉，"于穆同心，如琼如琳"而且以"玉怀"称己之怀抱，与其《赠纪士》诗中女性化的审美倾向不谋而合。潘尼现存赠答诗12首，其中有二首是写给陆机的，在其《赠陆机出为吴王郎中令诗》（六章）中，潘尼盛赞陆机为"东南之美，曩惟延州。显允陆生，于今勘俦"。推崇陆机之博学："婆娑翰林，容与坟丘。"诗中多以"玉"喻人，如"玉以瑜润，随以光融"，"昆山何有，有瑶有珉"，最后感叹"寸暑惟宝，岂无玙璠。彼美陆生，可与晤言"，知己之情溢于言表。

赵王伦谋篡位时，陆机被引为相国参军，潘尼则在此时称疾而去，《答陆士衡诗》大约作于此时。诗中有"于志耕圃，尔勤王役。惭无琬琰，以酬尺璧"，尽管二人取舍不同，深情厚谊丝毫不减。潘尼此处以"尺璧"喻陆机其人其才，也是颇具时代特色。考之西晋至南朝的史书，众多的"玉人"形象都是指须眉男子，如《晋书·卫玠传》说卫玠"总

---

① （唐）房玄龄等：《晋书》，中华书局 1974 年标点本，第 1507 页。
② 见《文选》卷二五谢宣远《答灵运》诗，李善注陆机《赠潘岳诗》曰："金曰吾生，明德惟允。"
③ 《诗纪》卷二十五。

角乘羊车入市，见者皆以为玉人，观之者倾都"。《南史·谢晦传》言"晦美风姿，善言笑，眉目分明，鬓发如墨。……时谢混风华为江左第一，尝与晦俱在武帝前，帝目之曰：'一时顿有两玉人耳。'"反映当时名士生活的《世说新语》一书，也不乏这类记载。《世说新语·容止篇》："裴令公有俊容仪，脱冠冕，粗服乱头皆好，时人以为'玉人'，见者曰：'见裴叔则如玉山上行，光映照人。'"当时的士族风尚，重视人物精神，亦重视人物姿容，崇尚美貌。《世说新语·容止篇》又有："骠骑王武子，是卫玠之舅，俊爽有风姿，见玠辄叹曰：'珠玉在侧，觉我形秽。'""潘安仁、夏侯湛并有美容，喜同行，时人谓之'连璧'。"连璧即双玉。这些美姿容的男子，多被时人目为"玉人"。倡导正始之音的夏侯玄也是潇洒漂亮得出了名，《世说新语·容止篇》言："魏明帝使后帝毛曾，与夏侯玄共坐，时人谓'蒹葭倚玉树'。"又言"时人目夏侯太初'朗朗如日月之入怀'，李安国'颓唐如玉山之将崩'。"为何"玉人"用来指须眉男子呢？

　　《说文解字》："玉，石美有五德者。润泽以温。仁之方也。理自外，可以知中，义之方也。其声舒扬，专以远闻。智之方也。不挠而折，勇之方也。锐廉而不忮，絜之方也。"先秦时期，多以"玉"来比喻人的道德品行。《荀子·德行篇》："夫玉者，君子比德也。温润而泽，仁也；栗而理，知也；坚刚而不屈，义也；廉而不刿，行也；折而不挠，勇也……"西汉的刘向在《说苑·杂言》中也说："玉有六美，君子贵之。"至三国时期，余风尚存。例如：或问许子将，靖与荀爽孰贤？子将曰："二人皆玉也，慈明外朗，叔慈内润。"（《三国志》卷一〇《荀彧传》裴松之注引皇甫谧《逸士传》）以"玉"来喻二位贤良之士同为璧玉一般的美质，犹有"比德"的余风。魏晋六朝人则用自然界的事物来直接比喻人的貌美，去掉了它的教化色彩。宗白华先生说："晋人的美的理想，很可注意的，是显著的追慕着光明鲜洁，晶莹发亮的意象。"① 所以"玉人""玉树""清风朗月"等光亮的意象契合了他们的审美理想。

　　以"玉"喻人，有赞美人肤色洁白如玉之意。《世说新语·容止篇》云："王夷甫容貌整丽，妙于谈玄，恒捉白玉麈尾，与手都无分别。"言王夷甫肤色之白，手与白玉浑然一体，赞叹之意溢于言表。还有一种记

① 宗白华：《论〈世说新语〉和晋人的美》，《美学散步》，上海人民出版社 1981 年版。

载，说书法家王献之（王羲之之子）的爱妾桃叶作过三首《团扇歌》。其中有一首："青青林中竹，可作白团扇。动摇郎玉手，因风托方便……"诗中以"玉手"状"郎"手之白皙，这种女性化的审美趣味正是当时风尚的反映。此种倾向早在后汉就已初见端倪。余嘉锡先生在《世说新语笺疏》中说："盖魏晋人一切风气，无不自后汉开之。"《后汉书》卷六十三《李固传》说李固"胡粉饰貌，搔头弄姿，盘旋偃仰，从容冶步"。此虽系诬陷李固之辞，却也并非空穴来风，这种现象可能是汉末人物品评之流风所致。

东汉士人对仪容举止的重视，最初与选拔人才息息相关。汉代实行"察举""征辟"制以选拔人才，通过乡间清议来定其优劣。受时代思想的约束，东汉人物品评以儒学作为道德行为的准则和选拔人才的标准，其首要标准是德行。这种察举制度的末端则流于虚假做作和欺世盗名。三国时，曹操主张任人唯才，重才性，轻道德。而"九品中正制"的推行，完全体现了曹操"唯才是举"的思想。这对汉代以德为美、束缚个性的思想是一个大胆的冲击。九品中正制的实行，使人物品鉴成为进官授用的主要凭据，所以品藻之风盛行。西晋之后，由于士族统治地位的确立，士族可以世代为官，不必再依赖品第而授官进用，人物品藻也就丧失了实际意义，成了士族互相标榜和以门第为高的活动，其用语也越趋于抽象，从而具备了更多的超功利的审美价值。从《世说新语》中，我们可以看出，当时对人的品评不再是以某种具体的才能为美，而是崇尚人物的内在精神。

汉末评论人物，就不仅着眼于对道德规范之遵守，而且着眼于精神气质之高下。在《后汉书》中，有很多关于名士美好容貌的记载：

> 为人明须发，眉目如画。（《后汉书》卷二四《马援列传》）
> 身长八尺，饮酒一斛，秀眉明目，容仪温伟。（《后汉书》卷三五《郑玄传》）
> 体貌魁梧，身长九尺，美须豪眉，望之甚伟。（《后汉书》卷八〇下《文苑列传·赵壹》）

士人以身材高大、明眉秀目为美，美好的容貌为当时士大夫邀名的手段。以容貌美来求名或求仕，有实用的目的。至建安时代，人物品藻以气质才干为美，对人物风姿外貌的审美观赏作为识鉴途径被顺带提起。美好的容止、卓尔不群的气度是士人得以择拔的重要条件，名士对容止仪表的重视遂蔚然成风。在曹操之后，对人物的审美鉴赏有崇尚纯美的趋向。反映魏晋名士风度的《世说新语》一书，将"容止"单列为一门，体现了魏晋名士已将"容止"作为自觉的追求，而其间又包含了由重"形"到重"神"的发展过程。重"形"是重容止的初始阶段，曹魏的贵公子就有追求女性化的男性美的。《三国志·王粲传》裴松之注引《魏略》："时天暑热，（曹）植因呼常从取水，自澡讫，傅粉，遂科头拍袒胡舞。"仪容举止的女性化，由于名士效应而被竞相仿效，这就助长了涂脂抹粉的风气。发正始之音的何晏"性自喜，动静粉白不去手，行步顾影"（《魏志·曹爽传》注引《魏略》）。《世说新语·容止篇》云："何平叔美姿仪，面至白，魏明帝疑其傅粉，正夏月，与热汤饼，既啖，大汗出，以朱衣自拭，色转皎然。"何晏"面至白"，犹"动静粉白不去手"，足见士人对"白皙如玉"何等神往。时人为有意地追求这种女性美，纷纷傅粉施朱，讲究服食，至梁朝全盛时，贵游子弟"无不熏衣剃面，傅粉施朱，驾长檐车，跟高齿屐……从容出入，望若神仙"。屠隆《鸿苞节录》卷一云："晋重门第，好容止。……肤清神朗，玉色令颜。缙绅公言之朝端，吏部至以此臧否。士大夫手持粉白，口习清言，绰约嫣然，动相夸饰，鄙勤朴而尚摆落，晋竟从此云扰。"所谓"动相夸饰"，就是从风神仪表方面互相品题标榜。余英时先生在《汉魏之际士之新自觉与新思潮》一文中指出，魏晋以下士大夫手持粉白，口习清言，行步顾影之风气悉启自东汉晚季，是士大夫个体自觉高度发展之结果。

魏晋时期是"人的自觉"的时代，魏晋评论人物重视精神，是由汉末开始，随着玄学之发生而进一步发展的，汉末清议演变为魏晋清谈后，正始玄学的代表何晏提出以"神明"为最高的人格理想，标志着正始时代的人格理想进入一个新的境界。阮籍、嵇康虽与王弼、何晏的人生哲学有所不同，但在希企超脱尘世、追求精神美方面，却有相通之处。嵇康公然主张"越名教而任自然"（《释私论》），鼓吹遗落礼教的桎梏，放任自然的性情。任情背礼的士人们既然认为"人性以从欲为欢"（《难自然好学论》），那么他们自然不会拒绝老庄所不齿的"五色""五声""五采"等，他们普遍地注重风神，讲究仪表。西晋玄学发展的重要标志是向秀、郭象《庄子注》的问世。以至"儒墨之迹见鄙，道家之言遂盛"，玄风大畅而成为时代精神。庄子《逍遥游》所神往的挣脱羁绊束缚的自由思想更为魏晋人所崇尚，整个魏晋时期的审美理想也就产生了根本变化，重视脱俗高雅的风姿神韵，出现了以女性美来要求须眉男子外貌的审美标准。"玉人"现象的产生也受庄子所追求的理想人格的影响，《逍遥游》中"肌肤若冰雪，绰约若处子"的"神人"形象是魏晋名士的审美理想与追求。例如西晋中朝清谈名士乐广"神姿朗彻"，长于清谈。卫玠是乐广女婿，好言玄理，美貌多才，时人称"妇公冰清，女婿玉润"。"冰清""玉润"盖谓二人有超然尘外的神韵。因卫玠妙于谈玄，神采奕奕，又有"叔宝神清"之誉，《梁书》卷四七《孝行列传·何炯》：炯白皙、美容貌，从兄求、点每称之曰："叔宝神清，弘治肤清，今观此子，复见卫、杜在目。"卫玠字叔宝，杜乂字弘治，晋朝这两个风流妩媚的美男子，在南朝成了被人效仿的偶像。以"玉"形容人物超凡脱俗的精神，如：《世说新语·容止篇》：王大将军称太尉："处众人中，似珠玉在瓦石间。"《世说新语·赏誉》又载：王戎云："太尉神姿高彻，如瑶林琼树，自然是风尘外物。"

玉人不仅姿容美，而且光映照人，富有神采。晋人在品评人物的过程中，是以神的高下为主要依据的。晋人虽然重"神"，但并未"忘形"，因为没有"形"也就没有"神"。在对人物进行审美观照的过程中，晋人也并不忽视外在的容止。晋代的历史上不乏美男子，而"有风神""有远韵"是容止之美的最高境界，南朝士人对容止美的崇尚有增无减，其所推崇的容止之美，有两种不同的形态，一为壮美型，二为秀美型。且更看重容止之美所浸润的神明，"玉人"现象就是这种审美倾向的集中体现。

魏晋六朝的人物品藻承汉末人物品评之余风，重视人的外形、气度、才性等，仪表姿容便成为人们关注甚或效法的目标。如《世说新语·容止篇》："潘岳妙有姿容，好神情。少时挟弹出洛阳道，妇人遇者，莫不连手共萦之。"而被公认为"玉人"的卫玠"从豫章至下都，人久闻其名，观者如堵墙。玠先有羸疾，体不堪劳，遂成病而死，时人谓'看杀卫玠'。"时人对"玉人"的崇拜竟到了如醉如痴的地步。名士们重视姿容秀美，又强调姿容美要和精神美相结合。"玉人"成为洁白秀美、潇洒脱俗的美男子的代称，这种对男性的女性美的神往至西晋成为一种普遍的审美趣味，此时之美男子，都是洁白如玉、秀丽如花的，如王夷甫、裴令公、潘岳、夏侯湛、卫玠、王济等。对白皙、光洁的美的追求，以致名士有"不胜衣""不堪罗绮"者，这种女性化的病态美竟成为时髦，可谓当时审美风尚的极端表现。

此种审美趣味的形成，有其复杂的社会文化背景，罗宗强先生在《玄学与魏晋士人心态》中作了精辟的论述，归结为与个性的觉醒、自我的体认及豪门世族的生活方式、生活情趣有关。豪奢生活助长了他们纵欲享乐的风气，姬妾环绕的圈子形成了名士的闺阁情怀。但随着社会的发展变化，审美情趣也随之改变，"风流总被雨打风吹去"，"玉人"所指代的对象逐渐发生了变化，《辞海》《辞源》及《汉语大词典》等大型辞书释为："容貌美丽的人。"皆举《晋书·卫玠传》书证。《辞海》第 1824 页于此书证后释"后多以称美丽的女子"。《汉语大词典》同。《辞源》第 2027 页则释为，一指男子，一指妇女。《汉语称谓大词典》[①] 释"玉人"为"容貌洁美如玉的人……亦特指美貌女子"。而后世取而代之的"奶油小生""小白脸"等词有了贬义色彩，不似魏晋时称美男子以"玉人"那样推崇有加。须眉的"玉人"形象虽令后世费解，而在当时当世却代表着美的极致，同时，也是美的衰微。

今天，我们读陆机的这两首诗，只有结合当时的时代特点及审美风尚，才能透彻地理解其深层意蕴。

第三节　招隐诗

陆机的诗中，充满了人生宦途进与退的矛盾与挣扎。仕途得意之时，他执着于功名进取，高唱"生亦何惜，功名所叹"（《秋胡行》），"但恨功名薄，竹帛无所宣"（《长歌行》），仕进坎坷之时，他也徘徊犹豫，向往隐逸。尽管他没有真正做到隐居避世，诗中的企慕之情仍跃然纸上，我们看他的《招隐诗》其一：

> 明发心不夷，振衣聊踯躅。踯躅欲安之，幽人在浚谷。朝采南涧藻，夕息西山足，轻条象云构，密叶成翠幄。激楚伫兰林，回芳薄秀木。山溜何泠泠，飞泉漱鸣玉。哀音附灵波，颓响赴曾曲。至乐非有假，安事浇淳朴。富贵苟难图，税驾从所欲。

---

① 吉常宏主编：《汉语称谓大词典》，河北教育出版社 2001 年版。

隐逸现象古已有之，《史记·伯夷列传》载有伯夷、叔齐隐于首阳山采薇而食的故事，《后汉书》中则列有《逸民列传》，记载了当时众多的隐逸之士。三国两晋之时，隐逸之风愈加盛行，魏晋人的诗文中也反映了这一现象。楚辞淮南小山有《招隐士》一文，是招山林隐逸之士出山之作，极言山泽隐居之苦，以"王孙兮归来，山中兮不可以久留"收束。魏晋以来，希企隐逸之风盛行，招隐诗的命意则变为招人归隐，与淮南小山《招隐士》的立意恰好相反。陆机的招隐诗中，充满对隐士生活的赞美与向往，这是与当时社会的现实状况息息相关的。

王瑶先生在《论希企隐逸之风》[①]一文中指出："隐逸思想之所以在魏晋诗文中大量地浮出，是随着汉末以来社会的动荡不安和道家思想的抬头而出现的，他们之所以那样地以隐为高，那样地希企索居，是有他的社会性思想根源的。"魏晋时代朝代更替频仍，社会政治背景黑暗，"名士少有全者"，在兵祸战乱与政治迫害的摧残下，士人们的人生慨叹夹杂着浓厚的忧惧与哀伤。无论是顺应环境，保全性命，还是寄情山水，高蹈栖遁，对人生的忧恐总是挥之不去，情感的复杂与矛盾无法解脱。尽管外表装饰得如何超然尘外潇洒风流，内心却强烈地执着人生，痛苦不堪，这种矛盾的两面性在陆机身上得到了集中的体现。

陆机的《招隐诗》显然作于仕途受挫之时，据《晋书·陆机传》载："赵王伦将篡位，以陆机为中书郎。伦被诛，齐王冏因陆机'职在中书，九锡文及禅诏，疑机与焉，遂收机等九人付廷尉，赖成都王颖及吴王晏救理之，得减死，徙边，遇赦而止。"在此之前，陆机已对政治斗争之残酷深有感触，其诗文中充满如临深渊的忧惧，"福钟恒有兆，祸集非无端。……近情苦自信，君子防未然"。据姜亮夫先生《陆平原年谱》辨正史实，陆机入洛之后，虽与当朝权贵杨骏、贾谧等过从甚密，但他对朝迁内部祸乱的警惕还是非常高的，尽管如此，还险遭杀身之祸。身处乱世，避祸唯恐不及，当时名士顾荣、戴若思等因"中国多故"，大乱将至，咸劝陆机还吴，陆机的好友潘尼等也在赵王伦篡位之时称疾而去，而陆机则"负其才望，而志匡世难，故不从"[②]。但其心中的苦闷彷徨是有增无减

---

① 王瑶：《中古文学史论》，北京大学出版社1998年版。
② （唐）房玄龄等：《晋书》，中华书局1974年标点本，第1473页。

的，对现实生活的不满，对名高祸至的忧惧，必然使陆机寻求摆脱，但表现在诗文中希企隐逸的思想与现实中对名利的追求又是格格不入的。所以这种矛盾心情的郁积，作者不得不"缘情"而发，形诸诗篇了。

诗中首四句刻画出内心矛盾痛苦的抒情主人公形象，反映了当时特殊环境条件下士人忧惧彷徨的典型情绪。诗人颇有建功立业的雄心壮志，但风云变幻的仕途、祸乱无常的现实又令人望而生畏，那么何去何从呢？"踯躅欲安之，幽人在浚谷"，"幽人"即指遁世隐居者，远离尘世隐居的念头令诗人眼前一亮。接下来以十句诗盛赞隐居生活的悠闲自得。诗人以生动鲜活的视觉形象与听觉形象，细致地描绘出心向往之的林泉自然美，表达了诗人对隐逸生活的欣羡与向往之情。末尾四句则通过抒写对隐逸生活的感受，转而决意身体力行，表示要辞去荣华而顺从自己之所欲，揭示了"招隐"的题旨。但这种表面上的洒脱之举掩盖不住内心的矛盾和痛苦，所以魏晋时期诗文中的思想和作者平生的行为大半不符合，陆机也不例外。其"税驾从所欲"的念头最终没有实践，结果被害于军中，成了官场倾轧的牺牲品。

陆机现存《招隐诗》其二，也是赞美隐居生活的：

> 驾言寻飞遁，山路郁盘桓。芳兰振蕙叶，玉泉涌微澜。嘉卉献时服，灵术进朝餐。寻山求逸民，穹谷幽且遐。清泉荡玉渚，文鱼跃中波。

既然隐居生活如此美好，陆机为何迟迟不能下定决心归隐山林呢？这需要从陆氏家风及陆机身为南人仕于京洛两方面加以考察。

陆氏家风就其主流而言，可谓情操忠贞，但其中也并存着多元的道德观念和价值取向。据《晋书·吾彦传》载，武帝问彦："陆喜、陆抗二人谁多也？"彦对曰："道德名望，抗不及喜；立功立事，喜不及抗。"吴郡吾彦出身寒微，初为小将，跟随吴大司马陆抗，陆抗曾因其勇略加以重用，吾彦的议论本身似乎不无根据。按照儒家的人格理想，立功立事与道德名望应该是统一于一体的，而吾彦认为陆抗、陆喜二人各有偏长，这一说法暗示了陆氏家风的复杂性。陆机之父陆抗立身行事，功名卓著，而德望稍逊。如《三国志·陆逊传》裴注引《机云别传》载："抗之克步阐也，诛及婴孩，识道者尤之曰：后世必受其殃"，唐太宗在分析陆机遇害的根源时，也提到"三世为将，衅钟来叶，诛降不祥，殃及后昆"。陆抗的赫赫功勋不能弥补其儒家仁义的欠缺，结果殃及后世子孙。而陆抗之从兄弟陆喜，却以道德名望见称。据《晋书》记载，陆喜曾作《西州清论》传于世，其《较论格品篇》提出薛莹非第一国士的说法，根据在于薛莹身仕孙皓之乱朝而显名，其品必不能高。因为儒家传统思想有关士人出处去就的原则是："天下有道则见，无道则隐。邦有道，贫且贱焉，耻也；邦无道，富且贵焉，耻也。"①薛莹的行为有悖于传统人格标准，所以陆喜对其评价不高。陆喜认为身当乱世，应"龙蛇其身，沈默其体，潜丽勿用，趣不可测，此第一人也"。《晋书·袁宏传》载其《三国名臣颂》亦云："夫时方颠沛，则显不如隐；万物思治，则默不如语。"而陆机在出处上的选择与其从父陆喜的观念相悖，接近其父陆抗重视事功的倾向。从陆机入洛后立身行事中，可以看出他更多地关注立功立事，而相对地忽略了道德节操的修养。陆机在诗文中反复地吟咏"行矣勉良图，使尔修名立"（《遨游出西城》），"但恨功名薄，竹帛无所宣"（《长歌行》），"守一不足矜，歧路良可遵"（《长安有狭邪行》），"玄冕无丑士，冶服使我妍"（《吴王郎中时从梁陈作》），这种道德观念和价值取向自有陆氏家风的浸润影响。

　　陆机入洛之后，受西晋士风影响，进一步助长了其立身原则、价值观念中重功名轻节操的因素。因为西晋政权的建立，就是司马氏篡夺的结果，西晋当局在忠义道德上的尴尬境地使政权本身依违两可，邪正不分，失去了弘扬儒家忠义传统的基础，士人的德行节操也由此颓坏，以至"悠悠风尘皆奔竞之士"。陆机身为南人而仕宦于洛，欲显身扬名，首先受到门阀制度的限制。作为江东大族的后裔，亡国之后的陆机沦为寒门孤士，受到卢志等中原士人的冷落，这种为北人压抑的痛苦对自命不凡的陆机犹如兜头一盆冷水，而强烈的家族情结和功名意识又促使他将仕进置于生死之上。陆机之所以不避危祸委身于诸王，也是受到当时时势论思潮的影响。西晋时期孤寒之士通过对门阀制度埋没人才的抨击、批判，逐渐形成了关于时势与仕进关系的看法，即贤士立功扬名应建立在时运之上，寒士只有在乱世中才能施展一己之才的思潮。陆机对时势的看法即受此思潮影响，乘时借势以建功立业的思想在陆机头脑中占据了主导地位，其凭借

---

①　杨伯峻译注：《论语译注》，中华书局 1980 年版，第 82 页。

乱世以驰骋才智的思想使他不可能选择退隐，而始终对仕宦抱有幻想。他被成都王颖假为后将军、河北大都督出师讨伐长沙王时，临行前颖以功名相许，陆机则曰："昔齐桓任夷吾以建九合之功，燕惠疑乐毅以失垂成之业，今日之事，在公不在机也。"陆机对自己身为南人的处境忧心忡忡，而自比于管仲乐毅，也是其欲在乱世中乘时建功的体现。

陆机的《招隐诗》二首不仅反映了魏晋时期名士的忧惧和彷徨，而且在艺术上取得了较大成就，可以说是陆机"缘情而绮靡"说的代表作。

首先是对仗工整、平仄协调的句式。《招隐诗》其一共十八句，中间描写隐居生活以十个工整的对偶句来表现，增强了形式上的美感。《招隐诗》其二只有十句，句式对仗的就有六句。整饬的句式成为诗歌的主体形式，如"朝采南涧藻，夕息西山足""清泉荡玉渚，文鱼跃中波"等。其次是绮丽典雅的用词。陆机《文赋》中提出"游文章之林府，嘉丽藻之彬彬，慨投篇而援笔，聊宣之乎斯文"的文学主张，《招隐诗》中典故的运用颇多，如写幽人隐居生活的悠然自得，有"朝采南涧藻，夕息西山足"，其中"南涧"用诗经中的成辞，"于以采蘋，南涧之滨①。"西山"原指首阳山，《史记》中记载了伯夷、叔齐因耻食周粟而隐于首阳山，采薇而食，并作诗曰："登彼西山兮，采其薇矣！"典故的运用使感情的抒发"雅"而不俗，言简意赅，是诗人博览群书、"游文章之林府"的结果。

《文赋》中对语言的运用也提出了创新的要求，"沈辞怫悦，若游鱼衔钩而出重渊之深；浮藻联翩，若翰鸟缨缴而坠曾云之峻。收百世之阙文，采千载之遗韵，谢朝华于已披，启夕秀于未振"。对语言和声韵之美都着力追求，即"遣言也贵妍""暨音声之迭代，若五色之相宜"。《招隐诗》对林泉之美的描写可谓精雕细刻，如"轻条象云构，密叶成翠幄"写山林之幽深壮美，"云构""翠幄"二词既是化用前人诗赋语词，又绘其形其色如在目前。"激楚伫兰林，回芳薄秀木。"以"兰"饰"林"，以"秀"饰"木"，形神兼备。"激楚、回芳，舞名。借以当风。"② 写泉则从听觉角度写其音乐美，"山溜何泠泠，飞泉漱鸣玉"，有声有色。描写之细致精美又如"芳兰振蕙叶，玉泉涌微澜"，可谓极尽"绮靡"之能

---

① 《诗经·召南》。

② （清）吴淇撰，汪俊、黄进德点校：《六朝选诗定论》，广陵书社 2009 年版。

事。钟嵘《诗品》称陆机"才高词赡，举体华美"，刘勰称"至如士衡才优，而缀辞尤繁"，都是肯定陆机诗歌的艺术成就。《招隐诗》可谓陆机诗歌的代表作之一。

第四节　寄托之作

陆机现存两首《园葵诗》，其中之一见于《文选》卷二十九，李善注引《晋书》："赵王伦篡位，迁帝于金墉城，后诸王共诛伦，复帝位，齐王冏谮机为伦作禅文，赖成都王颖救之，免死，故作此诗，以葵为喻谢颖。"据诗的内容来看，确为寄托之作，其"曾云无温液，严霜有凝威。幸蒙高墉德，玄景荫素葵"，前两句喻被逮，后两句言解救之德，以高墉比成都王颖。以"庆彼晚凋福，忘此孤生悲"收束。

《艺文类聚》卷八十二及《文心雕龙·事类篇》都录有陆机《园葵诗》同题之作。《陆机集》收入《补遗》之中。从内容来看，这首诗当作于陆机遇害前不久，承继上篇而发：

> 翩翩晚凋葵，孤生寄北蕃。被蒙覆露惠，微躯后时残。庇足同一智，生理各万端。不若闻道易，但伤知命难。

诗人以葵为喻，写自己寄身北地，虽遭恩遇得以免死，仍难逃劫数。末尾两句"不若闻道易，但伤知命难"，据金涛声校勘，"若"疑当作"苦"。陆机此处以"闻道"与"知命"对比，伤于知命之难，盖此诗为临刑前悔悟之作。据《晋书》记载，陆机遇害前曾叹息道："自吴朝倾覆，吾兄弟宗族蒙国重恩，入侍帷幄，出剖符竹。成都命吾以重任，辞不获已。今日受诛，岂非命也！"将自身遭遇归之于命。此种沉痛之言与诗中伤于知命难的咏叹如出一辙，盖陆机先作《园葵诗》以谢成都王颖，又感其全济之恩，以为颖"推功不居，劳谦下士"，能成大事，即委身效力，欲建大功，结果仍不得善终，孤生北蕃的"晚凋葵"，又怎能禁得起严霜冷雨的频频袭击呢？

第 七 章

陆机的赋

第一节 《文赋》的撰作年代考辨

关于《文赋》的写作年代，历来争议较大，总而言之，有三种说法，一为陆机 20 岁说（太康元年，即 280 年），姜亮夫先生的《陆平原年谱》即主此说，该谱据臧荣绪《晋书》所言："机少袭父兵，为牙门将军，年廿而吴灭，退临旧里，与弟云勤学。机妙解情理，心识文体，故作《文赋》。"又杜甫《醉歌行》诗云："陆机二十作《文赋》，汝更少年能缀文。"姜谓"甫诗谨严，必非虚构"。清人王鸣盛也以为："《晋书》本传无二十作《文赋》语，子美殆别有所见。"① 但这一论据已有人反驳，认为杜甫所云乃诗家语，非史家语，不足为据。

第二种说法为撰于入洛之前，即 29 岁左右。何焯《义门读书记》文选部分"陆士衡《文赋》"条据臧荣绪《晋书》载，认为此赋殆入洛之前所作。夏承焘《关于陆机〈文赋〉的三个问题》② 一文提出，臧荣绪《晋书》及唐修《晋书》均言《文赋》作于入洛之后，即太康十年（289）陆机 29 岁时。认为杜甫所言是诗人的话，并非史家记载，不足为据。

第三种说法为 40 岁左右。逯钦立首倡。他们据陆云《与兄平原书》第八书为依据，逯先生考《文赋》作于永宁二年（302）六月至永宁元年（301）岁暮之间，陆先生考作于永康元年（300）③，后续订补之说从不同

---

① 《十七史商榷》卷四十九。
② 夏承焘：《关于陆机〈文赋〉的三个问题》，《文艺报》1962 年第 7 期。
③ 逯钦立先生说见其《〈文赋〉撰出年代考》，《学原》1948 年第 2 卷第 1 期。王运熙、杨明先生《魏晋南北朝文学批评史》从此说，上海古籍出版社 1989 年版。陆侃如先生说见其《关于〈文赋〉——逯钦立先生〈文赋〉撰出年代考书》，《春秋》1949 年第 6 卷第 4 期，又见其《中古文学系年》，人民文学出版社 1985 年版。

角度提供依据，与二先生之论大同小异。但也有论者提出反驳意见①，证据之一是陆云《与兄平原书》第八书中的"文赋"不应看做专指《文赋》这一篇作品。否则与下文语义不通顺。

按：陆云《与兄平原书》第八书云：

> 云再拜：省诸赋，皆有高言绝兴，不可复言。顷有事，复不太快，凡得再三视耳。其未精，仓卒未能为之。次第省《述思赋》，深情至言，实为清妙：恐故复未得为兄赋之最。兄文自为雄，非累日精拔，卒不可得言。《文赋》甚有辞，绮语颇多。文适多体，便欲不清，不审兄呼尔不？《咏德颂》甚复尽美，省之恻然。然《扇赋》腹中愈首尾，发头一而不快，言"乌云龙见"，如有不体。《感逝赋》愈前，恐故当小，不然一至不复减《漏赋》，可谓清工。兄顿作尔多文，而新奇乃尔，真令人怖，不当复道作文。谨启。

书中开头即言"省诸赋，皆有高言绝兴，不可复言"，以下所言即陆云所省陆机诸赋，通观全书，"省《述思赋》……《文赋》甚有辞……《咏德颂》甚复尽美……然《扇赋》……"所评诸赋均列题名于前，结构上收放自如，有其内在逻辑线索。而"文适多体，便欲不清"一语，从语义来看，似言下文《扇赋》，非承上文而来，也不存在语义不通的问题。

另一点反驳意见谓不能将陆云《与兄平原书》第八书中提及的《咏德颂》《感逝赋》视作为陆机的《咏德赋》《叹逝赋》，不能据此推断《文赋》的写作时间。因为陆机的作品散佚很多，《咏德颂》是否就是《咏德赋》，《感逝赋》是否就是《叹逝赋》，都值得怀疑。关于这一点，逯钦立先生已注意到了，他认识到"《感逝》之于《叹逝》《感时》俱有异同，未可即视《叹逝》与《文赋》同时"。所以他又详细考证《与兄平原书》三十五札的年代，得出结论为"必在永宁二年以降而不得早于此时是也"。朱晓海《陆云〈与兄平原书〉臆次褫说》一文也有相似的结论。② 据此推断《文赋》应作于陆机40岁左右。

---

① 胡耀震：《〈文赋〉撰出年代新证》，《辽宁大学学报》1999年第2期。
② 朱晓海：《陆云〈与兄平原书〉臆次褫说》，《燕京学报》2000年第9期。

至于《咏德颂》是否即为《咏德赋》，史阙无考，但有证据显示二题很可能是同一篇作品。因为赋不仅可以称为辞，也可以称为颂。王逸《楚辞章句·九辩序》称屈原"作《九歌》《九章》之颂"，是楚辞称颂之例。《汉书·艺文志·诗赋略》中，"刘向赋二十三篇中有《高祖颂》，王褒赋十六篇中有《圣主得贤臣颂》《甘泉宫颂》《碧鸡颂》，又李思有《孝景帝颂》十五篇，荀赋之属，则颂亦赋也"。① 《史记·司马相如传》云"臣尝为《大人赋》"；又云"相如既奏《大人》之颂"，杨修《答临淄侯笺》谓"今之赋颂，古诗之流"②，显然都是将赋颂二者等同视之。则《与兄平原书》第八书中《咏德颂》与《咏德赋》当是一文。又据《晋书·张华传》载，张华被诛后，陆机作诔，又作《咏德赋》以悼之。张华遇害于永康元年（300）③，陆机时年40岁，《文赋》与《咏德赋》作于同时，都是陆机40岁即已写就的作品。

另据陆机入洛后的经历及交游情况来看，大约在其列"二十四友"时，《文赋》才具备酝酿成熟的契机。据前文生平考辨，陆机于元康二年（292）应征入洛。此时贾后专政，贾谧权过人主，据《晋书·贾充传附贾谧传》载："谧既亲贵，数入二宫，共愍怀太子游处，无屈降心。"任太子洗马的陆机与频繁出入宫中的贾谧得以会面交往，二人有诗赠答为证。陆机《答贾谧》诗序曰："余昔为太子洗马，鲁公贾长渊以散骑常侍侍东宫。积年，余出补吴王郎中令，元康六年，入为尚书郎，鲁公赠诗一篇，作此诗答之云尔。"诗云："昔我逮兹，时惟下僚。及子栖迟，同林异条。年殊志密，服舛义稠。游跨三春，情固二秋。"陆机诗中自述为太子洗马时同贾谧交游情好。"游跨三春，情固二秋"为诗歌互文见义手法，指二人交情已逾三载，陆机于元康二年入洛为太子洗马，到达洛阳后，同当时的许多著名文人、学者都有交往，有"二陆入洛，三张减价"之誉。同权贵贾谧的交游，更使他跻身于当时名士群体中，受时代风气的浸染，为《文赋》的写作创造了条件。据学者们多方考证，"二十四友"形成于元康七八年间。④ 《晋书·贾谧传》虽称"谧好学，有才思"，而

---

①　程千帆：《〈汉志诗赋略〉首三种分类遗意说》，见《闲堂文薮》第 249—250 页。

②　（梁）萧统编，（唐）李善注：《文选》，上海古籍出版社 1986 年版，第 1819 页。

③　（唐）房玄龄等：《晋书》，中华书局 1974 年标点本，第 96 页。

④　张国星：《关于〈晋书·贾谧传〉中的"二十四友"》，《文史》第 27 辑，中华书局 1986 年版。

未见作品传世。其《赠陆机诗》及议《晋书》限断皆潘岳一手所为，足见贾谧名不副实，"好学"是假，"好名"是真。陆机早年即以文名扬声天下，入洛后又受到张华的称赏延誉，名冠当时，自然成为贾谧延揽的目标，而陆机急于进取，故投身贾谧门下。此时陆机的创作已臻于成熟，自入洛后受当时文坛风气的熏陶，又经"二十四友"中人的互相影响，心高气傲的陆机此时作《文赋》论作文之道，可谓从主客观上准备了条件。

第二节　《文赋》产生的背景及主要内容

（一）背景

1. 客观条件

伴随着"文的自觉"时代的到来，文学批评成为魏晋时期颇有特色的现象。

魏晋文学批评得以重大发展的客观条件主要有两点：一是文学的蓬勃发展，二是抽象思辨能力的提高。据《隋书·经籍志》载，两汉时期文集共百余家，三国六十余家，晋代增至近三百八十家。文集的大量涌现，不仅是文人们"傲雅觞豆之前，雍容衽席之上。洒笔以成酣歌，和墨以藉谈笑"①的产物，更反映了鲜明的时代和个人色彩。沈约《宋书·谢灵运传论》云："至于建安，曹氏基命，三祖陈王，咸蓄盛藻。甫乃以情纬文，以文被质。"从建安时期三曹七子的慷慨之音，到西晋太康年间的文章中兴，文学创作的发展积累了丰富的经验，显示出较高的写作技巧和艺术特色，为文学批评的发展准备了条件。

刘勰曾谓"魏之初霸，术兼名法，风声所被，人务校练，未能和雅，而好臧否异同，论辩之风以著。……自是以来，儒术日轻，玄风渐启。故其志意淫荡，情辞哀急，而士风放矣"。从正始起，"儒道兼综"的玄学便大行其道。文学批评的风气是随着玄风的盛炽而兴起的，汉末以来，扬雄、桓（谭）等著书都曾论及文学批评，而蔡邕的《铭论》，则是单篇文论之始。其后曹丕《典论·论文》专论文学。陆机《文赋》同时及稍后有挚虞《文章流别论》、李充《翰林论》等文论作品，至南朝钟嵘《诗品》及刘勰《文心雕龙》，始建立起系统的文论体系。

---

① 王运熙、周锋：《文心雕龙译注》，上海古籍出版社1998年版，第404页。

2. 主观条件

首先是丰富的创作经验。天才作家兼学者陆机是西太康、元康年间最著声誉的文学家，被后人誉为"太康之英"。就其创作实践来说，他的诗歌"才高词赡，举体华美"（钟嵘《诗品》），注重艺术形式技巧，代表了太康文学的主要倾向。从创作数量上来说，陆机是个多产作家。东晋时代的葛洪自称："吾见二陆之文百许卷，似未尽也。"《晋书》本传谓"所著文章凡三百余篇，并行于世"。与同时代的作家相比，陆机作品的数量也是首屈一指的。《昭明文选》所收陆机作品凡111篇，其中文9篇，诗102篇，是个人作品收录种类最多的作家。刘勰《文心雕龙》论及陆机的创作，也概之以"繁"。如《史传篇》云："至于晋代之书，繁乎著作，陆机肇始而未备。"今存诗123首，文142篇（包括残篇）。① 今辑本有宋徐民瞻刻《晋二俊文集》。所收《陆士衡集》十卷，此为最早辑本。又《六朝诗集》所收《陆士衡集》七卷，《汉魏六朝诸家文集》所收《陆士衡集》十卷，《汉魏六朝百三名家集》所收《陆平原集》二卷，商务印书馆《四部丛刊初编》所收明正德覆宋刊本《陆士衡文集》等。严可均辑其文入《全晋文》卷九十六至九十九，逯钦立辑其诗入《晋诗》卷五。

陆机不仅创作繁多，而且诸体皆工，诗歌赋、章表、碑诔、铭箴、论颂、连珠等，皆有佳篇。陆机博学多才，除文学创作而外，在史学、艺术方面也多有建树，作为著名的书法家，他所写的章草《平复帖》流传至今，是书法中的珍品。另外，据唐代张彦远《历代名画记》，陆机还著有画论。艺术领域的多方涉猎，使陆机具备了超出常人的艺术感受力，丰富的创作经验为陆机探索为文之用心打下了坚实的基础。创作上的天才使陆机选择了"赋"这一华美的形式，生动地阐发出抽象的文学理论。

陆机不仅是天才卓著的作家，而且是学问广博的学者。臧荣绪《晋书》称"天才绮练，当时独绝，新声妙句，系踪张、蔡"。张衡、蔡邕均以博学著称。汉末人称张衡《二京赋》为"博物之书"②。建安赋家即以张、蔡二人为榜样。晋初张华、傅玄都是博学之士，张华因博物强记，

---

① 《隋书·经籍志》著录有《晋平原内史陆机集》十四卷，（注：梁四十七卷，录一卷，亡。）又著录《吴章》二卷，《晋纪》四卷，《洛阳记》一卷，《连珠》一卷。《旧唐书》《新唐书》皆著录其集十五卷，《通志》著录四十七卷。另据《三国志注》陆机著有《惠帝起居注》《顾谭传》。据《唐志》载，陆机有《晋惠帝百官表》三卷。

② （晋）陈寿撰，（宋）裴松之注：《三国志》，中华书局1982年标点本，第340页。

"四海之内，若指诸掌"（《晋书·张华传》）而享誉当时，著《博物志》传世。陆机早年有作《三都赋》的抱负，大赋铺张扬厉的特点也是非博学之士不敢问津的。陆机入洛后，受到张华的高度称赏，谓："伐吴之役，利获二俊。"与当时名流学者的交往进一步开阔了陆机的视野，为他驾熟就轻地创作文论巨著准备了条件。

其次，"儒道兼综"的学术渊源。《晋书》本传说陆机"少有异才，文章冠世，服膺儒术，非礼不动"，这与其家学渊源密不可分。其从曾祖父陆绩"幼敦诗书，长玩礼易。……注易释玄，皆传于世"，是一位经学大师。《隋书·经籍志》著录《太玄》注本数家，有九卷本，宋衷注；十卷本，陆绩、宋衷注；梁有十四卷本，虞翻注；十三卷本，陆凯注；七卷本，王肃注。陆氏家传易学属象数学派，而陆机的时代玄学成为"新学"，汤用彤先生指出："新学"最盛的地方在荆州和江东一带，其特点是不用汉儒"象数"之学讲《易经》，而是用"言为意筌"的方法来解《易》，它起源于荆州一带，而江东也颇受影响。王弼就是上承荆州一派易学"新经义"的大师。[①] 陆机受家学影响在其诗文中也有表现，例如其《辨亡论》引《易》录《玄》，云："汤武革命，顺乎天"，"乱不极则治不形"。《赠潘尼》诗中有"道之所混，孰后孰先？及子虽殊，同升太玄"。玄学对陆机文学创作的影响颇为深远，《文赋》《豪士赋》《演连珠》等作品都充满玄学思辨色彩。

有的学者指出："《太玄》学诸家自建安延至晋代，与正始时期'玄学'的兴起恰成巧合，这是不能不予注意的。"[②] 从二陆入洛后的行踪和文学创作来看，受北方学术思想的浸染，其作品带有明显的玄学痕迹。因为陆机入洛前即已研习过《易》《老》《玄》等著作，所以他能很快接受王弼玄学思想的影响。《水经注》《艺文类聚》《异苑》等载有二陆接受王弼玄学的近乎神秘色彩的传说，也透露出二陆与北方谈玄人士交往，接受玄学的讯息。玄学重抽象论辩与推理的特点，对陆机《文赋》创作产生了直接的影响。

文赋还受到了《典论·论文》的影响。《典论·论文》是曹丕于建安二十二年（217）前后写成的。据《三国志·魏志·文帝纪》裴松之注引

---

① 汤用彤：《魏晋玄学论稿》，上海古籍出版社 2005 年版，第 102—106 页。
② 王葆玹：《正始玄学》，齐鲁书社 1987 年版。

胡冲《吴历》说："帝以素书所著《典论》及诗赋饷孙权，又以纸写一通与张昭。"《典论·论文》由此传到吴国，《三国志·吴志·孙权传》裴注引《吴历》也有相似的记载。同孙权一起接受馈赠《典论》的张昭即是陆机的外曾祖。《世说新语·赏誉篇》云："吴四姓旧目云：张文、朱武、陆忠、顾厚。"张氏家族以文著称，所以"妙善辞赋"① 的一代文人曹丕特意将《典论》赠给张氏的后裔张昭。陆机因此有机会接触到母家的珍籍《典论》，引发他对于文学理论的思考。《典论·论文》和《文赋》相比，前者侧重外在的批评，后者侧重内部过程的探讨。具有时人赋予的不同特点。《文赋》是中国文学理论发展史上第一篇系统的创作论，陆机在曹丕文体论的基础上，扩大了文体论述的范围，并作了更加详尽细致的描述。二者在文体观及文学价值观上也有许多相似之处。可以见到陆机受曹丕文学思想影响的痕迹。而随着文学的发展及抽象思辨能力的提高，对文学审美特性的认识愈益深入，所以陆机《文赋》论创作构思，分析文章利病得失，都注重情感的动人。提出"诗缘情而绮靡"，注重诗歌的抒情特性，比《典论·论文》更有所发展。

（二）主要内容

《文赋》正文前小序交代了写作的缘由和作者的写作意图：

> 余每观才士之所作，窃有以得其用心。夫放言遣辞，良多变矣，妍蚩好恶，可得而言。每自属文，尤见其情。恒患意不称物，文不逮意，盖非知之难，能之难也。故作《文赋》，以述先士之盛藻，因论作文之利害所由，他日殆可谓曲尽其妙。至于操斧伐柯，虽取则不远，若夫随手之变，良难以辞逮。盖所能言者，具于此云尔。

小序中揭明了全文主旨是论"作文"（"属文"），论所作之"用心"。正如钱锺书《管锥编》② 言："《文赋》非赋文也，乃赋作文也。"陆机有感于才士作文的经验教训，结合自己属文的切身体会，探讨"意不称物，文不逮意"的作文利病得失问题。所谓为文之用心，即是如何发挥作家

---

① 王运熙、周锋：《文心雕龙译注》，上海古籍出版社 1998 年版，第 404 页。
② 钱锺书：《管锥编》（第三册），中华书局 1986 年版，第 1206 页。

的主观能动性，遵循艺术的内部规律，使"意"能称"物"，"文"能逮
"意"。这里的"意"指作家构思过程中的"意"，"物"则是作家思维活
动的对象，包括物质的和精神的两个方面。创作的关键在于透彻地体现作
家的"意"。《文赋》着力探讨的就是怎样使作家构思中产生的"意"与
表达对象"物"一致起来，进而用语言文字将构思中的"意"确切地表
达成文。

　　陆机上述观点的提出，与当时思想界的玄学思潮息息相关。言意之辩
是正始时期文学理论涉及的一个重要问题。其思想源渊出自《庄子·秋
水篇》："可以言论者，物之粗也；可以意致者，物之精也；言之所不能
论，意之所不能察者，不期精粗焉。"王弼进一步发展了"言不尽意论"，
他在《周易略例·明象》中说：

　　　　夫象者，出意者也。言者，明象也。尽意莫若象，尽象莫若言。
　　言生于象，故可寻言以观象；象生于意，故可寻象以观意。意以象
　　尽，象以言著。故言者所以明象，得象而忘言；象者所以存意，得意
　　而忘象，犹蹄者所以在兔，得兔而忘蹄；筌者所以在鱼，得鱼而忘筌
　　也。然则，言者，象之蹄也；象者，意之筌也。是故，存言者，非得
　　象者也；存象者，非得意者也。象生于意而存象焉，则所存者乃非其
　　象也；言生于象而存言焉，则所存者乃非其言也。然则，忘象者，乃
　　得意者也；忘言者，乃得象者也。得意在忘象，得象在忘言。故立象
　　以尽意，而象可忘也；重画以尽情，而画可忘也。（《王弼集校释》，
　　第 609 页）

　　王弼承认言可明象，象可尽意，进而论述得象忘言，得意忘象，从哲
学的方法论上论述了从具体上升到抽象的过程。这一理论在文学创作和文
学思想上产生了深远的影响。西晋时期欧阳建作《言尽意论》，是对这一
理论的发展。陆机的文论思想即是这一思潮的产物，他承认"意不称物，
文不逮意"的现实，又力求解决这一矛盾，达到言、文、意、物的统一。
这种努力则近乎调和"言不尽意论"与"言尽意论"的倾向。

　　陆机在序中称"盖非知之难，能之难也"，注意到论识与实践的差
距，并谓"他日殆可谓曲尽其妙。——盖所能言者，具于此云尔"。对创
作规律的认识采取实事求是的态度，是值得肯定的。

《文赋》正文部分论述了六个方面的内容：

1. 论创作前的准备

陆机首先论述了创作冲动产生的条件，一是作者用心体察天地万物，二是通过前人的著作颐养情志。其言曰：

> 伫中区以玄览，颐情志于典坟。遵四时以叹逝，瞻万物而思纷；悲落叶于劲秋，喜柔条于芳春。心懔懔以怀霜，志眇眇而临云。咏世德之骏烈，诵先人之清芬。游文章之林府，嘉丽藻之彬彬。慨投篇而援笔，聊宣之乎斯文。

开头两句话总领全文，《文选》李善注云："《老子》曰：'涤除玄览'，河上公曰：'心居玄冥之处，览知万物'。"其中"玄览"一词中的"览"，据高享先生《老子正诂》解作"鉴"，与马王堆帛书《老子》"乙本"同。此处以"鉴"（镜子）喻心。钱锺书解"中区"为"室中"（《管锥编》），张怀瑾释为"中间，指天地间"，皆与原意抵牾，据周汝昌考证，"中区"与"玄览"都是引用《老子》的文义。"中"与"心"互喻，开头一句即属文之才士，处于"中"区，以"心"而查照外境群品——而同时又有断以前修之文府而沾溉一己之"心"田灵壤，是谓本来之禀赋加上后天的修养造诣之事。[1] 总而言之，"伫中区以玄览，颐情志于典坟"指作家不仅以心灵观照自己的情感世界和客观世界，而且要从前人的典籍中颐养情志。以下则是分承开头两句，"遵四时以叹逝，瞻万物而思纷；悲落叶于劲秋，喜柔条于芳春"为"伫中区以玄览"所得，物色的变化触动心中的情感，产生创作的冲动，这是中国传统文论的一个重要思想。由四时物色变化引发感慨，形诸诗篇的作品举不胜举。汉末以来，咏物的诗赋尤为多见，是生命意识觉醒的诗人"瞻万物而思纷"的结果，是物我相感、心由物动的产物。陆机此类感时之作颇多，如《感时赋》"矫余情之含瘁，恒睹物而增酸，历四时之迭感，悲此岁之已寒"。四时更迭的感伤引发诗人内心的愁苦，而所谓"叹逝"与"思纷"并非空穴来风，而是作家在社会生活中种种感受的触发，节物的变迁对敏感的诗人来说更是起到媒介作用，"心懔懔以怀霜，志眇眇而临云"，是诗人

---

① 周汝昌：《〈文赋〉即"文心"论》，《北京大学学报》2000 年第 2 期。

受外物触发后的感受。以下四句"咏世德之骏烈……嘉丽藻之彬彬"承
"颐情志于典坟"而发，谓广泛阅读文章典籍，增强艺术修养，获得审美
的愉悦，进而激发创作冲动。

2. 论创作过程

（1）艺术构思

如何进行艺术构思，是《文赋》探讨的重点。作家以心为镜，览知
万物，又从前人文章和著作中吸取创作经验，做好充分的准备后，构思活
动就开始了。《文赋》生动地描绘了构思活动的过程：

> 其始也，皆收视反听，耽思傍讯，精骛八极，心游万仞。其致
> 也，情瞳昽而弥鲜，物昭晰而互进。倾群言之沥液，漱六艺之芳润。
> 浮天渊以安流，濯下泉而潜浸。于是沈辞怫悦，若游鱼衔钩而出重渊
> 之深。浮藻联翩，若翰鸟缨缴而附曾云之峻。收百世之阙文，采千载
> 之遗韵。谢朝华于已披，启夕秀于未振。观古今于须臾，抚四海于
> 一瞬。

"收视反听"，李善云："言不视听也。"谓作家进入虚静的精神境界
后，开始构思时必须集中精力，排除外界干扰。进而"耽思傍讯"，即深
思博采，驰骋想象。陆机是我国第一位论述创作过程的作家，《文赋》中
论及创作开始时的心理状态，是经过中外作家创作实践验证了的艺术规
律。唐太宗论及书法时，就与陆机的观点不谋而合，他说："初书之时，
收视反听，绝虑怡神。"① 即排除一切思虑，把精神集中到书法上。陆机
书法造诣也很深，对绘画也有研究。《文赋》中的创作构思论是他多方面
艺术体验的总结。"精骛八极，心游万仞""观古今于须臾，抚四海于一
瞬"，是讲构思时想象这一思维活动跨越时空，无限丰富和广阔。刘勰
《文心雕龙·神思》中"心与物游""思接千载""视通万里"就是受陆
机构思论的影响。在这一过程中，艺术构思达到了情与物的结合，即
"情瞳昽而弥鲜，物昭晰而互进"，然后寻求最能表现意象的新颖的语言，
"倾群言之沥液，漱六艺之芳润""谢朝华于已披，启夕秀于未振"，以表
现渐趋明朗的情思与物象。构思的过程始终伴随着情感与想象，并寻求能

① 《笔法论》，《全唐文》卷十，中华书局影印本1982年版，第123页。

充分表达情志的富有创新意义的文辞，将艺术形象用语言文字表现出来。

（2）落笔成文

作家在艺术构思中插上想象的翅膀，自由飞翔，活跃的文思意象通过驱遣词藻加以物化，就进入了具体的写作阶段，即"选义按部，考辞就班；抱景者咸叩，怀响者毕弹"。按照内容构思布局，提炼语言。陆机详尽地描述了下笔时的种种情状：

> 或因枝以振叶，或沿波而讨源；或本隐以之显，或求易而得难；或虎变而兽扰，或龙见而鸟澜；或妥贴而易施，或岨峿而不安。

作家通过细致思索，将深思熟虑的意象形之于文。"笼天地于形内，挫万物于笔端。"伴随着文思汹涌而至，作家全身心地投入其中，"思涉乐其必笑，方言哀而已叹"，伴随着这一创作过程的既有"操觚以率尔"的喜悦（"伊兹事之可乐，固圣贤之所钦"）；又有文思郁滞的痛苦（"或含毫而邈然"）。在写作过程中文思有时如泉涌，有时又艰涩阻滞，导致"或竭情而多悔，或率意而寡尤"的现象，《文赋》也有形象地描述：

> 若夫应感之会，通塞之纪，来不可遏，去不可止。藏若景灭，行犹响起。方天机之骏利，夫何纷而不理。思风发于胸臆，言泉流于唇齿。纷葳蕤以驳遝，唯毫素之所拟。文徽徽以溢目，音泠泠而盈耳。及其六情底滞，志往神留，兀若枯木，豁若涸流。揽营魂以探赜，顿精爽于自求。理翳翳而愈伏，思乙乙其若抽。是以或竭情而多悔，或率意而寡尤。虽兹物之在我，非余力之所勠。故时抚空怀而自惋，吾未识夫开塞之所由。

陆机论文思的通塞，来去如声光，不可遏止。其中的得失变化非人力所及。这就提出了艺术灵感（"应感之会"）在创作中的意义问题。陆机最早提出艺术创作中的灵感问题，并对其在艺术构思中的重要作用进行了具体分析，其中包含着作者的深切体会。他对灵感涌现时文思通畅，灵感不来时文思枯涸，落笔艰难的情状做了鲜明的对比，说明有无灵感是创作成败的关键。而灵感现象又是无法把握的，对此他承认"吾未识夫开塞之所由"，是比较实事求是的态度。柏拉图曾把艺术创作中的灵感现象看做神灵附身时的一种迷狂状态。陆机则将"来不可遏，去不可止，藏若景灭，行犹响起"的灵感现象归之于"方天机之骏利"。"天机"一词，出自《庄子》："蛣曰：'今予动吾天机。'"司马彪曰："天机，自然也。"又《大宗师》曰："其嗜欲深者，其天机浅。"刘障曰："言天机者，言万物转动，各有天性，任之自然，不知所由然也。"据此，"天机"当解作"自然的生机"。陆机虽然认识到灵感的重要作用，却不能加以科学地解释，认为灵感的获得非人力所及，应当顺乎自然。"天机骏利"又释为天性禀睿，文思敏捷①，其实这也是作者调动平时的生活积累，达到最佳写作状态时的表现。是平日"伫中区以玄览，颐情志于典坟"，做好充分准备，艺术构思达到成熟时思维敏捷、文思涌动的现象。与作者的天赋固然有关，也与后天的艺术修养密不可分。因为陆机在小序中即已点明写作主旨，系观"才士"之所作，并结合自己的创作体会，来探讨为文之用心，所以他更强调"天机"的骏利，即作者才性的重要。

灵感问题自陆机首次提出后，在六朝就受到了广泛的重视。例如沈约《答陆厥书》中说："天机启则律吕自调，六情滞则音律顿舛。"萧子显《南齐书·文学传论》谓："若夫委自天机，参之史传，应思悱来，易先构聚。"认为文学创作需待灵感到来方得以顺利进行。刘勰对此作了更深入的探讨，提出"清和其心，调畅其气"的灵感培养问题。

陆机的创作过程论是《文赋》的重点，也是其文学理论的主体。在陆机之前，尽管也出现过对一般文章或言辞的零星论述，但由于对文学艺术的特点认识不深，没有产生系统的文学创作理论。《文赋》对创作过程中艺术构思、灵感等一系列问题的深入论述，开文学创作论的先河，对后世有重要影响。《文心雕龙·神思篇》即是在《文赋》关于创作思维论述的基础上加以阐发的。其《养气》等篇对灵感的培养和酝酿作了更深入的论述和发挥，我国古代作家对此也有过不少描述。后世对灵感的重视与研究是与陆机的强调分不开的。

（3）论文体风格

《文赋》在《典论·论文》提出文体分四类八体的基础上，把文体分为十类，并概括其风格特征为：

---

① 参见张怀瑾《文赋译注》，北京出版社1984年版。

诗缘情而绮靡，赋体物而浏亮。碑披文以相质，诔缠绵而凄怆。铭博约而温润，箴顿挫而清壮。颂优游以彬蔚，论精微而朗畅。奏平彻以闲雅，说炜晔而谲诳。

陆机不仅指出了各种文体的风格特色，而且从理论上探讨了其形成原因。他认为客观原因是："体有万殊，物无一量，纷纭挥霍，形难为状。"客观事物的纷纭复杂导致文体风格的多样。作者驱遣词藻，欲穷形尽相地表现外物，就需要发挥主观能动性。《文赋》中称："故夫夸目者尚奢，惬意者贵当，言穷者无隘，论达者唯旷。"作家创作个性各异，反映到作品中，便形成了不同的风格特征。同时，文体的不同也导致了风格的迥异，其中特别值得注意的是他对诗和赋特征的论述。作为当时主要的纯文学体裁，陆机在曹丕"诗赋欲丽"的基础上，对诗和赋的不同作了区分，尽管诗也有"体物"的方面，赋也有"缘情"的因素，但就其主要倾向来看，二者还是有所侧重的。其中，"诗缘情而绮靡"一语，可谓开一代风气。

关于"绮靡"一词，学者们的解释各异。有人主张分而言之。有人主张"绮靡"当即"猗靡"，它与"赋体物而浏亮"的"浏亮"一样是联绵字①。从汉末古诗开始，"绮""靡"在诗文中频繁出现，有"美丽动人"之意。其同义词"猗靡"也有"优美动人"之意，则"绮靡"一词也应作如此解。李善注《文赋》云："绮靡，精妙之言。"陆机以"绮靡"言诗，指出诗歌的文体风格应该美好动人，并非仅指辞藻华丽，也包括诗歌情感的动人，即用美好的艺术形式来抒发感情。但他只讲缘情而不讲言志，与儒家传统的"诗言志"说有所不同，客观上起到了使诗歌的抒情不受"止乎礼仪"束缚的作用，后人对此却屡加指责。沈德潜《说诗晬语》卷上说他"先失诗人之旨"；纪昀《云林诗钞序》说："知'发乎情'而不必'止乎礼仪'，自陆平原'缘情'一语，引入歧途。"甚至认为他"重六朝之弊"②，"言志"与"缘情"并非对立，《文赋》李善注释云："诗以言志，故曰缘情。"李周翰注："诗言志，故缘情。"事实上，陆机并无主张违背礼教之意，他之所以强调诗的审美特性而不强调

<hr />

① 杨明：《六朝文论若干问题之商讨》，《中州学刊》1985 年第 6 期。

② 谢榛：《四溟诗话》卷一，人民文学出版社 2005 年版。

其政治教化作用,是时代风气使然。后来许多学者也注意到了言志与缘情并非对立,而有相通之处的特点。总之,"诗缘情"与"诗言志"既有区别,又有交叉,二者都重情志的抒发,但"诗言志"强调群体之情,"诗缘情"则强调个体之情,重视诗歌的抒情性和艺术美,是文学自觉的表现,陆机对文学艺术的两个重要特征——感情和形象,都有深刻的认识。他对诗歌创作艺术规律的揭示,对六朝文学及后代诗词的繁荣,都奠定了理论基础。

(4)论艺术技巧

《文赋》论艺术技巧还提出了几个重要的原则,即"其会意也尚巧,其遣言也贵妍。暨音声之迭代,若五色之相宜"。"会意尚巧"即构思立意巧,"遣言贵妍"指文章语言美,"音声迭代"指语言音乐美。构思巧妙、词藻华美,音韵和谐,这是六朝时期的创作倾向。据钟嵘《诗品》评张华诗云:"巧用文字,务为妍始。"评张协诗云"巧构形似之言","词采葱倩,音韵铿锵",都是以巧、妍为美。陆机《文赋》既反映了时代特征,又促进了六朝理论和创作的发展。刘勰、钟嵘、沈约等都受到陆机的影响,与其文学主张是一致的。

在实际写作中,存在"其为物也多姿,其为体也屡迁"的复杂状况,如果处理不当,就会使文章本末倒置,发生淆乱。陆机对文章中选词炼句的种种表现加以分析,探讨了写作技巧的四种方法。首先提出文章成篇后的剪裁问题:

> 或仰逼于先条,或俯侵于后章。或辞害而理比,或言顺而义妨。离之则双美,合之则两伤。考殿最于锱铢,定去留于毫芒。苟铨衡之所裁,固应绳其必当。

在剪裁得当的基础上,他主张立警句以突出主旨:

> 或文繁理富,而意不指适。极无两致,尽不可益。立片言以居要,乃一篇之警策。虽众辞之有条,必待兹而效绩。亮功多而累寡,故取足而不易。

立警句的目的是更好地突出作品的主题,一首诗中有几句精彩的警句，就可以使全篇生辉。重警句是西晋诗文中的普遍现象，陆机这一理论是创作实践的总结。另外，他又强调创新，反对因袭模拟，尤重修辞的出新：

> 或藻思绮合，清丽芊眠。炳若缛绣，凄若繁弦。必所拟之不殊，乃暗合乎曩篇。虽杼轴于予怀，怵他人之我先。苟伤廉而愆义，亦虽爱而必捐。

陆机追求作品"藻思绮合，清丽芊眠"的华美风格，但若与他人作品暗合，也要毅然割爱。有人据此诟病陆机创作中出现的大量拟古之作，如明王世贞《艺苑卮言》卷三云："陆机病不在多而在模拟。"将陆机创作上的拟古之作与理论上的创新对立起来，认为他并未身体力行创新的理论。其实际陆机所谓独创，主要指单个意象与文辞上的出新，所以他的拟古诗与乐府中常常借用古意，而出以新辞。如《拟明月何皎皎》以"照之有余晖，揽之不盈手"写月光之清灵，《拟今日良宴会》以"高谈一何绮，蔚若朝霞烂"写宴谈之热烈。意象新颖，秀句屡出。

最后，陆机还谈到修辞剪裁中佳句与庸句的关系问题。尽管立警句是文章所必需，但一篇之中，又不可能句句皆佳，正是因为有了庸句的衬托，更显示出警句的光彩，即"石韫玉而山辉，水怀珠而川媚；彼榛楛之勿剪，亦蒙荣于集翠"。

（5）论审美标准

《文赋》在论述文章之弊时提出了应、和、悲、雅、艳的审美标准：

> 或托言于短韵，对穷迹而孤兴；俯寂寞而无友，仰寥廓而莫承。譬偏弦之独张，含清唱而靡应。或寄辞于瘁音，徒靡言而弗华；混妍蚩而成体，累良质而为瑕。象下管之偏疾，故虽应而不和。或遗理以存异，徒寻虚而逐微；言寡情而鲜爱，辞浮漂而不归。犹弦幺而徽急，故虽和而不悲。或奔放以谐合，务嘈囋而妖冶；徒悦目而偶俗，固声高而曲下。寤《防露》与《桑间》，又虽悲而不雅。或清虚以婉约，每除烦而去滥；阙大羹之遗味，同朱弦之清汜。虽一唱而三叹，固既雅而不艳。

陆机以音乐为喻论文学作品的审美标准，"应"指音乐上"同声相应"而构成的音乐美，比喻文学创作上前后呼应构成的丰赡之美。"和"指音乐上的"异音相从"之美，比喻文学创作上靡华之辞与刚健风骨的协调配合。"悲"以音乐上的悲音之动人喻文学作品情感的强烈动人。"雅"指音乐上和新声、郑声相对立的纯正格调，要求作品追求高雅的情趣。"艳"则强调文学作品的艺术美，要求文采艳丽。这是时人风气的反映，也是陆机突破传统美学思想的表现。陆云《与兄平原书》中多次论及衡文的标准，反映了以悲为美的时代风气。例如，"《咏德颂》甚复尽美，省之恻然"（第八书）；"省之如不悲苦，无恻然伤心言"者则"未为妙"（第四书）。

陆机的音乐造诣很深，其文章中多处论及音乐，如《遂志赋》《浮云赋》《鼓吹赋》以及《演连珠》等。《文赋》以音乐为喻，论述文章的利弊得失，并提出文章的审美标准，表现了陆机深厚的艺术修养。《典论·论文》中就有以音乐之节奏比况文气的用法，提出："文以气为主，气之清浊有体，不可力强而致。譬诸音乐，曲度虽均，节奏同检，至于引气不齐，巧拙有素，虽在父兄，不能以移子弟。"陆机则从音乐中体会到文章的利病得失，总结出许多文论的规律。其有关音律的论述对沈约、陆厥影响颇深。1961年，饶宗颐先生首次研究了陆机《文赋》与音乐的关系，因饶先生精于音乐，所以能见解独到，言人所未能言。

（6）论文章的功用

《文赋》结尾点明了文章的功用：

> 伊兹文之为用，固众理之所因。恢万里而无阂，通亿载而为津。俯贻则于来叶，仰观象乎古人。济文武于将坠，宣风声于不泯。涂无远而不弥，理无微而弗纶。配霑润于云雨，象变化乎鬼神。被金石而德广，流管弦而日新。

《典论·论文》论述文章功用及其所以不朽，称："盖文章经国之大业，不朽之盛事。年寿有时而尽，荣乐止乎其身，二者必至之常期，未若文章之无穷。"陆机正是承此生发，提出了文章对于政治教化的作用。《文赋》中还论述了为文的愉悦：

伊兹事之可乐，固圣贤之所钦；课虚无以责有，叩寂寞而求音；
函绵邈于尺素，吐滂沛乎寸心。言恢之而弥广，思按之而逾深；播芳
蕤之馥馥，发青条之森森；粲风飞而猋竖，郁云起乎翰林。

这段话包含着陆机自身创作甘苦的体验。在陆云《与兄平原书》中，
兄弟二人论文也多涉此，如陆云不止一次言及"《吴书》是大业"，"可垂
不朽"，"兄……文章已足垂不朽"，论及文章的功用。陆云还多次发出文
章"解愁忘忧"的感叹，表明文章的娱乐功能已成为他们创作实践中的
共识。对于创作宣泄情绪的认识，屈原作品中就有所流露，但仍不够明
确。陆机之后，出现了概括性的表述，是文学独立发展的产物，也与陆机
的理论倡导有关。

总之，《文赋》是我国文学理论批评史上第一篇完整而系统的创作
论，陆机结合自身实践，对创作的准备、构思、技巧等问题作了深入细致
的论述，是文学自觉时代的理论总结，在文学批评史上起着重要作用。
《文心雕龙》就是在《文赋》的基础上向前发展的。

第三节　《文赋》的评价问题

（一）六朝时期

陆机作为"太康之英"，其所著《文赋》，不但是一篇优美的赋体作
品，更是我国文学理论发展史上承前启后的论文佳作。关于《文赋》的
评价，最早的文献记载见于陆云《与兄平原书》，书中称"《文赋》甚有
辞，绮语颇多"，致称赏之意。臧荣绪《晋书》云："机妙解情理，心识
文体，故作《文赋》。"也多溢美之词。梁代沈约《答陆厥书》中提出
"天机启则律吕自调，六情滞则音律顿舛"，就是受陆机论灵感现象的启
发。而有关音韵问题，尽管沈约自诩为"前世文士，便未悟此处"，"此
秘未睹"，其实陆机《文赋》中就有"暨音声之迭代，若五色之相宣"的
理论主张。陆云《与兄平原书》中有五封信论及音韵谐和问题，可见二
陆对此颇为讲究。

《文赋》对《文心雕龙》的影响颇深，章学诚《文史通义》中说：
"刘勰氏出，本陆机氏而昌论文心。"刘勰在《文心雕龙》中有两次集中

谈《文赋》。《总术》篇云："昔陆氏《文赋》，号为曲尽，然泛论纤悉，而实体未该。"在《序志》篇中评论魏晋以来文学批评理论时又说："……魏文述《典》，陈思序《书》，应玚《文论》，陆机《文赋》，仲洽《流别》，宏范《翰林》，各照隅隙，鲜观衢路……魏《典》密而不周，陈《书》辩而无当，应《论》华而疏略，陆《赋》巧而碎乱，《流别》精而少巧，《翰林》浅而寡要……并未能振叶以寻根，观澜而索源，不述先哲之诰，无益后生之虑。"这里明确地指出了《文赋》的优点和缺点。其优点是"曲尽""巧"，即详尽、巧妙。缺点在于"泛论纤悉""碎乱""实体未该"，即琐碎杂乱，主体论述还不完备。而"并未能振叶以寻根，观澜而索源，不述先哲之诰，无益后生之虑"。认为《文赋》未能寻究儒家学说，对后人启发不大。从中可以看出他们文学思想上的差异，即刘勰比陆机更重视文学的社会功能。

从刘勰对《文赋》的评论来看，既指明了优点，又谈到了不足。但刘勰的创作理论与陆机《文赋》的关系非常密切。其创作部分在陆机论述的基础上，作了更为全面、深刻的论述，指出艺术构思的重要特征是："思理为妙，神与物游"，并论述了艺术构思必备的四个条件，比《文赋》更为深入细致。刘勰论及文学作品的内容和形式、文学风格、文学与现实的关系等问题，也都是在陆机《文赋》的基础上加以阐发的，可见他对陆机《文赋》的重视。

刘勰在《文心雕龙》中，多次论及《文赋》，加以评议。题名"文心"显然也是受陆机《文赋》自序的启发，探究"为文之用心"。可以说，没有《文赋》，便没有《文心雕龙》。刘勰对《文赋》的借鉴和发展正可以表明其肯定态度。尽管刘勰也指出了它的种种不足，但《文赋》作为中国文学批评史上第一篇系统的创作论，自有其不容忽视的价值。关于刘勰对陆机的评价问题，还存在着不小的分歧，有论者认为刘勰在《文心雕龙》中对《文赋》的批评过分，有故意贬低《文赋》，抬高自己的倾向。① 《文心雕龙·序志》指出此书的撰述，在于针对当时的不良文风，为写作指出一条正确的道路。而《文心雕龙》的宗旨是以圣人的言

---

① 黄侃《札记》与骆鸿凯《文选学》，都认为刘勰对《文赋》的几处批评"皆疑少过"。另见张少康《谈谈关于〈文赋〉的研究》，《文献》1980 年第 2 辑；张国光《〈文心雕龙〉能代表我国古代文论的最高成就吗?》，《古代文学理论研究》丛刊第四辑。

论为准则来进行评论，指导写作，所以刘勰指出了《文赋》文论思想方面的不足，也表现出了自身的局限。

钟嵘《诗品·序》中也谈到了《文赋》，称："陆机《文赋》，通而无贬。李充《翰林》，疏而不切。……观斯数家，皆就谈文体，而不显优劣。"是从强调品评诗歌的角度出发，加以议论的，并无贬义。

（二）唐宋时期

唐代大诗人杜甫《醉歌行》首二句云："陆机二十作《文赋》，汝更少年能缀文。"对陆机作《文赋》之举颇致称赏之意。日本学者遍照金刚非常重视《文赋》，将其全部收入他的《文镜秘府论》中，并录入刘善经对《文赋》的评价："文体周流，备于兹赋矣。陆公才高价重，绝世孤出，实辞人之龟镜，固难得文名焉。"遍照金刚的《文镜秘府论》所以取名为"文镜"，显然也是受陆机《文赋》中"玄览""玄鉴"之义的启发。"玄鉴"即"灵妙的镜子"，是以镜喻心，谓能观照外物之"灵府"。

宋人对《文赋》中"谢朝华之已披，启夕秀于未振"及"立片言以居要，乃一篇之警策"等都有中肯的评论，例如，蔡梦弼《杜工部草堂诗话》卷一引《吕氏童蒙训》曰："文章无警策，则不足以传世，盖不能竦动世人。……但晋宋间人，专致力于此，故失于绮靡，而无高古气味。子美诗云：'语不惊人死不休。'所谓惊人语，即警策也。"

（三）明清时期

正如时陆机诗歌的评价自宋代以后大为降低一样，《文赋》也遭到了同样的命运，明代徐祯卿《谈艺录》批评"诗缘情而绮靡"为："则陆生之所知，固魏诗之渣秽耳！"谢榛《四溟诗话》说"绮靡重六朝之弊，浏亮非两汉之体"。清代纪昀《云林诗钞序》谓："自陆平原缘情一语引入歧途，其究乃至于绘画横陈，不诚已甚欤？"将六朝以来文学发展的弊端归咎于陆机。沈德潜《说诗晬语》也批评陆机为齐梁文风的滥觞，"惟资涂泽，先失诗人之旨"。评价陆机《文赋》理论的价值，不能离开当时的历史条件。陆机以繁富华赡为特色的作品是当时人效法的对象，其理论主张也受到推崇。"诗缘情而绮靡"的提出，代表了当时的趋势。南朝初年的诗人刚从玄言诗的风气下解脱出来，他们首先关注的是诗歌的辞采和技巧，所以推崇陆机。后世的评论家以唐宋诗歌技巧取得更大发展后的标准来衡量陆机,自然会发现若干缺点。但陆机在当时得到众多名家的推重,后来又有许多人着意模仿,绝非偶然。

陆机关于灵感问题的探讨,后世评价很高,清人邓绎《藻川堂谭艺》云:"陆机《文赋》云:'来不可遏,去不可止。'东坡所云:'行乎其所不得不行,止乎其所不得不止'也。又云:'思风发于胸臆,言泉流于唇齿。'东坡所云:'如万斛泉源随地涌出'者也。不惟东坡,虽彦和之《文心雕龙》,亦多胎息于陆。古称中郎枕秘,深畏人知,汉、魏以来,一文之传,殊不易易;而后儒每忽视之,其终于固陋也宜哉!"("日月篇")

六朝以后,历代评论家对于《文赋》的评论日益繁富。以上只是其要者加以说明。对《文赋》褒贬不一的评价一直延续到现代。概括言之,主要有以下两方面的内容。

首先,关于形式主义问题的讨论。

1959 年 9 月 13 日,《光明日报》刊登景印(李嘉言)《关于〈文赋〉一些问题的商榷》一文,作者认为《文赋》所强调的主要是结构修辞的作文方法,陆机"实是六朝形式主义文学的开先人"。陆侃如结合陆机的作品对《文赋》进行分析,指出陆机作品有三个突出的缺点:思想内容贫乏,过分重视排偶用典和讲究雕章琢句、模拟。认为《文赋》的总倾向是把形式主义放在主要地位,是重形式轻内容的。[①]

指责《文赋》形式主义倾向的理由为:"《文赋》忽视对思想内容的探讨,过分重视对文辞的研究;在对文辞的研究中,讲究'艳''妍'及音韵声律,追求形式美;陆机创作存在着形式主义倾向,作为对其创作经验进行理论总结的《文赋》,自然也免不了形式主义主张的嫌疑;六朝形式主义文风是由此篇论文引起。"

有的学者提出,《文赋》是在注意到内容的基础上来谈技巧的,并不是完全抛开内容。强调对外物的认识,主要是要求作者对外物有敏锐的观察力。[②]张文勋认为,《文赋》用大量篇幅谈写作方法和艺术技巧,并公开提出"尚巧""贵妍"等主张,是对视文学为"雕虫小技"的传统偏见的大胆挑战。评价《文赋》,首先应考虑到特定的历史条件。《文赋》

---

① 见陆侃如《陆机〈文赋〉二例》,《文学评论》1961 年第 1 期。
② 周振甫:《谈陆机〈文赋〉》,《文艺报》1961 年第 7 期。

谈到的创作动机和创作源泉，即"仁中区以玄览，颐情志于典坟"等，是符合文学创作的现实主义原则的。① 姜涛也主张应对《文赋》作具体分析，不能以偏概全。就《文赋》论述的问题来看，其立论是侧重内容的，评《文赋》"重视技巧而忽视内容"，是完全不可取的。② 徐中玉也强调"讲究形式，重视形式，绝不就等于形式主义"，决定问题的关键是，作者是否忽略了思想内容，而单纯地去追求形式。③

对《文赋》"形式主义"的评价受当时特定历史时期的影响，以庸俗、机械、阶级斗争的观点来苛求《文赋》，所以得出基本否定的结论。20世纪80年代以来，随着文学研究的深入开展，对《文赋》的认识也趋于客观公正，更多地强调其进步性和理论贡献。

其次，关于"诗缘情而绮靡"的评价。

对"绮靡"一词的理解，影响着对"诗缘情而绮靡"的评价。李善注此句为："诗以言志，故曰缘情。绮靡，精妙之言也。"清代有的学者将"绮靡"看做有失风雅的闺房之思，对此，周汝昌作了详细分析，提出《文赋》中"缘情"的情，不是"风情""色情"的情。他结合《汉书》注及《文心雕龙》诸篇对词语的使用，证明"绮靡"并无贬义，本义为细好。④ 张少康也主此说。徐中玉也持此观点，他认为"诗缘情"之情，不是指单纯的感情，也包括"志""意""思"在内，略同于我们今天连用的"思想感情"。"绮靡"以李善注最为确切。"诗缘情而绮靡"，不但不是什么"形式主义的文论"，乃是创作诗文所不能不遵守的规律。⑤

《文赋》"诗缘情而绮靡"等理论主张，是在继承前人学说的基础上，对纯文学的特点及规律有了深入理解后的产物，并为后世《文心雕龙》等文论著作的发展奠定了基础。肯定的评价符合《文赋》的原意。

总之，《文赋》是我国第一篇完整而又有深度的文学理论专著。在许

① 张文勋：《关于〈文赋〉的几个问题》，《思想战线》1978年第5期。
② 姜涛：《试论陆机的〈文赋〉——兼与郭绍虞同志商榷》，《辽宁大学学报》1980年第2期。
③ 徐中玉：《论陆机〈文赋〉的进步性及其主要贡献》，《古代文学理论研究》第9辑，上海古籍出版社1980年版。
④ 周汝昌：《陆机〈文赋〉"缘情绮靡"说的意义》，《文史哲》1963年第2期。
⑤ 徐中玉：《论陆机〈文赋〉的进步性及其主要贡献》，《古代文学理论研究》第9辑，上海古籍出版社1980年版。

多方面有着不可磨灭的贡献。例如，《文赋》中论创作构思提出了想象和灵感问题，为前人所未道。既是作者创作体会的反映，也总结出了一些普遍规律，诸如文体辨析、骈偶主张、音律问题等的论述，也起到了承前启后的作用。朱东润提出："言中国诗者，大抵可分为二：温柔敦厚者为一派，其出于戴记；缘情绮靡者为一派，其说出于陆机……机之言诗，其影响亦巨矣。"[①] 从整个文学思潮的发展过程来看，"缘情"说突破了以往的"诗言志"的规范，代表了文学发展主流，是对传统旧观念的挑战。《文赋》提出的理论主张对后世产生了深远的影响。

第四节　抒情小赋

现存陆机的赋作除《文赋》之外，还有 36 篇，除去明显残缺不全的《吊魏文帝柳赋》《果赋》《灵龟赋》《织女赋》等作之外，完整或比较完整者有 27 篇。由陆机众多的抒情小赋来看，大致可分为六类：（1）感时叹逝之作，计有《感时赋》《叹逝赋》《大暮赋》《感丘赋》四篇；（2）怀土思亲之作，计有《思亲赋》《述思赋》《怀土赋》《行思赋》《思归赋》《愍思赋》六篇；（3）睹物兴咏之作，计有《瓜赋》《浮云赋》《白云赋》《鼓吹赋》《漏刻赋》《羽扇赋》《鳖赋》《桑赋》八篇；（4）慕仙超脱之作，计有《幽人赋》《列仙赋》《凌宵赋》《应嘉赋》《七征》五篇；（5）吊古述先之作，计有《祖德赋》《述先赋》两篇；（6）写志讥刺之作，仅《遂志赋》《豪士赋》两篇。

《文赋》开篇即云："伫中区以玄览。"李善注引河上公曰："心居玄冥之处，览知万物，故谓之玄览。"[②] 作家触目所及，自然界中的天象、动物、植物、器物及自然现象等纷纷涌入赋家的视野，成为赋家笔下极力摹写的对象。对于赋体表现空间的拓展，陆机作出了突出的贡献，其上述睹物兴咏之作在其赋作中占了较大比例。《白云赋》《浮云赋》取材于自然界中的天象；《羽扇赋》取材于当时热门的新题材。傅咸及东吴闵鸿先都作有《羽扇赋》，吴亡之后，羽扇由南传入北方，成为清谈名士点缀风雅的珍爱之物，羽扇也因而成为赋家偏爱的题材。陆机作为"东南之

---

① 朱东润：《中国文学批评史大纲》，开明书店 1944 年版，第 22—24 页。

② （梁）萧统编，（唐）李善注：《文选》（卷十七），上海古籍出版社 1986 年版。

宝"，自然当仁不让地选择这一题材以"呈才"扬名。他在《羽扇赋》中借宋玉之口称美羽扇，令"山西及河右诸侯"之"麈尾"黯然失色。有其鲜明的时代及文化色彩。

《鼓吹赋》《漏刻赋》《瓜赋》《鳖赋》《桑赋》为咏物之作，也具有"体物浏亮"的特点。如《瓜赋》不足 300 字，却将"佳哉瓜之为德，邈众果而莫贤"摹写得栩栩如生，以"发金荣于秀翘，结玉实于柔柯；蔽翠景以自育，缀修茎而星罗"状瓜田之景如在目前。对瓜的形色品种的描写，突出了瓜之"德"：

> 五色比象，殊形异端。或济貌以表内，或惠心而丑颜。或摅文而抱绿，或披素而怀丹。气洪细而俱芬，体修短而必圆。芳郁烈其充堂，味穷理而不餲。德弘济于饥渴，道殊流而贵贱。

对瓜的摹写也寄寓了作者的道德观，是一篇清新可读的咏物抒情小赋。陆机的《漏刻赋》对漏刻这种用以计时的器具的关注，体现了他对时光流逝的敏感。"体物"的同时，也有作者的感情倾注。《文赋》提出"遵四时以叹逝，瞻万物而思纷"的理论主张，在陆机的创作实践中，这类感时叹逝之作颇多，代表了其抒情小赋的最高成就。《感时赋》以"悲夫冬之为气"开端，中间摹写天地万物的萧索景象，结尾以"历四时之迭感，悲此岁之已寒。抚伤怀以呜咽，望永路而泛澜"收束，是典型的感时之作。而其《叹逝赋》中情感的抒发更为沉郁凄切，由其《叹逝赋序》可知，此篇为陆机 40 岁时感于懿亲戚属、昵交密友亡多存寡而作，其中寄寓着陆机对宇宙人生的思索：

> 嗟人生之短期，孰长年之能执！时飘忽其不再，老晼晚其将及。对琼蕊之无征，恨朝霞之难挹。望汤谷以企予，惜此景之屡戢。悲夫，川阅水以成川，水滔滔而日度，世阅人而为世，人冉冉而行暮。人何世而弗新，世何人之能故？野每春其必华，草无朝而遗露。经终古而常然，率品物其如素。譬日及之在条，恒虽尽而不瘳。虽不瘳而可悲，心怅焉而自伤。亮造化之若兹，吾安取夫久长！

这篇赋产生的背景是战乱灾荒所导致的平生同时亲故"十年之内，

索然已尽"的悲惨现实。陆机于 301 年作此赋时，正值八王之乱中期，八王之乱始于 290 年，延续十余年，使中原大地屡遭战火和洗劫，死亡人数动辄以万计。再加上连年饥荒，十余万人民流亡四方。动乱的时世是这篇赋产生的背景。乱世中亲故凋零的现实引发了作家生命的忧思与感慨，陆机将叹逝的忧思上升到哲学的高度。"川阅水以成川"以下六句，开唐代张若虚《春江花月夜》的宇宙境界。《春江花月夜》对人生有限，宇宙无穷的感慨直承《叹逝赋》而来：

> 江畔何人初见月？江月何年初照人？人生代代无穷已，江月年年只相似。不知江月照何人，但见长江送流水。

诗中的意象比《叹逝赋》更集中浑成，而其内在意蕴则与《叹逝赋》毫无二致。由于理思的引入，陆机在赋末强作豁达之语："将颐天地之大德，遗圣人之洪宝，解心累于末迹，聊优游以娱老。"这与《大暮赋序》表达的思想是相通的：

> 夫死生是得失之大者，故乐莫甚焉，哀莫深焉。使死而有知乎，安知其不如生？如遂无知邪，又何生之足恋？故极言其哀，而终之以达，庶以开夫近俗云。

由于迁逝之悲的沉痛无法排解，所以陆机希望通过"极言其哀，而终之以达"来克服生命不永的忧伤。这一切都是建立在对生死自然之理的认识基础上的。其《大暮赋》所谓"夫何天地之辽阔，而人生之不可久长"；《感丘赋》所谓"伊人生之寄世，犹水草乎山河……生矜迹于当已，死同宅乎一丘"。对生死问题的思索可谓通彻，他还作有《挽歌诗三首》，极言其哀。陆机亲身体验了繁华转瞬即逝、生命纷纷凋零的悲哀，其作品中更多的是叹逝的感慨与忧思。

《文赋》论及作家的艺术修养云："咏世德之骏烈，诵先人之清芬。"对祖先功业德望的吟咏成为陆机赋中着力摹写的对象。其《祖德赋》《述先赋》都是这种感思的反映。对祖先功业的彰显使陆机对自身的期许高于常人，而险恶的现实又使他重振家声的希望化为泡影。仕途的失意加深了他的思乡之情，远离家乡、羁旅入洛的陆机创作了大量怀土思亲之作，这类题材的赋作是作者"瞻万物而思纷"的产物，如《思归赋》云："伊我思之沉郁，怆感物而增深。"《行思赋》云："行弥久而情劳，途愈近而思深。羡品物以独感，悲绸缪而在心。"这类赋作在体物的同时，也抒发了诗人心中的悲哀。如《愍思赋序》云：

> 予屡抱孔怀之痛，而奄复丧同生姊，衔恤哀伤，一载之间，而丧制便过，故作此赋，以抒惨恻之感。

郁积心头的思念与失去亲人的悲痛交织在一起，诗人禁不住发出感叹："天步悠长，人道短矣，异途同归，无早晚矣。"（《思亲赋》）这种沉痛的悲哀也是诗人仕途失意忧生念乱的反映。

现实的无奈和忧思的沉痛使诗人寻求着心灵的解脱，其《应嘉赋》《幽人赋》《列仙赋》《凌霄赋》便充满了超然物外之意。《应嘉赋》是陆机应友人《嘉遁赋》而作。赋中塑造了"寄冲气于大象，解心累于世罗"的傲世公子形象，是作者理想的象征。《幽人赋》对"物外莫得窥其奥，举世不足扬其波，劲秋不能凋其叶，芳春不能发其华"的幽人心向往之，因为幽人超脱了"世网"，逍遥自在，陆机对此的欣羡赞赏溢于言表。但他尽管高咏着"咏凌霄之飘飘，永终焉而弗悔"，当西晋大乱将临，江南名士顾荣、戴若思等人劝其归吴隐遁时，陆机却没有听从劝告（《晋书》本传）。他在赋中表现出遗世嘉遁的思想倾向，是当时老庄思想盛行的产物，也反映了陆机忧患意识的浓重。但陆机最终没有冲破现实的罗网。

《文赋》论创作前作家的艺术修养，提出："颐情志于典坟"的理论主张，方延珪释为："因读古人之文，心有所得而赋之。"[①] 陆机的《遂志赋》就是在钻研前人赋作技巧，揣摩其用心的基础上进行模拟创作的。其《遂志赋序》云：

> 昔崔篆作诗，以明道述志；而冯衍又作《显志赋》，班固作《幽通赋》，皆相依仿焉。……余备托作者之末，聊复用心焉。

陆机在读前人赋作之后，心有所感，产生了创作《遂志赋》的冲动，

---

① 陆机著，张少康集释：《文赋集释》，人民文学出版社 2002 年版，第 21 页。

目的是"拟遗迹于成轨，咏新曲于故声"（《遂志赋》）。明确提出自己志在"袭故而弥新"的理论主张。《遂志赋》是陆机的模拟学习之作，他在赋中自称"任穷达以逝止，亦进仕而退耕。庶斯言之不渝，抱耿介以成名"，表示进退穷达委运任化，而事实上却执着于进仕。与其说《遂志赋》是作者情志的真实展示，不如说是此拟作的题中应有之义。正如刘勰《文心雕龙·情采》所指责的，"辞人赋颂，为文而造情""故有志深轩冕，而泛咏皋壤；心缠几务，而虚述人外，真宰弗存，翩其反矣"。但这种练习写作的方式对赋家学习前人创作经验并在模拟中追求创新超越却是极为有效的。西晋赋坛名家多由此登堂入室，陆机更是拟古的受益者。

受汉大赋讽谕劝戒特征的影响，陆机的赋中也有讥刺劝谕之作。据《晋书·陆机传》载："（齐王）冏既矜功自伐，受爵不让，机恶之，作《豪士赋》以刺焉。"在这篇赋中，陆机论立德之基及建功之路，反复陈说"圣人忌功名之过己，恶宠禄之逾量"的道理，劝齐王冏功成身退，树恩修德，以远祸扬名。齐王冏并不理会，结果一败涂地。这篇赋反映了陆机政治上的远见卓识，尽管其思想与行为还有不小的距离。

陆机的赋题材广泛，可谓"笼天地于形内，挫万物于笔端"，其《怀土赋序》云："余去家渐久，怀土弥笃，方思之殷，何物不感？曲街委巷，罔不兴咏，水泉草木，咸足悲焉。"反映了西晋赋家对赋的题材领域的拓展，可谓"何物不感""罔不兴咏"。陆机的赋创作实践是其"诗缘情而绮靡，赋体物而浏亮"理论的直接体现，《文选》李善注："浏亮，清明之称也。"由陆机的抒情小赋来看，其"体物"是由"缘情"而发，并以抒情为终结的。例如，《感时赋》描写季节变迁，多体物之笔，实缘于"瞻万物而思纷"的感伤之情，通过"体物"达到抒情，"体物"与"缘情"是殊途同归的。《文赋》中所谓"遵四时以叹逝，瞻万物而思纷。悲落叶于劲秋，喜柔条于芳春。心凛凛以怀霜，志眇眇而临云。咏世德之骏烈，诵先人之清芬"，也是其赋创作实践的理论总结。而对文字精美、音韵谐和、会意尚巧、遣词贵妍的追求，在陆机的抒情小赋中也颇多成功之作。

陆机的辞赋，在西晋文坛负有盛名，《北堂书钞》卷一百引葛洪《抱朴子》佚文云："吾见二陆之文百许卷，似未尽也。一手之中，不无利钝。方之他人，若江汉之与潢汗。及其精处，妙绝汉、魏之人也。"又云："嵇群道曰：'每读二陆之文，未尝不废书而叹，恐其卷尽。'"陆机以文名显当世，诗、赋等诸体皆工。但在当时，主要还是把他当作诗人看待，其诗受钟嵘推重，被称为"太康之英"。而通观其赋作，不仅数量多，而且新警动人，体现了《文赋》中的理论主张，在艺术上取得了不容忽视的成就。所以有人主张"陆机的赋胜于他的诗。他的赋与讲求堆砌的汉代大赋不同。他继承了汉末以来产生的抒情小赋的传统，不但篇幅短小，而且具有自己清新的特色"[①]。对"天才秀逸，辞藻宏丽"的陆机来说，其诗赋二体所取得的成就正在伯仲之间，共同推动了西晋文坛的繁荣和发展。

---

① 蒋祖怡、韩泉欣：《陆机》，载《中国历代著名文学家评传》，山东教育出版社 1983 年版。

附　录

陆机研究论文目录

（以发表时间为序）

荷魄：《陆机文赋论》，《中国文学》1935 年第 12 期。

陈柱：《讲陆士衡文赋自记》，《学术世界》1935 年第 9 期。

杨树芳：《陆机文赋书后》，《协大艺文》1936 年。

朱绍安：《文赋论文》，《励学》（山大）1936 年。

李廷玉：《广陆机文赋》，《国学》（天津）1937 年。

李全佳：《陆机"文赋"义证》，《中山学报》1944 年第 2 期。

诸有琼：《陆机〈文赋〉论"创作的准备"》，《经世日报读书周刊》1947 年第 64 期。

《陆机〈文赋〉论"运思"》，《经世日报读书周刊》1947 年第 66 期。

《陆机〈文赋〉论"辨体"》，《经世日报读书周刊》1948 年第 78 期。

范宁：《陆机"文赋"与山水文学》，《国文月刊》1948 年第 66 期。

逯钦立：《〈文赋〉撰出年代考》，《学原》1948 年 5 月。

卢润祥：《读〈文赋〉笔记》，《厦门大学学生科研》1957 年第 3 期。

陆侃如：《陆机〈文赋〉二例》，《文学评论》1961 年第 1 期。

郭绍虞：《论陆机〈文赋〉中之所谓"意"》，《文学评论》1961 年第 4 期。

振甫：《谈陆机〈文赋〉》，《文艺报》1961 年第 7 期。

刘禹昌：《陆机〈文赋〉译注》，《长春》1962 年 1、2 月号。

夏承焘：《关于陆机〈文赋〉的三个问题》，《文艺报》1962 年第 7 期。

周汝昌：《陆机〈文赋〉"缘情绮靡"说的意义》，《文史哲》1963 年第 2 期。

郭绍虞：《关于〈文赋〉的评价》，《文学评论》1963 年第 4 期。

马南屏等：《关于〈文赋〉的评价通信》，《文学评论》1963 年第 6 期。

王纯庵：《〈文赋〉初探》，《辽宁第一师院学报》1978 年第 2 期。

吴功正：《陆机的〈文赋〉》，《长春》1978 年第 3 期。

曹济平：《陆机的〈文赋〉》，《江苏文艺》1978 年第 3 期。

张文勋：《关于〈文赋〉的几个问题》，《思想战线》1978 年第 5 期。

袁千正：《精骛八极　心游万仞——陆机对形象思维的认识》，《延河》
　　1978 年第 7 期。

邱世友：《离方遁园穷形尽相——陆机论艺术形象》，《文学评论丛刊》
　　（1）1978 年 10 月。

赵盛德：《也谈〈文赋〉里的"意"——与陆侃如、郭绍虞二教授商
　　榷》，《学术论坛》1979 年第 2 期。

蓝天：《〈文赋〉译注》，《河北大学学报》1979 年第 2 期。

梁溪生：《〈文赋〉今译》，《江苏师院学报》1980 年第 1 期。

牟世金：《〈文赋〉的主要贡献何在》，《文史哲》1980 年第 1 期。

吴雄甫：《文贵独创——陆机〈文赋〉初探》，《教学与研究》（常德师
　　专）1980 年第 1 期。

姜涛：《试论陆机的〈文赋〉——兼与郭绍虞同志商榷》，《辽宁大学学
　　报》1980 年第 2 期。

刘广发：《陆机及其〈文赋〉》，《齐齐哈尔师院学报》1980 年第 2 期。

栾宜民：《文论三题》，《沈阳师院学报》1980 年第 4 期。

傅庚生：《陆机〈文赋〉今译》，《西北大学学报》1980 年第 4 期。

毛庆：《〈文赋〉创作年代考辨》，《武汉大学学报》1980 年第 5 期。

陈庄：《陆机生平三考》，《四川大学学报》1983 年第 4 期。

王英志：《陆机"诗缘情而绮靡"说诗例一则——简析〈招隐诗〉》，《名
　　作欣赏》1985 年第 3 期。

沈海燕：《连珠体试论》，《文学遗产》1985 年第 4 期。

卢苇菁：《魏晋文人与挽歌》，《复旦学报》1988 年第 5 期。

曹道衡：《试论陆机陆云的〈为顾彦先赠妇〉》，《河北师院学报》1989 年
　　第 1 期。

沈玉成：《"竹林七贤"与"二十四友"》，《辽宁大学学报》1990 年第
　　6 期。

沈玉成：《〈张华年谱〉、〈陆平原年谱〉中的几个问题》，《文学遗产》

1992 年第 3 期。

胡国瑞：《论陆机在两晋及南北朝的文学地位》，《文学遗产》1994 年第 1 期。

赵泰靖：《"言意之辩"与〈文赋〉》，《河南电大》1994 年第 1 期。

张文生：《论陆机的〈文赋〉》，《锦州师院学报》1994 年第 2 期。

李之亮：《〈文选〉陆机诗笺识》，《殷都学刊》1994 年第 4 期。

俞灏敏：《陆机与魏晋文学自觉的演进》，《阴山学刊》1994 年第 4 期。

顾兆禄：《魏晋玄风与陆机〈文赋〉的思辨性》，《南京社会科学》1994 年第 10 期。

张佩玉：《论陆机的文学思想及其历史意义》，《新疆大学学报》1995 年第 1 期。

胡大雷：《陆机心态与其行旅诗的独特性》，《河北大学学报》1995 年第 3 期。

蒋方：《陆机、陆云仕晋宦迹考》，《湖北大学学报》1995 年第 3 期。

曹道衡：《从两首〈折杨柳行〉看两晋间文人心态的变化》，《文学遗产》1995 年第 3 期。

李剑铭：《陆机诗歌试论》，《湘潭师范学院学报》1995 年第 4 期。

徐传武：《"左思野于陆机"说辨析——兼论钟嵘对左思的评价》，《齐鲁学刊》1995 年第 6 期。

傅刚：《试论〈文选〉所收陆机〈挽歌〉三首》，《文学遗产》1996 年第 1 期。

曹道衡：《陆机的思想及其诗歌》，《中国社科院研究生院学报》1996 年第 1 期。

毛庆：《试论陆机〈文赋〉之文化背景》，《中州学刊》1997 年第 3 期。

丁放、蒋梅之：《论潘陆诗风》，《安徽教育学院学报》1997 年第 4 期。

丁永忠：《陶潜〈挽歌诗〉与魏晋佛教"三世之辞"》，《九江师专学报》1997 年第 4 期。

詹福瑞、侯贵满：《"诗缘情"辨义》，《河北大学学报》1998 年第 2 期。

王开国：《陆机〈文赋〉二论》，《重庆师院学报》（哲学社会科学版）1998 年第 3 期。

胡耀震：《刘勰声律论的〈文赋〉引文问题》，《临沂师专学报》1998 年第 4 期。

张振龙：《"二十四友"事贾谧原因初探》，《殷都学刊》1998 年。

钟光贵：《〈文赋〉——我国第一篇文学创作专论》，《广东教育学院学报》1998 年第 4 期

刘昆庸：《论陆机〈拟古诗〉》，《福建师大学报》（哲学社会科学版）1998 年第 4 期。

钱志熙：《乐府古辞和经典价值——魏晋至唐代文人乐府诗和发展》，《文学评论》1998 年第 6 期。

李建中：《试论西晋诗人的人格悲剧》，《社会科学战线》1998 年第 9 期。

吴格非：《中西挽歌诗》，《徐州师范大学学报》1998 年第 12 期。

彭彦琴：《〈文赋〉之文艺心理学思想探析》，《九江师专学报》1999 年第 2 期。

何立庆：《早期挽歌的源流》，《文史杂志》1999 年第 2 期。

胡耀震：《〈文赋〉撰出年代新证》，《辽宁大学学报》1999 年第 2 期。

刘运好：《"缘情绮靡"与陆机诗风》，《宁波大学学报》1999 年第 3 期。

刘莹：《试论〈文心雕龙〉对〈文赋〉的继承和发展》（一），《四川师院学报》1999 年第 3 期。

刘莹、陈树生：《试论〈文心雕龙〉对〈文赋〉的继承和发展》（二），《四川师院学报》1999 年第 3 期。

陈复兴：《陆机〈演连珠〉美学臆解》，《长春师院学报》1999 年第 5 期。

张天来：《江东陆氏家风与陆机的文学创作》，《东南大学学报》1999 年第 11 期。

周国林：《陆机、陆云思想趋向探微》，《华中师大学报》2000 年第 1 期。

叶桂郴：《〈陆机集〉的用韵研究》，《常德师范学院学报》2000 年第 1 期。

陆联星：《陆机〈文赋〉的文学见解》，《淮北煤师院学报》2000 年第 1 期。

刘则鸣：《从陆机〈拟乐府〉看其"呈才"的诗学观》，《中国韵文学刊》2000 年第 1 期。

刘琦：《文学自觉时代的标志——〈文赋〉在古代文艺心理学研究上的贡献和地位》，《社会科学战线》2000 年第 1 期。

魏同贤：《说陆机》，《枣庄师专学报》2000 年第 2 期。

周汝昌：《〈文赋〉即"文心"论》，《北大学报》2000 年第 2 期。

刘宗敏：《试论陆机的〈文赋〉》，《南京师大文学院学报》2000 年第 2 期。

缪军：《试论陆机诗作的感伤情绪》，《学术论坛》2000 年第 3 期。

崔军红：《连珠文体探源》，《郑州大学学报》2000 年第 3 期。

赵盛德：《试论陆机的"缘情"说》，《玉林师范高等专科学校学报》（哲学社会科学版）2000 年第 4 期。

刘加夫：《论陆机文论的创新思想与作品的拟古倾向》，《齐鲁学刊》2000 年第 5 期。

王宜瑗：《六朝文人挽歌诗的演变和定型》，《文学遗产》2000 年第 5 期。

富华：《略论陆机〈文赋〉的文章章法论》，《浙江海洋学院学报》2000 年第 9 期。

王玫：《遥望陆机》，《读书》2001 年第 2 期。

陈自力：《从陆机〈百年歌〉到敦煌〈九想观〉诗》，《敦煌研究》2001 年第 3 期。

跃进：《陆机创作之"繁"》，《文学遗产》2001 年第 3 期。

毛庆：《西晋文学：陆机、潘岳、左思三"疑案"实议》，《武汉教育学院学报》2001 年第 4 期。

曹道衡：《潘岳与陆机的高下分别》，《文史知识》2002 年第 2 期。

吴正岚：《论孙吴士风的变迁对陆机出处之影响》，《苏州大学学报》（哲学社会科学版）2001 年第 4 期。

刘志伟：《从陆机诗赋论看其诗学思想价值》，《西北师大学报》2002 年第 3 期。

顾农：《陆机生平著作考辨三题》，《清华大学学报》2005 年第 4 期。

冷卫国：《陆机陆云的赋学批评》，《齐鲁学刊》2005 年第 5 期。

孙明君：《陆机诗歌中的士族意识》，《北京大学学报》2005 年第 6 期。

刘志伟：《陆机研究的反思与展望》，《西北师大学报》2006 年第 4 期。

顾农：《陆机诗文系年解读三题》，《文献》2008 年第 1 期。

檀晶：《袭古而弥新——陆机"拟古诗"新探》，《鲁东大学学报》2008 年第 6 期。

马建华：《陆机拟古诗与古诗之比较》，《名作欣赏》2008 年第 6 期。

武国权：《作为史家的陆机》，《古典文学知识》2010 年第 2 期。

刘运好：《陆机籍贯与行迹考论》，《南京师大学报》2010 年第 4 期。

刘运好：《论陆机赋》，《安徽师范大学学报》2010 年第 6 期。

顾农：《陆机还乡及其相关作品》，《文学遗产》2011 年第 5 期。

主要参考文献

（按文中引用的顺序列出）

（唐）房玄龄等：《晋书》，中华书局 1974 年版。

《艺文志》，山西人民出版社 1985 年版。

陈寅恪：《隋唐制度渊源略论稿》，中华书局 1963 年版。

林宝：《元和姓纂》，中华书局 1994 年版。

（晋）陈寿撰，（宋）裴松之注：《三国志》，中华书局 1982 年版。

余英时：《士与中国文化》，上海人民出版社 1979 年版。

吕慧鹃等编：《中国历代著名文学家评传》（第一卷），山东教育出版社
　　1983 年版。

金涛声点校：《陆机集》，中华书局 1982 年版。

陆侃如：《中古文学系年》，人民文学出版社 1998 年版。

胡阿祥：《魏晋本土文学地理研究》，南京大学出版社 2001 年版。

逯钦立辑校：《先秦汉魏晋南北朝诗》，中华书局 1983 年版。

徐传武先生：《左思左棻研究》，中国文联出版社 1999 年版。

王瑶：《中古文学史论》，北京大学出版社 1998 年版。

唐长孺：《魏晋南北朝史论丛续编》，生活·读书·新知三联书店 1959
　　年版。

汤一介：《郭象与魏晋玄学》，北京大学出版社 2000 年版。

王仲荦：《魏晋南北朝史》，上海人民出版社 1979 年版。

刘跃进：《门阀士族与永明文学》，生活·读书·新知三联书店 1996
　　年版。

范子烨：《中古文人生活研究》，山东教育出版社 2001 年版。

陈引弛编校：《刘师培中古文学论集》，中国社会科学出版社 1997 年版。

蒋凡：《世说新语研究》，学林出版社 1998 年版。

徐公持编：《魏晋文学史》，人民文学出版社 1999 年版。

袁行霈主编：《中国文学史》，高等教育出版社 1999 年版。

张亚新：《汉魏六朝诗》，广西师范大学出版社 1999 年版。

王夫之等：《清诗话》，上海古籍出版社 1999 年版。

郭绍虞编选：《清诗话续编》，上海古籍出版社 1983 年版。

宁稼雨：《魏晋风度》，东方出版社 1992 年版。

王运熙等注：《文心雕龙译注》，上海古籍出版社 1998 年版。

曹道衡：《中古文学史论文集》，中华书局 1986 年版。

（梁）萧统编，（唐）李善注：《文选》，上海古籍出版社 1997 年版。

钟嵘著，陈延杰注：《诗品注》，人民文学出版社 1998 年版。

王瑶：《中国诗歌发展讲话》，中国青年出版社 1956 年版。

朱光潜：《诗论》，生活·读书·新知三联书店 1984 年版。

罗宗强：《魏晋南北朝文学思想史》，中华书局 1996 年版。

余嘉锡：《世说新语笺疏》，中华书局 1993 年版。

沈德潜：《古诗源》，中华书局 1963 年版。

胡应麟：《诗薮》，上海古籍出版社 1979 年版。

丁福宝：《历代诗话续编》，中华书局 1983 年排印本。

许学夷：《诗源辨体》，人民文学出版社 1987 年版。

钱锺书：《管锥编》，中华书局 1986 年版。

罗根泽：《乐府文学史》，东方出版社 1996 年版。

王运熙、王国安评注：《汉魏六朝乐府诗评注》，齐鲁书社 2000 年版。

郝立权注：《陆士衡诗注》，人民文学出版社 1958 年版。

王仲陵：《中国中古诗歌史》，江苏教育出版社 1988 年版。

李泽厚：《美的历程》，天津社会科学院出版社 2001 年版。

郁沅、张明高编选：《魏晋南北朝文论选》，人民文学出版社 1976 年版。

郭茂倩：《乐府诗集》，文学古籍刊行社 1955 年影宋本。

姜亮夫：《晋陆平原先生机年谱》，台湾商务印书馆 1978 年版。

周一良：《魏晋南北朝札记》，中华书局 1985 年版。

王运熙、杨明：《魏晋南北朝文学批评史》，上海古籍出版社 1989 年版。

萧涤非：《汉魏六朝乐府文学史》，人民文学出版社 1998 年版。

臧荣绪：《晋书》，中州古籍出版社 1991 年版。

陈寅恪：《陈寅恪史学论文选集》，上海古籍出版社 1992 年版。

丁永忠：《陶诗佛音辨》，四川大学出版社 1997 年版。

曹旭：《古诗十九首与乐府诗选评》，上海古籍出版社 2002 年版。

宗白华：《美学散步》，上海人民出版社 1981 年版。

汤用彤：《汤用彤学术论文集》，中华书局 1983 年版。

王葆玹：《正始玄学》，齐鲁书社 1987 年版。

程章灿：《魏晋南北朝赋史》，江苏古籍出版社 1992 年版。

张怀瑾：《文赋译注》，北京出版社 1984 年版。

《古代文学理论研究》第 9 辑，上海古籍出版社 1980 年版。

后　记

　　自论文答辩至今，已有十一个年头了。光阴荏苒，弹指一挥间。在繁忙的工作之余，也一直默默关注着这个研究领域，想再积淀一下，好好修改一番。这期间导师徐传武先生多次关心论文出版事宜，只是自认才疏学浅，希望论文打磨得厚重些，不敢轻易示人。

　　翻阅相关研究成果，时有"吾生也有涯，而知也无涯"的感慨。学无止境。从最初论文成形时的洋洋自得，到今天论文修改中的战战兢兢，或许成长的真意就在于此吧。岂能尽如人意？但求无愧我心。权将这篇稚拙的论文作为自己这一成长阶段的纪念吧。

　　回想当年写论文的日子，总在繁重的工作闲暇，如燕子筑巢般辛苦累积，每每伏案至夜深。这篇论文背后，也凝聚着许多前辈同仁的关怀与厚爱。在此感谢所有关心、支持、帮助过我的良师益友。

　　感谢导师徐传武先生。感谢先生对我学业上的鞭策鼓励。耳濡目染先生朴实严谨、一丝不苟的学风，让我受益匪浅。先生的勤奋踏实、孜孜不倦更令我汗颜。感谢和蔼可亲的师母。敬爱的师母离开我们已经一年多了，每当想起师母生前的点点滴滴，音容笑貌宛如眼前，禁不住无限怀念！

　　感谢引导我步入学术殿堂的吉发涵先生。硕士三年师从先生，获益良多。先生脚踏实地、厚积薄发的治学态度和循循善诱的教导，让我逐渐得其门径。

　　感谢杜泽逊、王承略、刘心明等诸位老师的悉心指导和热情鼓励，使我一步步踏入学术研究的领域。至今犹记杜泽逊老师在搜集论文资料时倾囊相助；王承略、刘心明等诸位老师的热心扶持。

　　感谢董治安先生、冯浩菲先生、郑杰文先生、张涛先生在论文开题时给予的指点和建议。董治安先生要求"重学术的开掘，不作一般的解说";冯浩菲先生强调找创新点,以求超越前人;郑杰文先生提议从陆机的心路历程和思想等方面入手;等等。对我行文有很大帮助。

感谢山东省图书馆的领导和同事为我提供了学习生活和资料查阅上的种种便利。

感谢答辩委员会崔富章等先生提出的修改意见,帮助论文逐步完善。

感谢中国海洋大学文科处以及文学与新闻传播学院的领导对本书出版的大力支持,感谢中国社会科学出版社的热情相助!

感谢我的父母家人对我的理解和支持,为了完成学业,我们聚少离多。感谢我的丈夫为论文打印付出的努力。

路漫漫其修远兮,吾将上下而求索。

杨秀英
2014 年 7 月 16 日